Três e Três Fernandes:

O BRILHO DA BALIZA

A grafia segue o Acordo Ortográfico da Língua Portuguesa de 1990, que entrou em vigor no Brasil em 2009.

Capa e projeto gráfico
Aline Maya

Arte da capa
Fotografia: Feres Zaguir
Fotomanipulação: Jair Santos

Preparação
Aaron Salles Torres

Revisão
Sandra Garcia
Eduardo Santos
Pedro Ivo

Dados Internacionais de Catalogação na Publicação (cip)
Bibliotecária Juliana Farias Motta crb7/5880

F399t Fernandes Torres, Elza
Três e três Fernandes: o brilho da baliza / Elza Fernandes Torres. – 1ª. ed.–
Três Lagoas (ms): Georgois Livros, 2022.

256 p.; 15,5cm × 22,5 cm

isbn: 978-65-998761-3-4

1. Brasil - Política e governo. 2. Mato Grosso do Sul - História.
3. Três Lagoas. 4. Anos 1950. 5. Anos 1960. 6. Golpe de 1964
I. Título: o brilho da baliza

cdd B869.3

Índice para catálogo sistemático:

1. Brasil - Política e governo
2. Mato Grosso do Sul - História
3. Três Lagoas
4. Anos 1950
5. Anos 1960
6. Golpe de 1964

Elza Fernandes Torres

Três e Três Fernandes:
O BRILHO DA BALIZA

Georgois Livros

Nota da Autora

Quando crianças, meus irmãos e eu nos desenvolvemos em um ambiente muito livre, pois nossa mãe — por razões em seu devido tempo aqui esclarecidas — teve sua saúde debilitada desde jovem e nosso pai precisava trabalhar duro para sustentar a família e arcar com o tratamento médico da esposa. Na ausência deles, nós, pequenos, tínhamos uma vastidão de mundo a explorar soberanamente.

Além de nossas personalidades fortes, que corriam em nosso sangue, respiramos tanta liberdade que vez ou outra foi necessário que ouvíssemos alguns "nãos" de nossos pais — ao lhes haver tempo ou oportunidade. Éramos "crianças terríveis"! Hoje, adulta e sensata, relato os acontecimentos de nossa infância a entender que, assim como "o propósito da poda é melhorar a qualidade das rosas e não, ferir a roseira", o "não" dos pais tem como propósito maior aprimorar a educação dos filhos, a prepará-los para os "nãos" que surgirão ao longo da caminhada e a estabelecer limites. Porque há um velho ditado que diz que "a liberdade de um indivíduo termina onde começa a do outro". Conhecer os próprios limites é a chave, não para se limitar, mas para se caminhar de maneira mais segura, consequente e socialmente responsável.

Arquitetamos muitas peraltices meus irmãos e eu. Por isso, estas histórias devem ser vistas com bom humor, como travessuras de crianças que estavam sempre se metendo em encrencas — por ingenuidade e inocência. Não que eu, principalmente, procurasse encrencas, todavia elas caíam de paraquedas no meu dia a dia.

SUMÁRIO

Introdução

Estamos em Três Lagoas, cidade de Mato Grosso do Sul às margens do Rio Paraná, na divisa com o estado de São Paulo. Trata-se das décadas de 1950 e 1960.

Na época em que se passaram os fatos aqui narrados, entretanto, o estado era ainda Mato Grosso, e a capital, Cuiabá. O enorme estado apresentava grandes diferenças geográficas, históricas, administrativas e culturais entre suas regiões norte e sul.

O núcleo dos Garcia Leal tinha colonizado todo o sul de Mato Grosso a partir de Paranaíba — em 1829 —, uma antiga cidade da qual Três Lagoas foi desmembrada. Os Garcia Leal eram descendentes dos bandeirantes paulistas e vêm daí as diferenças com relação à região comandada por Cuiabá — que tinha sido fundada durante o Ciclo do Ouro e desde então vivia em decadência, ao passo que a região de Paranaíba e Três Lagoas quase sempre foi bastante pujante.

Meu pai, Hugo José Fernandes, era trineto do Alferes Januário Garcia Leal Sobrinho, um dos fundadores de Paranaíba — região que permaneceu ocupada durante e após a Guerra do Paraguai (únicos anos de exceção da pujança). Sobre o assunto, o Visconde de Taunay escreveu o texto naturalista *Inocência*, à época o romance brasileiro traduzido para mais línguas, à exceção — em literatura de Língua Portuguesa — de *Os Lusíadas*, de Luís de Camões. Minha mãe, Almira, era filha de Francisco Salles da Rocha — domador de cavalos e dono de pernoite para tropeiros em comitiva na zona rural de Três Lagoas — e de sua esposa Ana Cândida de Jesus (de Oliveira), descendente direta de índios (tupinaés e tuxás) de Macaúbas, na Bahia.

O movimento pela separação do sul do estado teve vários impulsos desde a Guerra do Paraguai, como a Revolução Constitucionalista de 1932 — em que Três Lagoas e o sul de Mato Grosso lutaram ao lado de São Paulo contra o regime autoritário de Getúlio Vargas —, e se fortaleceu a partir da década de 1950. Quando a divisão era inevitável, o então presidente da ditadura militar tratou do desmembramento, visando acelerar o desenvolvimento socioeconômico de ambas as regiões. Assim, no dia 11 de outubro de 1977, Ernesto Geisel assinou a lei que formalizou a emancipação de Mato Grosso do Sul, com capital em Campo Grande.

Voltando a nossa querida Três Lagoas, encontramos no centro da cidade a minha casa: avenida Capitão Olyntho Mancini, 830.[1] O prédio era modesto. E minha família seria considerada comum, não fossem tantos os problemas, as dificuldades, os sofrimentos ocasionados pela saúde frágil de nossa mãe. Moravam ali meus pais e seus filhos, que totalizavam seis: três meninas e três meninos — entre eles, eu, Elza —; e, ocasionalmente conosco, tia Paulina — irmã caçula de papai.

Na década de 1970, Hugo José Fernandes construiria a magnífica casa de seus sonhos sobre a antiga casa de madeira em que havíamos vivido — casa essa mobiliada com tudo completamente novo, pois seu Hugo não queria nada da velha moradia. Ele tinha deixado a zona rural de Três Lagoas (antigo território de Paranaíba), onde sua família havia residido por mais de cem anos, na Fazenda Beltrão (desmembrada da Fazenda São Pedro, de seus avós Claudina Correia Garcia e Luís Correia Neves Neto — sobrinho-neto do inconfidente mineiro, Padre Manuel Rodrigues da Costa; por sua vez desmembrada da Fazenda Lajeado, de seus bisavós Maria Joaquina de Freitas e Bernardino Correia Neves). Ali, tinha aprendido a ler e escrever com sua mãe, Zulmira Maria de Jesus (Correia Garcia) — pioneira feminista e industrialista sulmatogrossense —, e com seu cunhado, Antônio Ale-

1. Vivemos brevemente em outras residências imediatamente após a chegada de nossa família à área urbana de Três Lagoas; a numeração dos lotes da avenida Capitão Olyntho Mancini também foi modificada ao longo do tempo (inicialmente, era 930). Foi esse o lugar onde nos estabelecemos — com sua numeração atual.

xandrino de Alencar — afamado professor e estudioso do folclore, parente do romancista José de Alencar e casado com Josefa Maria de Jesus, assim como papai, provento de Zulmira e de seu segundo esposo, Jovino José Fernandes.[2] Seu Hugo continuava sócio de seu irmão Pedro nos negócios da fazenda; no entanto, seu estabelecimento na área urbana de Três Lagoas, em 1951, havia sido um recomeço do zero para que tivéssemos justamente acesso a Educação.

Esse foi o ano em que eu nasci. Tinha questões de autoestima, porém usava o meu carisma para me destacar. Era uma criança esperta e ativa, e a muitos cativava pelo jeito simpático, agradável e mais ou menos polido de lidar. Escrevo "mais ou menos polido" por não me deixar intimidar por atitudes ríspidas ou até grosseiras que certos adultos apresentavam ao tratar as crianças; ocasionalmente, eu respondia à altura.

Meus cabelos eram loiros e levemente cacheados. No rosto, algumas sardas — que eu detestava porque se destacavam, teimosas, enquanto fazia de tudo para me livrar delas (precisamente, meu problema de autoestima). Fora as sardas, não dava tanta importância aos gostos alheios, mesmo ao escutar as amigas de minhas irmãs mais velhas dizerem que "os rapazes preferiam as belas".

Era uma criança feliz e isso me bastava. Teria muito tempo para me preocupar [ou não] com as predileções dos rapazes, ainda mais quando ouvia o que a mãe de Joana, minha vizinha e naquele tempo melhor amiga, dizia para minha mãe: "Por que se preocupar com o amanhã, se o hoje já traz suas próprias preocupações?".

Muitos me chamavam de Elzinha e, mesmo antes de saber ler os livros, eu tinha aprendido a ler nos rostos das pessoas a preocupação, a intranquilidade. Havia adquirido essa capacidade pela expressão de seu Hugo, toda vez em que ele era chamado do serviço para casa, às pressas, por causa da saúde de dona "Mira" — que piorava de uma hora para outra. Papai ficava

2. Tia Paulina era filha de nosso avô Jovino e de sua segunda esposa, Irondina Garcia Leal, a quem nos acostumamos a chamar de "vó", também por ser prima de nossa real avó — Zulmira.

amuado durante todo o tempo em que mamãe permanecia acamada, e com isso a tristeza se instalava na casa e tomava conta de todos.

Nós, os filhos, éramos apenas crianças solidárias com a dor de papai. Quando nossa mãe se recuperava, todos pareciam se renovar: a alegria voltava a reinar. Era uma casa simples, todavia não era uma casa triste — a não ser nessas ocasiões, que infelizmente foram incontáveis.

1
MEUS DOIS ANOS

Março, 1954

"Crianças terríveis!"

Na época, eu era a caçulinha da família.

De repente, a casa ficou vazia. Procurei pelos meus irmãos maiores e não os encontrei. Segundo minha mãe, eu chamava por eles o tempo todo e ela explicava que eles se encontravam na escola.

Dona Mira, aquela tarde, resolveu me levar até lá para mostrar onde estudavam: tratava-se de uma escola militar localizada na outra quadra de casa. Contudo, meus irmãos não aturariam aquele local por muito tempo. Era uma educação rígida e antiquada demais para crianças de nossa liberdade.

A professora fez uma pergunta de história para minha irmã primogênita, Hercy, que respondeu errado; o castigo veio em seguida: a educadora pegou a palmatória. Hercy correu e a mestra mandou que outro aluno a segurasse — o que ele fez somente para não levar outra bronca, pois sempre deixava minha irmã escapar. De toda forma, Hercy ficou prensada no canto da sala e d. Cacilda levantou a palmatória, sem se preocupar onde iria atingir. Minha irmã, diante de tal ameaça, logo tratou de se defender:

alcançou uma ripa de carteira que estava solta e retribuiu à mestra, que saiu com as costelas machucadas.

— Crianças terríveis!

Como resultado, uma advertência foi enviada para casa. Seu Hugo compareceu à escola, no entanto não teve alternativa: seus três filhos, de oito, sete e seis anos, foram expulsos. Ele retornou furioso: "Que vergonha! A diretora disse que não quer nenhum Fernandes na escola dela".

A Hercy disse que apanhou naquele dia. Meu pai era muito correto e alegou que ela tinha dado mau exemplo aos irmãos. O Guima, com cinco anos e muito apegado a ela, repetia: "Coitada da Zezé, coitada da Zezé" (apelido que ele lhe criou). Eu ainda não entendia. No fundo, mesmo tão disciplinado, papai devia ter sentido orgulho por seus filhos se defenderem daquele ensino autoritário.

A despeito da possibilidade de suas crianças ganharem a reputação de "rebeldes" na cidade, afligia-o mais as consequências do acontecimento. Seu Hugo teve que pagar uma tutora particular para os pequenos, na esperança de os matricular, no ano seguinte, em uma escola pública estadual: a Afonso Pena.

2
MEUS TRÊS ANOS

Setembro, 1954

Fujona

Quando eu era bem pequena — como diziam, “um tiquinho, um toquinho de gente” —, provoquei o maior corre-corre em casa, deixando minha família descabelada.

Estava sob os cuidados de meus irmãos mais velhos e de tia Paulina, que era bem jovem. Minha mãe precisou sair e tinha pedido que ficassem de olho em mim e que não se descuidassem do portão, que deveria permanecer fechado.

Não se sabe quem saiu ou quem chegou, nem quem abriu e não fechou; o que se sabe é que o portão foi esquecido aberto. E eu vi aí a grande oportunidade de descobrir o mundo.

Escapuli e, sem que percebessem, virei a esquina, andei toda a quadra, atravessei a rua...

Mal minha mãe voltou e todos estavam ensandecidos a procurar pela peraltinha aqui. Dona Mira se lembrou de que o portão estava aberto quando chegou. Saiu para o quintal que, tal como as calçadas e as ruas, era de terra, e assim pôde ver os rastros dos pequenos pés da fugitiva. Resolveu segui-los. Meus irmãos foram juntos, aflitos e culpados.

Seguiram até o ponto em que meus rastros desapareciam na rua.

Mamãe, ao se deparar com várias pegadas de adultos ali perto, resolveu segui-las. Bateu palmas diante da residência, em que elas continuavam quintal adentro. A dona da casa veio atendê-la e, questionada sobre uma criança loira de pés descalços que havia fugido de casa, declarou não ter visto nada nem ninguém.

Entretanto, como bem dizem, uma mãe tem instintos de onça quando o assunto é suas crias. Dona Mira expôs as pistas deixadas na areia e concluiu, brava e cheia de razão:

— Eu sei que a minha filha está aí! E se a senhora não a entregar, vou chamar a polícia!

A mulher do lugar, quando ouviu a palavra "polícia", pediu que aguardassem. Entrou na casa e, pouco tempo depois, trouxe-me consigo e me devolveu.

Minha mãe dizia, anos mais tarde, que por pouco eu não havia trocado de família. Ela passava em frente o ensinamento que tinha recebido para que nós, depois de crescidos, estivéssemos sempre de olho em nossos próprios rebentos: "Temos que estar sempre atentas, porque qualquer descuido basta para algo de muito errado acontecer... Nunca os deixem sozinhos. Mesmo que alguns já sejam mais crescidos, são sempre crianças".

Novembro, 1954

Chegou...

Foi uma festa aquele mês: ganhamos um irmãozinho. Genésio chegou: "Graças a Deus, ele é saudável", dizia dona Mira.

Mamãe apenas tinha entrado para o quarto com uma senhora — que fiquei sabendo anos mais tarde ser uma parteira —, e esta saiu do cômodo dizendo que meu irmãozinho "tinha chegado".

Eu não sabia *de onde* ele tinha "chegado". E continuei a não entender. Naquele tempo, as crianças não eram tão bem instruídas acerca "de onde chegavam" os bebês...

Março, 1955

De volta à escola

Naquele início de ano letivo, meus três irmãos foram matriculados no Colégio Afonso Pena.

Como não tinham frequentado uma escola, e sim, aulas de uma professora particular, fizeram testes — prova oral e escrita. Consequentemente, foram a Hercy e o Cilo para a 1ª série, e a Mida, para a 2ª série.

3
MEUS QUATRO ANOS

Maio, 1956

Não chegou

Aquele dia foi bem triste.

Minha mãe havia ido para o hospital. Segundo me disseram, foi buscar uma irmãzinha ou irmãozinho para nós — não sabiam precisar. Só uma coisa era certa: um bebezinho iria "chegar".

Bem, essa coisa era *quase* certa... porque o neném "não chegou". Minha mãe, abatida e com os olhos vermelhos de tanto chorar, voltou sem o bebê — Maria, que tinha morrido, como fiquei sabendo anos depois, no parto.

Eu não sabia o porquê — após esse dia, dona Mira esteve sempre doente.

Julho, 1956

"Justo essa?"

Estávamos nos preparando para a viagem.

Seria a primeira de minha vida. Eu nem tinha noção do significado prático do verbo viajar quando embarcamos no trem rumo a Bauru.

Minha mãe iria fazer uma consulta médica. Não estava nada bem desde o parto e o único local que lhe oferecia certo alívio era a cama. Eu também iria ver um médico, pois havia tido caxumba — que me deixou com algumas sequelas nos ouvidos. De qualquer maneira, para mim tudo era festa.

Conheci uma senhora que estava hospedada em nosso hotel. Ela vivia me bajulando — chegava a passar esmalte em minhas unhas. Eu achava lindo! Era "Elzinha pra cá, Elzinha pra lá...". Tanto fez, que acabou por me conquistar. Leonora Paes Fonseca era o nome dela e eu, apesar da pouca idade, convidei-a para ser minha madrinha de batismo.

Em casa todos tinham padrinhos, menos eu e o Genésio: meu avô Jovino e sua esposa Irondina (madrasta de meu pai) eram padrinhos da Hercy; meus tios, Pedro e Lúcia, padrinhos do Cilo; uma vizinha e amiga de infância de minha mãe e seu marido (um sargento do Exército), padrinhos da Mida; um casal de conhecidos de meus pais, padrinhos do Guima. Eu nem sabia para que servia um padrinho ou uma madrinha, apenas que eu também queria os meus!

E dessa forma, quando fiz o convite a d. Leonora, toda feliz ela foi conversar com minha mãe. Sabendo que eu ainda não tinha sido batizada, perguntou se poderia aceitar o convite. E a resposta foi sim, para alegria geral.

Ficou decidido que, sem demora ao retornarmos a Três Lagoas, meus pais iriam verificar a data na igreja e lhe comunicariam. E d. Leonora Paes Fonseca ficou tão contente, que me levou para comprar um presente. A loja à qual fomos era repleta de bonecas lindas — havia umas maiores do que eu. No entanto, diante da boneca que escolhi, a pedido dela, todos ficaram surpresos. Por fim, minha alegre e futura madrinha expressou desânimo:

— Mas justo essa, Elzinha?!

E, com a mais pequenina boneca, toda durinha e que mal mexia os braços, eu repliquei:

— É! É esta aqui.

Eu já sabia que não iria brincar com ela. Mesmo naquela idade, não tinha paixão por bonecas: elas jamais foram meu fraco. Então, para que gastar o dinheiro?

4
MEUS CINCO ANOS

Outubro, 1956

Cabelo, cabeleira

Minha mãe me lembraria, muitos anos mais tarde — quando eu era já adulta e louca para alisar os cachos —, que eu, aos meus cinco anos mais ou menos, chorava porque queria que os meus cabelos fossem iguais aos de Joana, minha vizinha e amiga.

Meus cabelos eram muito finos e, quando eu corria, no balanço do vento eles se embaraçavam. Ficavam muito difíceis de pentear...

Como eu estava sempre correndo, ficava sempre descabelada!

Já Joana, ela estava sempre com suas trancinhas pequeninas amarradas umas nas outras, formando um quadradinho certinho. Ela acordava e brincava... e pulava... e corria... e dormia... e tudo de novo por dois ou três dias... Os cabelos de minha amiga continuavam arrumados! Aquilo era admirável... e descomplicado também. Era, como a mãe de Joana costumava dizer, "o máximo do máximo".

Para mim, os cabelos de Joana eram lindos!

Minha mãe me lembraria, ainda, que eu fazia questão de chegar à casa das vizinhas antes que d. Sebastiana começasse a trançar os cabelos de Joana. Eu gostava do jeito carinhoso como ela se dirigia à filha:

— Vem aqui, minha pretinha. Vamos dar uma arrumada nesse cabelinho rebelde.

D. Sebastiana contou a dona Mira que um dia pedi a ela que me chamasse de "pretinha" também. Ela riu alto e disse:

— Elzinha, não tem nada a ver! Olhe para vocês duas, de cores tão diferentes.

— O que tem? — perguntei. — Eu acho tão bonita a cor de Joana. Se pudesse escolher, teria aquela cor também. Veja só, ela não tem nenhuma sarda.

— Está bem — respondeu ela. — Mas acho que você deveria parar de se preocupar com as sardas. Eu não acho feio — compartilhou d. Sebastiana e acrescentou: — Não vou te chamar de "minha pretinha" porque você não é minha. De hoje em diante vou te chamar de "pretinha". Está bom assim?

— Sim — respondi, toda feliz.

Quando minha mãe fazia as admiradas tranças em meus cabelos, elas não duravam muito: caíam as fitas e eu nunca as encontrava. E, assim, os cabelos voltavam à condição original de desordem. Às vezes, enquanto me lembrava que tinha as tranças feitas, eu até me comportava. No entanto, quando me esquecia e começava a brincar, adeus, trancinhas. E lá se iam as fitinhas...

— Pra você ver — costumava repetir dona Mira em toda a sua sabedoria e experiência. — Ninguém nunca está satisfeito como é ou com o que tem: se tem os cabelos lisos, quer os cachos, se os tem cacheados, quer alisá-los, se os tem pretos, quer clareá-los, se os tem claros, quer escurecê-los. Se a pessoa é cheinha, quer ser magra. E, de acordo com a realidade, o desejo de ser diferente. Para isso existem os salões, as cintas, e tudo mais. Gosto é gosto!

Isso minha mãe falava por experiência própria, pois possuía os cabelos lisos e adorava uma permanente! Comecei a pensar que ela realmente tinha razão. Uma vez eu li que "gosto não se discute, cada qual tem o seu; afinal, o que seria do amarelo se todos gostassem do verde?". Sempre preferi o vermelho.

Dona Mira também compartilhava que achava lindas pessoas que tinham os cabelos brancos — bem branquinhos, "iguais à neve". Aquela brancura era "a coisa mais linda" — e afirmava que, quando envelhecesse, nunca tingiria os cabelos. Infelizmente, faleceu ainda aos 55 anos, e por incrível que possa parecer nunca teve nenhum fio de cabelo branco — seus cabelos foram sempre naturalmente pretíssimos.

Seu Hugo, por sua vez, não aceitava os fios brancos que insistiam em pintar sua cabeça desde muito cedo — bem mais cedo do que ele gostaria, aos 36 anos. Sempre que tinha uma folga, sentava a uma sombra e chamava os filhos para remover os fios que teimavam em surgir e que tanto lhe causavam desagrado:

— Vem até aqui arrancar os cabelos brancos do pai.

Eu puxava alguns fios e, então, olhava para a cabeça de meu pai: retirar todos, ou quase todos os fios brancos seria impossível, ou não sobraria quase nada! Era triste dizer a ele que sua cabeça estava — como dizia tia Paulina — "bem tingida de branco".

— Pronto, papai!

E ele imediatamente perguntava:

— Já acabou?

— Acabar, acabar, eu não acabei, mas se eu tirar todos vai ficar uma grande falha.

— Então, tira do outro lado.

"É muito ruim a gente ter alguma coisa de que não gosta", eu pensava. E começava a retirar os fios de maneira ainda mais espaçada, a prever que seria igual a ele: jamais gostaria de ver meus cabelos embranquecidos. Ao contrário de minha mãe, eu sabia que me valeria sempre de uma boa tinta!

Para quem gosta de cabelo branco, tudo bem. Para quem não gosta... Gosto é gosto!

Esnobe!

Havia comemorado meu aniversário de cinco anos em setembro e, para 9 de dezembro, meus pais agendaram o batizado!

D. Leonora Paes Fonseca, a madrinha, estava convidada, claro. Infelizmente, seu marido, o sr. Mário Carmelito, não pôde estar presente — seu representante foi o dr. Anésio Soares de Paula, amigo do casal que morava em Minas Gerais.

Meus pais acharam que minha madrinha parecia um pouco decepcionada com o almoço que ofereceram. Quiçá esperasse algo grandioso... não sabiam ao certo. Quanto ao que ela comentou, ficaram na dúvida se foi por admiração ou por descaso:

— Agora vamos comer manga de sobremesa no almoço de batizado de Elzinha!

D. Leonora deveria ter imaginado que vivíamos no luxo por termos nos hospedado no mesmo hotel que ela em Bauru. Mamãe tinha muitas despesas com hospitais, e o fato era que papai — alguns meses antes de nossa viagem — já havia começado a reservar o dinheiro para os gastos extras. Foi isso que possibilitou nossa estadia no excelente hotel.

Talvez o erro tivesse sido de meus pais por permitirem que eu, tão menina, escolhesse minha própria madrinha... Como iriam adivinhar que era tão esnobe?

Talvez d. Leonora Paes Fonseca não devesse sair amadrinhando toda menina de quatro anos que encontrava em hotéis chiques! Não sabe que os sulmatogrossenses não têm por cultura ostentar luxo? O mais rico geralmente é o mais mal vestido.

Uma coisa foi certa: nós nunca mais a vimos.

Fevereiro, 1957

Canelas para que te quero!

Entrei no quarto de minha mãe, que, apesar de já ser quase hora do almoço, permanecia deitada.

Ofereci a ela uma goiaba que havia ganhado de Felipe, meu vizinho. Ela não respondeu. Em vez disso, falou umas coisas desconexas que, em minha inocência, achei hilárias.

Ri muito, ri tanto que tive vontade de dividir com meus irmãos a situação.

Na cozinha, encontrei Hercy. Ela preparava o almoço e eu lhe disse:

— A mãe está tão engraçada hoje! Diz cada coisa. Venha ver.

Por sorte a Hercy, mesmo criança, possuía muita maturidade. De pronto, percebeu que minha mãe apresentava sinais de confusão mental. Hercy já tinha presenciado aquilo antes e saiu em disparada atrás do médico, de quem dona Mira havia se tornado paciente desde que a bebê Maria tinha morrido.

Posteriormente, entenderíamos que esses estados de confusão eram devidos à pressão arterial de dona Mira — que alcançou níveis mínimos para sustentar a vida em diversas ocasiões.

Não existia telefone em casa, portanto Hercy correu. E correu. Era tudo na base das canelas!

Essa foi a primeira das cinco internações mais críticas da mãe.

5
MEUS SEIS ANOS

Março, 1958

Relato em primeira pessoa

Da fuga de casa eu era jovem demais para me lembrar — o que escutei foram as narrativas. Contudo, de uma outra experiência, muito mais grave, nunca me esqueci.

Tinha seis anos, idade em que acreditamos que todas as pessoas são boas. A verdade é que nem todos os indivíduos são confiáveis e, na dúvida, é sempre bom "ter um pé atrás". Uma criança precisa ser atenta e vigilante!

Mas este aprendizado eu não tive coragem de passar adiante como meu... alertava as amigas mais tarde como se tivesse ouvido *um relato*.

Pois bem, a história segue assim.

Possuíamos uma vizinha, uma senhora muito boa e querida, que por sua vez tinha um filho já adulto que costumava abusar da bebida. E, toda vez que isso acontecia, ele se transformava.

Saí de casa naquela manhã e pelo buraco da cerca passei para o quintal da senhora, chamando seu nome. Não houve resposta. Entrei pela porta da cozinha e vi o fogão a lenha aceso: sobre ele, algumas panelas. Era indício, eu achei, de que d. Catarina estava em casa.

No entanto, mal passei pela porta, uma mão forte me segurou e me puxou. O filho da vizinha, embriagado, agarrava-me com brutalidade. Levantou-me pelo braço e, com a outra mão, começou a se despir.

Muito pequena, eu não entendia o porquê. Sabia apenas que aquele comportamento era estranho. Tinha meu pai, meus irmãos mais velhos e meus tios e primos que às vezes nos visitavam... Nunca nenhum deles se despiu na minha frente.

Alguma coisa dentro de mim me alertou que a situação não era nada boa. Estava em perigo imediato e isso me deixou sem reação, absolutamente sem movimento, congelada.

Meus olhos se fixaram nas labaredas do fogo a lenha, que se moviam entre o amarelo e o azul e pareciam cada vez mais gigantescas. Estavam vivas e ardentes. As panelas estavam no fogo, no entanto, onde estava d. Catarina? Aliás, as únicas coisas que pareciam ter vida eram o fogo e o homem, porque meu corpo estava estático — paralisado pelo medo de uma séria ameaça, ainda que desconhecida. Eu também estava muda: o pavor havia se instaurado em minha mente, e com ele uma convicção de que não conseguiria me safar.

Eu não tinha noção racional do que acontecia. Todavia, minha intuição não falhava. Era algo horrível. Nunca havia ouvido falar sobre homens que se despem na frente de crianças e as forçam a assistir. Nem sequer sabia o que eles poderiam querer, e nem imaginaria tal coisa.

Em nenhum momento o mirei. Meus olhos estavam fixados naquele fogo, como duas esferas de vidro refletindo-o.

Porém, a respiração ofegante dele e a maneira forte como me segurava foram aumentando meu medo mais e mais, levando-me ao limite do desespero. Não conseguia me debater, nem tinha voz, tampouco ânimo para gritar.

Sentia-me cada vez mais dominada por aquelas mãos que me apertavam, machucavam. Sua força bruta se misturava ao cheiro de suor e de bebida. O fogo crescia ali, estalando no fogão, como que querendo transmitir a mim o impulso para que agisse e saísse daquela situação.

Repentinamente, alguém chamou pelo meu nome do lado de fora.

— Elza!

O primeiro grito, ainda distante, fez com que o homem afrouxasse os dedos.

— Elza!

O segundo grito, mais forte e próximo da casa, trouxe-me vida e força para me libertar e fugir. O inimigo estava vencido: as mãos dele saíram à procura das roupas que tinha retirado, enquanto eu corria em direção à porta. Meu coração havia voltado a bater, forte como nunca. Meu corpo possuía vida outra vez!

Meu irmão tinha me visto entrar na casa e, haja vista que eu não voltava, resolveu ir atrás de mim, pois alguns minutos antes ele havia observado d. Catarina sair.

Guima, do sexo masculino e mais velho, já tinha a malícia que me havia faltado para suspeitar que algo poderia estar errado. Ainda bem que o homem se escondeu, ou eu teria que explicar a meu irmão algo que eu mesma não entendia. De fato, levaria anos para compreender do que tinha me livrado.

Aquela lembrança me deixava envergonhada, apesar de nada daquilo ter sido minha culpa. Nunca contei a ninguém. Também jamais voltei a entrar em casa alguma sem antes me certificar de que quem eu buscava estava lá.

Hoje tenho coragem de contar esta história em primeira pessoa.

Agosto, 1958

Impecável

Desde cedo, minha irmã Mida passava pelo meu pai com tanta pressa, que ele estranhava.

— Aonde você vai nessa correria toda, menina?!

— Vou fazer minha tarefa.

Ela foi e voltou, foi e voltou, foi... Seu Hugo soube bem que "tarefa" a levava a passar batida. Ela voltou e foi, voltou e foi...

E, algum tempo depois — ela própria esquecida da tarefa —, Mida voltou tranquila de tão esquecida...

— Venha aqui, Mida — disse papai.

Foi então que ela se lembrou! De longe, meio de lado ainda, respondeu com uma interrogação, tentando escapar:

— Senhor?

— Chega até aqui — ele insistiu. — O que é isto aqui?

Não havia como passar batida desta vez: existia um descosturado na roupa que ele notou das primeiras vezes quando ela tinha ido e voltado.

— Não é nada não, papai. Eu já ia costurar...

Meu pai colocou o dedo pelo descosturado — que separava a parte de cima da parte de baixo da peça — e puxou, a aumentar o tamanho e dizer:

— Agora eu sei que você vai costurar. Estava desde cedo passeando com esse vestido assim, quem sabe estava com pressa para aumentar o descosturado.

Seu Hugo não gostava que andássemos "feito esfarrapados", como ele dizia. Nada que uma linha e uma agulha não pudessem resolver. E resolveram: Mida logo voltou impecável, e sem pressa!

— Agora sim — disse ele.

6
MEUS SETE ANOS

Dezembro, 1958

"Gosto de gostoso"

Finalmente chegou o Natal!

Nesse feriado, minha família se permitia uma comida melhor. Não que passássemos fome — porém, devido à doença de minha mãe, eram minhas irmãs que geralmente cozinhavam. E até criança tem, como eu pensava, "capacidade palatino apurada" para apreciar o quanto uma comida pode ser gostosa quando é feita por alguém entendido no assunto.

No Natal, nossos tios Pedro, Lúcia, a filha Vera e a tia Ana (conhecida por "Sinhana"), com os filhos João e José, vinham comemorar conosco. Não tínhamos o costume de celebrar a ceia no dia 24, pois nem sempre meu pai folgava no dia seguinte — assim, não podia ficar acordado até tarde da noite. Entretanto, no dia 25 o almoço era especial: tia Lúcia não apenas era entendida no assunto, era uma perita na cozinha. Sergipana, como tinha prazer em cozinhar!

Ajudava dona Mira, que se encarregava de fazer suas famosas coxinhas de massa de mandioca. A tia preparava o frango super, supersaboroso, que era sua marca registrada. Havia ainda os pastéis incríveis de tia

Lúcia... Até seu arroz era uma delícia: branquinho, soltinho; diferente do que minhas irmãs, pequenas ainda, coitadinhas, preparavam: cru ou cozido demais, ou até queimado, salgado ou sem sal.

Também bebíamos refrigerante, geladinho, que não possuíamos o hábito de consumir durante o ano — a não ser em ocasiões especiais, como no aniversário de alguém. Não existia refrigerante em nossos aniversários porque não fazíamos festa: havia somente o rosto triste de seu Hugo, pela falta de presentes, e a comemoração com abraços.

Por isso, naqueles natais de nossa infância, tudo tinha um sabor diferente. Era o sabor de festa! Difícil dizer se pela comida, se pela presença de nossos tios com os primos e pela família unida, se pela data em si.

Hoje, todos concordam que nem o refrigerante tem mais aquele gosto especial, gosto de gostoso. Coxinhas iguais às que nossa mãe preparava, ninguém nunca mais comeu! — parece que a receita era só dela.

Janeiro, 1959

Receio de sargento

Naquela tarde morna, em que as férias davam mais energia ainda às crianças, Cilo — o mais velho e, por sorte, também o mais ajuizado dos meninos de casa — subiu no pé de carambola que ficava junto à cerca.

Fez isso mais pelo prazer de subir na árvore do que para colher os frutos em si, pois estes estavam dependurados nos galhos baixos, bem ao alcance das mãos. Atravessou, pelo galho, através da cerca sobre o terreno do vizinho — um sargento do Exército de quem a gente tinha certo receio.

O Guima permaneceu olhando, apenas olhando.

De repente, Cilo despencou do galho — bastante alto — e se estatelou no chão, bem sobre a horta do sargento. O tombo foi feio.

Pela dor que a queda havia causado, ele teria ficado a tarde toda espalhado ali mesmo, sem conseguir se levantar. Isso, se Guima não o tivesse ajudado.

Do outro lado da cerca, Guima gritou:

— O sargento! O sargento está vindo!

Cilo levantou muito rápido e mais rápido ainda pulou a cerca.

E a dor? Essa ele só foi sentir depois, já pisando no nosso próprio quintal.

O caldeirão da Mida

Mida subiu na goiabeira com um caldeirão com alça e colheu as melhores e mais bonitas goiabas. Mal ela desceu, todos pedimos uma fruta.

— Eu não dou! O pé está ali, subam e peguem. Eu subi lá sozinha. Ninguém foi segurar o caldeirão, nem me ajudar a colher as goiabas.

De fato, a goiabeira estava lotada. Mas onde estava a coragem para colher as frutas?

— Vocês estão parecendo aquele rapaz do causo do tio Pedro.

— Que causo? — perguntou minha amiga Anita, aproximando-se.

— O cabra tinha tanta preguiça, tanta preguiça de trabalhar que pediu que o enterrassem. Preferia morrer a trabalhar! Uns amigos disseram que fariam a vontade dele, para testar seu compromisso com a preguiça. Pegaram a rede em que ele vivia deitado e o levaram para o cemitério que ficava perto dali. Ele simplesmente continuou deitado. Um vizinho, com pena de tanta preguiça, disse: "*Pára* com tudo, eu dou arroz para você comer por uns seis meses". E o preguiçoso perguntou: "O arroz está com casca ou sem casca?". E respondeu o vizinho: "Com casca". "Então, pode tocar o enterro" — concluiu o preguiçoso.

A carapuça serviu: ninguém mais pediu goiabas. Não naquele dia...

Fevereiro, 1959

"O Guima toma tudo sozinho!"

Os pequenos Fernandes estavam planejando um motim, encabeçados pela Hercy — a irmã mais velha —, enquanto o torrador, cheio de café, permanecia à espera do responsável pela torragem.

Papai comprava o café cru, e em casa ele era torrado e moído manualmente pelas crianças — havia um planejamento de alternância dos pequenos encarregados estabelecido: torrava um, folgava cinco dias.

Mas era uma tarde quentíssima de verão... E em um clima volátil, uma pequena faísca pode causar uma grande explosão! Assim, é verdade que as maiores rebeliões geralmente se dão pelos menores motivos.

O torrador era um recipiente redondo, com uma pequena abertura por onde se colocava ou tirava o café. Tinha um cabo e, bem acima, uma manivela — com a qual se girava o café em seu interior.

Não podíamos parar de girar a manivela, para que a torra saísse uniforme e para não queimar o produto. Colocávamos uma cadeira ao lado do fogão a lenha e ali tínhamos de girar, girar, girar a manivela o tempo todo.

Para o responsável pela torragem, naquele calor, o tempo parecia durar uma eternidade!

Quanto mais o café se aproximava do ponto, mais fumaça saía e mais exalava. Os grãos eram colocados verdes, perdiam a umidade ali dentro e eram retirados somente quando marrons bem escuros.

Uma vez torrado o café, nossa mãe o colocava para esfriar. E o encarregado do torrador precisava se resfriar também.

Os mais experientes diziam que, após tanto tempo perto do calor do fogo, não se deveria mexer com água nem sair ao vento porque isso faria mal. A despeito desses alertas, água e vento era justamente o que queríamos depois de passar tanto calor!

Por sua vez, após a torra, o café seria moído antes de ser preparado...

Voltemos ao motim: fora o calor, o problema estava no fato de seu Hugo não ser o único a tomar café. Além de papai e das visitas, havia o Guima. Ele tomava mais café do que todos juntos!

E Hercy despejou a revolta de todos naquela tarde:

— Então, mãe: a gente não toma café! Se fosse só para o papai e para as visitas, tudo bem. O problema é que o Guima toma café o tempo todo! Faz o café, o papai toma uma vez só e o Guima toma tudo sozinho! Então, o justo seria ele torrar e moer todas as vezes.

Dona Mira aceitou a proposta de Guima ser o responsável pela torragem e moagem, porque ele gostava tanto de tomar café: o argumento de Hercy realmente tinha parecido "justo", como mamãe disse. Naquela tarde, o Guima torrou o café em um dia cuja tarefa seria de responsabilidade da Hercy — segundo nosso planejamento.

Nos dias seguintes, no entanto, tudo voltou ao normal com relação ao rodízio no manuseio do torrador e do moinho.

Pois, eis a grande novidade: Guima tinha parado de tomar café!

E vejam que menino de opinião: não toma café até hoje, mesmo que já venha torrado, moído e embalado.

O caldeirão pelos ares

Mida, novamente com o caldeirão cheio de goiabas, havia caprichado naquela colheita. As frutas mais bonitas e mais suculentas estavam lá dentro! Como de costume, nós pedimos e ela respondeu:

— Já disse que não!

Nós, ali, sem nada para fazer e sem goiabas para comer. Crianças sem nada para fazer... Isso é convite ao perigo.

A lâmpada da varanda de casa tinha queimado, por isso, seu Hugo a havia retirado do soquete. Por sua vez, o tal soquete continuava preso ao fio elétrico, dependurado...

Sorte a nossa que a voltagem não era muito forte, ou estaríamos fritos — literalmente —, pois Guima viu ali uma grande oportunidade de diversão!

Precisávamos sair daquele tédio, embora fosse uma brincadeira um tanto arriscada. Crianças são desse jeito, ao menos nós éramos. Às vezes, extrapolávamos em nossas brincadeiras.

Naquela manhã não seria diferente. O Guima expôs a lâmpada que acendeu em sua mente:

— Vamos tomar choque? Segurem uns nas mãos dos outros!

Ele segurou na mão do Genésio, que era o menor, e fomos nos dando as mãos em sequência. Mida, com uma das mãos ocupadas e não querendo se separar de suas goiabas — obviamente com medo de que nos aproveitássemos da ocasião, porém por que tal desconfiança? —, foi a última da fila.

Todos preparados, Guima colocou o dedo dentro do soquete — que continuava energizado. A corrente percorreu todos nós e descarregou justamente na Mida, haja vista que era a última! Com o choque, ela jogou para cima o caldeirão.

As goiabas se espalharam e nós nos espalhamos atrás delas.

Naquele dia, e só naquele, todos comemos das goiabas que Mida tinha colhido — e elas estavam realmente mais saborosas do que as que restavam na goiabeira.

Março, 1959

Flores educacionais

A escola estava impecável naquela manhã de março.

Os alunos, enfileirados por turma, em um silêncio só.

Algumas alunas até haviam amarrado cordões em suas canecas, e os tinham enrolado nos botões que prendiam as blusas às saias do uniforme, afinal precisavam das mãos livres para aplaudir o visitante: sr. João Ponce de Arruda, governador do então estado de Mato Grosso.

Ele e alguns membros do governo tinham vindo para lançar a nova merenda em nossa escola. Nós iríamos começar com um "saboroso leite", que supostamente tinha algum "ingrediente especial" secreto que nunca descobriríamos qual teria sido: não era pegadinha, nem existia uma resposta àquela charada; acho que nem charada era.

Simplesmente nos haviam pedido para levar, cada um, uma caneca.

Pensando bem, quiçá não houvesse ingrediente secreto nenhum, fosse apenas leite. E, da maneira que tivemos de dispor de nossas canecas pessoais para a merenda, é possível que tivéssemos de providenciar cada qual um sabor imaginário *especial* para o leite. Teria sido uma estratégia de marketing. Limites orçamentários de um país de terceiro mundo: isso eu levaria ainda algum tempo para aprender.

De qualquer forma eu, a primeira da fila, tinha nas mãos as flores que iria entregar ao nosso "ilustre visitante".

Isso a escola teve orçamento para comprar; ou teria sido a diretora da escola, d. Ana, que usou dinheiro do próprio bolso? Funcionários do governo comprometidos assim com a causa pública eram e são difíceis de se encontrar: além de prestar seu duro trabalho, têm de repartir seu caro salário — que muitas vezes é baixo, principalmente nas áreas de maior necessidade, a de Educação e a de Saúde.

O governador, por outro lado, pareceu enorme quando se debruçou perante mim para receber a homenagem.

¿Era merecedor — das flores ou da dedicação de d. Ana?

Talvez não. João Ponce de Arruda era cunhado de Júlio Strübing Müller; este, irmão de Filinto Müller: chefe de Polícia do Distrito Federal (Rio de Janeiro) do ex-ditador Getúlio Vargas, violador de Direitos Humanos e notório torturador natural de Cuiabá que enviou a opositora do regime, Olga Benário Prestes — grávida —, para ser executada em campo de concentração nazista em 1942. "Nesse período como chefe de Polícia de Vargas, há quem afirme que cerca de vinte mil pessoas foram presas"; outros tantos opositores da ditadura varguista foram assassinados. Ocorre que a carreira política de João Ponce foi completamente fundamentada em sua proximidade familiar com Júlio Müller e na relação deste e de seu irmão com o ex-ditador.

Pelo fato de a conhecer, posso escrever que o comprometimento de d. Ana era com a causa da Educação e não, com ditadores, ex-ditadores ou seus governadores ou interventores fantoches. Ao comprar as flores para que eu entregasse, independentemente de merecimento ou não, ela cumpria com a deferência de tratamento que sabia que era esperada pelo sr. João Ponce de Arruda — e poderia continuar a se dedicar a sua verdadeira causa.

Naquele dia, eu apareci na foto mesmo ao lado daquele senhor que pareceu tão grande em sua avidez por se agarrar às flores educacionais de d. Ana — isto porque, digamos que meu apelido, "Elzinha", tivesse algo a ver com meu porte físico compacto. As flores e as crianças fazem bem até aos autocratas mais complacentes com a violência!

Tristemente, João Ponce, Filinto Müller, Getúlio Vargas, Ernesto Geisel, Costa e Silva, seus parentes e outros ligados a ditaduras e regimes autocráticos continuam a nomear locais públicos como escolas, hospitais, ruas, praças e avenidas no Brasil.

Dona Ana e profissionais da Educação como ela, sim, mereciam ter seus nomes estampados em escolas: Escola Estadual Diretora Ana Rosa de Oliveira. Uma flor até no nome!

Nasce uma baliza

A oportunidade inesperada de algo novo, belo e emocionante estourou feito uma bomba no meio da criançada! E partiu da própria escola.

D. Ana foi de sala em sala em busca de candidatas a baliza — aquela moça que faz evoluções acrobáticas, manejando um bastão, à frente dos desfiles.

Meus olhos devem ter brilhado, porque senti uma alegria imensa.

Eu — que vivia me equilibrando em tambores, ou em galhos de árvores, ou em pequenas latas com um furo no meio e um cordão no centro, em brincadeiras de moleca — então poderia aprender os malabarismos de uma estrela como baliza da escola.

Algo, entretanto, ameaçou minha alegria quando a diretora mencionou os gastos envolvidos. Além da autorização dos pais para os ensaios, havia o compromisso com a compra das roupas, sapatos e outros materiais. Imediatamente concatenei que meu pai não teria condições de arcar com os custos.

Seu Hugo, desde 1952, era mecânico das máquinas da Estrada de Ferro Noroeste do Brasil (N.O.B.), portador de mais conhecimento do que muitos engenheiros formados em universidades à época. No entanto, trabalhava em dois, às vezes até em três empregos para custear as despesas hospitalares e os medicamentos de dona Mira, que era muito doente, além dos desembolsos para criar os seis filhos. Os gastos com o figurino e acessórios de baliza pareciam fúteis diante de tanta coisa.

A diretora tinha me visto inúmeras vezes correr por sobre a mureta da escola, mureta esta que tinha depressões entre as colunas, como semicírculos cavados que seguiam quase infinitamente um após o outro. Eu escalava como ninguém aqueles altos e baixos, em um sobe e desce que exigia muita destreza e resistência — principalmente porque fazia tudo aquilo correndo. Todas as vezes, d. Ana enviava uma funcionária para me pedir para parar com a brincadeira, senão acabaria por me machucar.

Por esse motivo, quando iniciou a procura, a diretora pensou que a pequena, com seus sete anos de idade, impulsiva e esperta, fosse a primeira a se candidatar. Isso não aconteceu. De fato, após vários dias e um grande número de crianças inscritas, o nome Elza simplesmente não constava da lista. Por fim, a diretora lançou o convite:

— Elza, você não quer ser baliza?

Pensei: "Eu não pedi. Foi ela quem convidou. Então..."

— É claro que quero! Posso me inscrever? — indaguei, pensando que a última coisa com que deveria me preocupar, naquele momento, seria com o figurino e os acessórios. O primeiro passo seria fazer a inscrição, e como eu tinha recebido um convite...

— Pergunte aos seus pais. Se eles deixarem, volte para marcar os treinos.

— Mas esse negócio de baliza não vai ter muito gasto com roupas? — perguntou papai.

Não queria frustrar os planos da filha, porém tinha que ser realista. Por mais que quisesse, não teria condições de assumir aquele compromisso, sobretudo porque soube por um colega — cuja filha havia se inscrito — que o figurino sairia um tanto caro.

— Primeiro, eu vou treinar. Nem sei se vou conseguir fazer todos os exercícios...

— Se é assim... — respirou meio aliviado.

Mais aliviada fiquei eu, pois tinha a permissão de seu Hugo.

E treinei, treinei muito. Dava tudo de mim. Eu iria ser baliza, e era muito persistente. Quanto à roupa, "eu me preocuparia com aquilo depois" — pensava todas as vezes que ia para o treino e que voltava dele.

Contudo, por mais que evitasse pensar, o assunto não me saía da cabeça. Ficava ali me atormentando o tempo todo, tal qual uma sombra a me manchar a alegria. Piorava quando me deitava para dormir e me imaginava diante da escola, no dia do desfile, fazendo as difíceis acrobacias que estava aprendendo.

Os treinos continuaram por mais de dois meses.

Agilidade, destreza, assiduidade e persistência nos treinos! Tudo isso e mais um pouco. Eu treinava em casa também, treinava muito. Destaquei-me. Choviam elogios da professora encarregada dos exercícios, d. Neurília, da diretora, d. Ana, e das pessoas que assistiam aos meus ensaios e números.

— Elzinha merece — dizia a diretora. — Nota dez. Dez com louvor!

Parecia viver um sonho. Eu estava realmente nas nuvens.

Até que no ensaio daquela tarde, faltando menos de um mês para o desfile, todas receberam uma folha de papel com o desenho de cada figurino, as especificações dos tecidos, o nome de cada costureira e seu respectivo endereço. Tudo com os custos anotados, para não haver dúvidas.

Quando peguei o papel, minhas mãos tremeram. Percebi que meu sonho tinha chegado ao fim. Ainda assim, mostrei o papel ao meu pai. Ele se assustou:

— Tudo isso? Elza, eu não posso pagar tudo isso por uma roupa e um par de botas.

— Não tem importância — disse eu, sem ficar chateada com ele, apenas triste pela situação. Sabia que, se meu pai pudesse, não negaria aquilo a mim.

— Você não vai participar? — questionou a diretora, concluindo: — Você está ótima!

— É, mas meu pai não pode comprar a roupa.

No treino daquela tarde, eu não apareci. "Para que treinar? Para sentir mais tristeza, mais vontade de chorar?", eu me questionava, morrendo de vontade de estar lá com as outras meninas. Imaginava minuciosamente cada acrobacia — era como se as estivesse realizando.

Uns dez dias depois, ouvi da diretora, que me havia mandado chamar na sala de aula:

— Você vai ser baliza! A sua roupa fica por minha conta.

— Verdade? Vou?

— É claro. Não vamos perder todo esse trabalho por causa de um pequeno detalhe.

Voltei para casa naquela tarde quase flutuando, tamanha felicidade. Meu sonho não tinha se desmoronado, ele não era igual aos castelos que costumávamos fazer com a terra molhada pela chuva.

De tanto testemunhar minha mãe fazer suas orações, suas promessas, havia feito as minhas também. E, pelo jeito, teria que cumprir o que havia prometido, afinal foi concedido o meu pedido! A vizinha, quando soube disso, julgou exagerado:

— Imagine incomodar Deus por uma bobeira dessas, por uma coisica de nada.

Dona Mira, como era de esperar, saiu em defesa da filha:

— Seria uma injustiça Elza não poder participar porque nós não podíamos comprar as roupas. Por que não pedir a Deus? O que foi impossível para nós foi possível para Ele. Tanto, que alguém que tem condições se ofereceu para arcar com as despesas. Não foi uma bênção a atitude da diretora d. Ana de recompensar o esforço da Elza, comprando todo o necessário para ela poder desfilar como baliza?

A outra ficou quieta.

"Bem feito, muito intrometida!", pensei, olhando com gratidão para minha mãe. Não obstante, Seu Hugo ficou bastante chateado.

— Deixar que outra pessoa pague por suas roupas?

Ele trabalhava muito, esgotava-se diariamente para suprir as necessidades de sua família. Como o responsável pela estabilidade financeira de todos ali, precisava focar no essencial para evitar dificuldades e privações. Não tinha o costume de pedir nada para os outros, ou qualquer tipo de ajuda. Preferia afastar gastos supérfluos. Aquela situação o havia feito se sentir incapaz.

— Papai, a gente não pediu nada para ninguém. Foi a d. Ana quem ofereceu. Juro que eu não pedi. Se ela ofereceu, é porque quer que eu seja baliza. Se ela vai pagar, é porque deve ter dinheiro.

Apesar da dificuldade em lidar com a situação, meus pais acabaram por concordar comigo e permitiram que eu aceitasse o presente de d. Ana.

Naquele corre-corre das horas finais, minhas medidas foram as últimas a chegar ao sapateiro. Na véspera do desfile, já na hora de fechar a sapataria, acompanhada de meu irmão saí com o embrulho nas mãos. As botas vermelhas ficaram lindas!

O problema somente foi descoberto no dia seguinte:

— Como você vai calçar isso? Não passa nem o pé — disse papai, nervoso. E concluiu: — Mas é uma anta esse sapateiro! Fazer botas com canos tão estreitos e sem zíperes!

Meu pai tinha chamado o sapateiro de "anta", um animal que na realidade é muito inteligente. Comecei a chorar. Havia enfrentado tudo, driblado até a falta de dinheiro, ganhado todo o figurino e então...

Então não seria vencida por zíperes! Ou melhor: então não seria vencida pela ausência de zíperes!

— Eu calço assim mesmo!

— Não dá — responderam todos.

— Dá! Olha, faz desse jeito: eu sento e me seguro na mesa e vocês me calçam as botas.

Foi um auê. Um dos irmãos segurou a perna; o outro, a bota. Meu pai se encarregou de enfiar meu pé bota adentro. Eu, grudada na perna da mesa. Fizeram tanta força que meu outro irmão e minhas irmãs se encarregaram de segurar a cadeira e de me firmar nela, caso contrário eu cairia de costas. Mas conseguiram.

— Ufa, um pé já foi!

E os movimentos se repetiram para calçar o outro. Quando terminaram, todos suavam em bicas.

— Acho que os couros das minhas canelas e dos peitos dos meus pés se soltaram — quase chorei de novo.

Estava tudo ardendo. Era muita dor.

Não perdi o entusiasmo. Tão logo me senti melhor, levantei-me e fui me trocar. Menos mal que resolvi calçar as botas antes de me vestir, ou minhas roupas estariam péssimas também.

Ao chegar à escola, todos me elogiaram. E brilhei naquele dia no desfile!

Pulei, agitei, realizei todas as evoluções com perfeição; não errei nada. Estava tão à vontade, que nem parecia uma estreante. Meu dia de celebridade foi perfeito e me tornei muito conhecida na escola.

Dessa forma, em vários desfiles fui baliza. Seu Hugo nunca precisou gastar: fiz tão bem minha parte, tornei-me peça tão importante naquele grupo de balizas, que a cada troca de modelitos a diretora pagava a conta.

D. Ana era solteira, não tinha filhos e parecia ter transferido para — como ela dizia — "a pequena Elzinha" todo o carinho de mãe.

Sobre as botas, no dia seguinte o sapateiro aflito exclamou:

— Não há de ver que me esqueci de instalar os zíperes?!!!

Ao olhar para os solados um pouco gastos, ele perguntou:

— Como conseguiu calçar as botas?

— Como? Minhas canelas sabem muito bem como!

Junho, 1959

Consciência de classe

Observei minha colega de sala apagar, com a borracha, as primeiras folhas do caderno.

— Você vai apagar tudo? — perguntei, incrédula.

— Sim, vou. Meu pai não pode comprar cadernos para nós. Por isso, nós escrevemos bem de leve e, quando o caderno acaba, apagamos para usar novamente.

Aquela cena me tocou. Nunca me esqueci dela, como não me esqueci do que disse para minha vizinha mais tarde:

— É... Papai diz que somos pobres, mas nunca tivemos que apagar um caderno inteiro para usar novamente. Acho que nem pobre, pobre nós somos. Acho que somos mais ou menos.

Julho, 1959

A pergunta que não queria calar

— Não quero mais ouvir essa pergunta, estão entendendo? — disse nossa mãe, meio brava. — Eu e seu pai já falamos mais de dez mil vezes... — e o sermão continuou, com as seis crianças escutando caladas.

Eu já estava na escola — 1ª série C — e tinha noção de que mil era muito, mesmo. Dez mil, então! Para minha mãe ter falado "mais de dez mil vezes"...

— Mãe, a gente só quer saber! — iniciou Hercy.

— Não tem nada para saber — dona Mira a interrompeu.

"Até parece que ela não conhece a mãe" —, deve ter pensado o Cilo, pelo jeito como ele olhou para nossa irmã.

— Agora, sim. A Hercy deveria ter ficado calada! O sermão vai recomeçar... — resmungou baixinho a Mida, coçando a cabeça com impaciência, sinal de que estava bastante contrariada.

No dia seguinte, perguntei para minha professora e ela me explicou: transformando em dias e depois em anos, para nossa mãe ter falado "mais de dez mil vezes", seria como se tivesse falado isso todos os dias, desde que era criancinha e... nossa, fazia muito tempo que estava falando!

Todo o sermão porque nós adorávamos os tios Pedro e Lúcia, que chegariam em breve com a igualmente amada prima Vera. Eles moravam na fazenda e ficávamos tão felizes quando precisavam vir para a cidade pois, quando isso acontecia, hospedavam-se em nossa casa.

Meu pai e tio Pedro haviam sido sempre muito unidos: talvez a causa do amor imenso que eu e meus irmãos sentíamos pelo tio, sua esposa e sua filha. Nós gostávamos tanto, que queríamos que eles ficassem muitos e muitos dias conosco. Por esse motivo, mal eles chegaram em casa, foi igual — como tinha alertado nossa mãe, que convocou a "reunião" para que *não* se repetisse o que sempre fazíamos:

— A bênção, tio. A bênção, tia. Quando vocês vão embora?

Nossos pais nos olharam, roxos, e disseram:

— O que é isso, crianças? Assim vocês nos matam de vergonha!

Agosto, 1959

Entre mãe e filhas

Eu havia entrado no quarto da mãe. Dona Mira estava deitada e, por ser após o almoço, supus que estivesse repousando. Caminhei devagar para não a acordar. Porém, ela se encontrava de olhos abertos. Ao me ver me aproximar, ela falou:

— Quando seu pai chegar, vou dizer a ele que mande você e a Hercy embora de casa.

Não entendi nada. Resolvi perguntar.

— O quê, mãe?

Ela repetiu que eu e Hercy seríamos expulsas de casa.

— Por quê? — indaguei.

E a mãe nos acusou de estarmos falando mal dela. Eu não tinha sequer oito anos; com aquela idade, nem sabia falar mal de alguém, simplesmente não possuía aquela malícia. Neguei que fosse verdade, entretanto ela insistia que iria debater o tema com papai.

Entrou alguém no quarto e saí — sem entender o que estava acontecendo com minha mãe, e apreensiva sobre mim mesma.

Eu somente pensava que eu não sabia fazer nada; apenas estudava e brincava; os poucos servicinhos que fazia em casa não me trariam dinheiro para me sustentar. Ponderei comigo que Hercy sabia lavar, passar, cozinhar e que, dessa maneira, ela poderia arranjar trabalho e um quartinho na casa de alguém — até me esqueci de que a Hercy não cozinhava tão bem, de que era outra criança a "brincar" de ser gente grande. De toda forma, eu não teria onde morar, nem o que comer!

Como fiquei cismada. Minha mãe permaneceu alguns dias no hospital e, todas as vezes em que meu pai voltava das visitas, meu coração acelerava. Aquela foi sua segunda internação mais preocupante. Questionava-me se dona Mira já o havia persuadido a nos expulsar. Quiçá, ela tivesse se esquecido — eu hipotetizava diante do silêncio dele sobre a questão.

Quando minha mãe foi liberada pelos médicos a retornar para casa, tive receio de me aproximar dela. Com seu Hugo por perto, ela se lembraria do assunto e o traria à tona para debater com ele. Minha mãe não era uma pessoa que se esquecia do que prometia, disso eu sabia bem!

Não aguentei por muito tempo aquela ameaça que pairava no ar. Resolvi enfrentá-la porque presumi que, mais cedo ou mais tarde, dona Mira trataria da questão com meu pai. Na primeira oportunidade em que minha mãe ficou sozinha, fui até ela:

— A senhora ainda vai falar para o papai me mandar embora de casa com a Hercy?

Mamãe me olhou sem entender nada.

— O quê? Que conversa é essa, Elza?

Eu a relembrei do que ela tinha dito. Contudo, ela negou. Afirmou, inclusive, que nunca havia nem cogitado uma coisa daquelas e que eu deveria ter sonhado aquilo.

Fiquei tão feliz, tão feliz por continuar a ter uma casa com comida na mesa!

Mesmo assim, juntei os dois fatos e os expus ao meu pai. Ele me explicou que, todas as vezes que a pressão arterial de minha mãe baixava muito, "ela delirava", tinha episódios de confusão mental. Se eu soubesse daquilo antes não teria sofrido tanto, com medo de ter que ir morar na rua e morrer de fome!

Passei a ficar mais atenta à saúde de dona Mira. Depois daquela ocasião, todas as vezes em que minha mãe foi internada eu orava muito e fazia promessas para que voltasse para casa bem — esse costume aprendi com ela própria. Ao longo de sua vida, minha mãe esteve internada não menos de cem vezes! Entre essas, na que posso considerar a terceira internação mais preocupante, prometi algo que deixou meu pai ainda mais aflito: jurei para a santa não beber água por 10 dias.

— Como você faz uma promessa dessas? Vai ficar doente! Vai ter que beber água.

— Não posso. Eu prometi e a mãe voltou para casa. Então...

Meu pai providenciou bastante líquido, chá, laranjada...

Diferentemente do suco de laranja, que é feito puramente do suco de laranjas espremidas, a laranjada é feita do suco de uma laranja e de quase meio litro de água, além de açúcar. Dia desses, preparei uma laranjada e foi uma volta à infância.

Êta laranjada deliciosa! Não sei se a santa se sentiu trapaceada.

7
MEUS OITO ANOS

Dezembro, 1959

Lá se foi o Natal

Naquele ano, aproximadamente duas semanas antes do Natal, dona Mira tinha sido internada em um hospital de outra cidade. Seu Hugo havia conseguido uma licença no trabalho para ir buscá-la. Viriam de trem até Lins e lá tomariam o ônibus. Chegariam no dia 25, na parte da manhã.

Os ônibus passavam na avenida de minha casa porque essa era, senão a principal, uma das principais da cidade: a "Avenida Paulista" de Três Lagoas. Sempre que havia alguém para descer por ali, realizava-se uma parada logo na quadra anterior, que fazia esquina com outra avenida, de onde o ônibus virava em direção ao centro e à rodoviária. Se o passageiro tivesse suas malas no bagageiro, o motorista estacionava o ônibus ao lado da calçada para que seu ajudante, o cobrador — responsável por tudo mais que não a direção do veículo — descesse, fizesse o controle e entregasse as malas.

Antes da hora marcada para nossos pais chegarem, todos já estávamos ao portão para saber quem conseguiria avistar primeiro o ônibus quando ele despontasse na avenida — que, não por acaso, funcionava como entrada de São Paulo.

Tia Lúcia adiantava o almoço. O refrigerante? Também existia ansiedade pela deliciosa bebida geladinha! Quase nada se igualava ao líquido fresquíssimo, descendo nossa goela abaixo — a não ser a água, apenas quando se estava com sede. Bem, o guaraná — comprado com antecedência pelo pai — já estava no gelo desde o dia anterior.

— O ônibus parou! O ônibus parou! — gritávamos, pulando de alegria. O Natal estava salvo! Com a presença da mãe, tudo seria feliz. Haveria a alegria do sorriso do pai!

Minhas tias Lúcia e Sinhana vieram correndo da cozinha. Colocaram as panelas na parte de trás do fogão a lenha, com a boca da chapa fechada por uma pesada e grossa tampa — de tal maneira que o arroz não corresse o risco de queimar [esse truque deveria ter sido repassado a minhas irmãs, aliás, porque elas viviam deixando tudo queimar].

Os meninos queriam atravessar a rua correndo para ir ao encontro de nossos pais. No entanto, minha tia Lúcia, muito prudente apesar do pouquíssimo movimento de carros na avenida — quase nenhum —, interveio no movimento:

— Esperem um pouco, esperem um pouco.

Todos esperaram os passageiros saírem, descarregarem suas bagagens, o ônibus partir e virar a esquina. Foi possível ver melhor as pessoas que haviam descido do veículo: de quatro a cinco passageiros. Carregavam muitas malas, com certeza cheias de presentes para seus parentes.

Entre aquelas pessoas, não identificamos nossos pais.

— Será que eles deixaram para descer na rodoviária? — perguntou alguém.

— Não, isso não procede. Depois, vir a pé de lá até aqui, ou pagar um carro de praça? — tio Pedro estava pensativo (carro de praça ou de aluguel era como nos referíamos aos táxis).

Todos parados na calçada. Ninguém entendia nada. Todos mudos e desapontados.

Um senhor veio até nós. Era um funcionário da estrada de ferro — um "quase camarada" de papai, como eu dizia —, que trabalhava na estação da ferrovia, na venda de passagens e ao telégrafo. Eu me referia desse jeito ("quase camaradas") àqueles que viviam sempre limpos, sentados no conforto de uma sala da N.O.B., abrigados do sol, da chuva, do vento e do frio, "no bem bom da sombra e da água fresca"; ao passo que seu Hugo enfrentava frequentemente os elementos no vaivém casa-serviço-casa das máquinas quebradas e nos exaustivos socorros aos trens descarrilados em horários inconvenientes. Enfim, o tal quase camarada de papai foi sem demora dizendo:

— O Hugo enviou um telegrama.

Nossos corações estavam acelerados. Havia um silêncio só. O encarregado da comunicação continuou:

— A esposa dele passou mal no trem. Tão mal, que telegrafaram à estação de Lins, onde uma ambulância já ficou de prontidão. Ela foi internada. Assim que puder, Hugo manda notícias.

Na certa, outras notícias chegariam por telegrama até a estação e alguém as traria até nós — esse era um dos benefícios de ser funcionário da ferrovia. Ao menos, existiam algumas poucas, pequenas vantagens para contrabalancear a imensa dedicação exigida de papai ao trabalho, pensávamos todos — algo pequeno que mudou de tamanho naquela situação. O "muito pouco" — em termos de ordenado e benefícios que ele recebia da N.O.B. — se transformava em "muito, muito" em nosso desespero.

Aquela notícia caiu feito uma bomba em nosso Natal. O estrago foi grande. Nem nos lembrávamos da ocasião. Estávamos todos calados, tristes, com os olhos cheios de lágrimas. Ninguém tinha ânimo nem vontade para consolar, nem para ser consolado. Nada que fosse dito teria importância.

Na hora do almoço, comemos o que estava pronto: o arroz, os pastéis que a tia Lúcia fritou, o prestigiado frango que preparou. Faltaram as coxinhas, faltaram nosso pai e nossa mãe. Pela primeira vez, no dia 25 de dezembro, a comida e o refrigerante não tinham gosto de festa. Apesar de a tia ter excelente mão para fazer qualquer coisa que se propusesse a cozinhar, nós comíamos tão somente para matar a fome.

O mal-estar de minha mãe tinha destruído até o "gosto de gostoso" do almoço e do refrigerante de Natal.

O mal-estar de Mira

Mira ficou órfã de mãe aos nove anos de idade. Ao cair de uma tarde o pai, Seu Chico Salles — conhecido pioneiro treslagoense —, havia pedido que ela fosse desarrear um dos cavalos do pernoite — alguns dos quais arredios, que ele domava. Minha avó Ana Cândida, entretanto, teve uma sorte de intuição e abruptamente interveio:

— Não! A Mira não vai, não. Eu vou.

No lusco-fusco, em algo tão rotineiro no dia a dia de uma fazenda, um dos cavalos matou Ana Cândida com um único coice, diretamente no peito. Seu coração parou de bater no mesmo instante. Sem a premonição materna, se tivesse deixado Almira ir, minha avó teria perdido a filha e nem meus irmãos nem eu teríamos nascido. Seria essa intuição algo relacionado à ancestralidade indígena de vó Ana Cândida?

Seu Chico Salles se casou novamente, apenas seis meses depois, com dona Filhinha, apelido de Maria José da Costa — viúva de João Garcia Moreira, este, irmão de Mizael Garcia Moreira Neto e filho de Benevenuto Garcia Moreira, o capitão Benuto; eram donos da Fazenda Morangas, primos e vizinhos de cerca de papai na Fazenda Beltrão. De fato, a porção da Fazenda São Pedro que seu Chico Salles arrendava para o pernoite pertencia a algum tio ou tia de Hugo, pois essa terra havia sido dos avós de meu pai, Claudina e Luís. Papai e mamãe sempre tinham sido, portanto, vizinhos.

Devido à perda precoce de sua mãe, ainda criança Mira teve de cuidar dos filhos que a madrasta tinha trazido do casamento anterior e, além deles, dos meios-irmãos que nasceram da nova união de seu pai.

Casou-se muito jovem também, com dezesseis anos de idade, e logo vieram seus próprios filhos. Em sua quinta gravidez, mudou-se para a área urbana de Três Lagoas, onde eu nasci e também meus dois irmãos mais novos — incluindo a natimorta, Maria.

Dizem que "se conselho fosse bom não se dava, vendia". Aos 28 anos, quando minha mãe engravidou pela sétima vez, as vizinhas encheram-lhe a cabeça com conselhos: "Onde já se viu, mais um filho?"; "Você vai levar essa gravidez adiante?"; "Tome isso"; "Faça aquilo".

Na sala de parto do hospital, Mira sofria as consequências da decisão que tinha tentado tomar guiada por conselhos cientificamente desembasados. O bebê não fazia a parte que lhe cabia no nascimento. E minha mãe pagava pela ingestão de tantos chás, e pelo uso de outros tantos métodos abortivos ineficazes. Ela não interrompeu a gravidez como desejava, porém a criança acabou por falecer durante o parto — e teve que ser retirada a fórceps. Foi só então que meu pai descobriu o que tinha acontecido nos três primeiros meses da gestação — e Hugo ficou tão furioso quanto ferido.

— Elas deviam ter cuidado das vidas delas! Os maus conselhos só trouxeram complicações para nossas vidas — repetia o pai, diante do sofrimento da esposa.

Mira perdeu não somente o bebê, mas também a saúde pelo resto da vida: sofreu uma apoplexia pituitária, cujas manifestações clínicas e constelação de sintomas são bastante graves. As amigas dos conselhos sem fundamento científico desapareceram; nenhuma jamais foi até a nossa casa para verificar se precisávamos de algo. Em seu turno, as crianças maiores — ainda que muito pequenas — tiveram que arcar com o trabalho da casa e com os cuidados para com os irmãos menores.

Camisinhas eram caras, difíceis de encontrar e, muito depois da otimização do uso do látex para sua fabricação, no final da década de 1920, continuaram a ser consideradas "imorais" pelas religiões e por setores da sociedade. A Igreja anglicana sancionaria o uso de camisinhas por indivíduos casados a partir de 1930; no entanto, até o presente ano, a camisinha e todos os outros métodos contraceptivos permanecem proibidos pela Igreja católica a seus membros. A pílula anticoncepcional seria inventada nos Estados Unidos apenas no ano de 1960 e, nas primeiras décadas após a inovação, as mulheres que optavam por usá-la para o controle de natalidade enfrentavam grande preconceito — dizia-se que se tornariam "promíscuas".

Anteriormente às décadas de 1930 ou 1940, era comum as crianças falecerem muito pequenas por doenças que depois se tornariam preveníveis ou combatíveis — tanto com o advento de vacinas quanto pelo uso de antibióticos e devido a outros avanços da ciência e da medicina modernas. Até aquela época fazia sentido prático uma mulher ter inúmeros filhos, haja vista que poucos sobreviveriam à idade adulta, apesar de que também era comum as mães morrerem durante um dos incontáveis partos. Os homens geralmente se casavam duas ou três vezes e a população se mantinha relativamente estável.

De meados de 1940 até o uso mais amplo de métodos contraceptivos duas décadas mais tarde, houve uma grande explosão populacional em países do Ocidente, porque as mulheres continuavam tendo muitos filhos, mas estes e as mães tinham maiores chances de vida. Por esse motivo, chama-se minha geração — nascida entre os anos de 1946 e 1964 — de geração *baby boom*[3], termo que se refere ao aumento no número de crianças.

A pílula do dia seguinte e o DIU, por exemplo, somente seriam inventados ou usados de forma mais segura a partir da década de 1970. Em nosso país tampouco existia educação sexual nas escolas. E mesmo hoje o aborto é em várias circunstâncias considerado ilegal no Brasil e em vários países — o que continua a infringir o direito de escolha das mulheres.

Em termos gerais, o não controle da natalidade causa impactos negativos profundos no planeta, pois uma população humana tão imensa se demonstra insustentável.

Infelizmente, o mal-estar de Mira foi fruto de seu posicionamento afirmativo com relação ao direito da mulher de escolher no contexto de uma sociedade machista e falsamente moralista, que não permitia a ela

3. Pontos de discordância quanto ao Acordo Ortográfico da Língua Portuguesa de 1990, neologias e estrangeirismos terão suas três primeiras ocorrências neste texto salientadas em itálico.

ferramentas adequadas para o exercício desse direito de escolha — que lhe era negado e continua a ser para as mulheres contemporâneas. Mamãe nunca conseguiu controlar os diversos problemas de saúde causados pela apoplexia pituitária que sofreu em seu último parto.

Hugo se sentiria culpado pelo resto da vida, pois o amor dele a havia levado àquela condição — o prazer de viver com sua própria esposa era "pecaminoso". No entanto, quantos filhos mais ela teria tido até que sofresse de alguma outra complicação em um parto futuro, se não tivesse tentado utilizar naquela ocasião os métodos de controle de natalidade que tinha disponíveis, ainda que ineficazes?

Minha futura sogra, Tereza, também teve seis filhos até que — agindo com autonomia, e de livre e espontânea vontade — ordenou ao médico que lhe realizasse uma histerectomia total com anexectomia bilateral. Escolheu e vive saudável até hoje.

Fevereiro, 1960

O gordo e o magro

Eu amava muito meus pais. Embora minha mãe sempre nos aplicasse uns corretivos que eu, depois que tudo era passado, achava merecidos, meu pai nunca havia encostado um chinelo em mim, ou sequer dado um só tapa.

Seu Hugo era, como dona Mira dizia, um "acobertador" das minhas travessuras. Isso, somado ao carinho e ao zelo que ele tinha pelas suas crias, fazia com que a admiração dos filhos fosse muito grande pelo pai. Eu tentava de tudo para não o desapontar. "Tudo" é maneira de se dizer, porque: qual criança resiste a uma travessura?

Eu era também uma defensora de papai. Tudo que podia fazer por ele, fazia — tudo o que estivesse ao meu alcance, ao menos. Quando o via chegar tão cansado do trabalho, aquilo me cortava o coração: teria dado a seu Hugo uma vida com um pouco mais de descanso, se pudesse.

Naquela manhã, pela primeira vez na minha vida, meu pai não foi trabalhar. Estava de fato mal — até ao médico foi. Voltou, como ele próprio expressou, "carregado de remédios". E, tão pronto tomou alguns deles, foi se deitar.

Eu ia de minuto em minuto ao quarto para ver como ele estava. Na verdade, acho que eu atrapalhava, pois quem não está se sentindo bem deseja ficar quieto, e não tem a mínima disposição para responder a uma pergunta que seja.

— E aí, papai, já melhorou?

O remédio mal tinha sido engolido e eu já indagava.

— Tá melhor, papai?

Quiçá por ver a angústia no meu rosto, na minha voz, ele respondia:

— Tá melhorando, tá melhorando...

Os dias se passaram, mas nada de ele se levantar. Quando chegou sr. Sebastião, um amigo, para o visitar, eu me alegrei inicialmente. "Agora, quem sabe ele se distrai e acaba melhorando", pensei, acompanhando a visita até o quarto.

Minha alegria passou rápido. Mal o amigo entrou, já me indispus com ele.

— Hugo, como você está magro! Chega até a estar feio!

Papai deu uma risadinha. Fiz de um tudo para manter minha boca fechada. "Quem ele pensa que é para falar assim do meu pai? Esse homem é bonito, por acaso? Olha só a magreza dele."

O amigo reiniciou a conversa e, novamente:

— Hugo, você está muito magro!

Eu segurei a má resposta que insistia em querer sair.

A conversa entre os dois prosseguiu. Não arredei pé do quarto. Comecei a achar o amigo antipático; e passei a me sentir cada vez mais desconfortável com a presença dele. Todavia, o sr. Sebastião já estava quase me convencendo: meu pai deveria ter emagrecido muito, eu talvez não tivesse notado por vê-lo todos os dias, e o amigo talvez estivesse sinceramente preocupado.

Preocupado ou incomodado? Provavelmente incomodado, porque conseguiu incomodar a mim também. Quando, pela décima vez, ele disse...

— Hugo, você está mesmo muito magro! O que será?

Eu intervim:

— E o senhor é muito gordo, não é? Deve ser, para falar assim do meu pai!

— Elza, o que é isso?!? — admirou-se papai. Julgou um desrespeito para com a visita, ainda pior sendo seu amigo.

— Deixa, Hugo — disse sr. Sebastião. E caiu na gargalhada.

Aquele episódio serviu para eles se tratarem usando novos apelidos. Quando se encontravam, era assim que se cumprimentavam:

— Olá, gordo — meu pai dizia para sr. Sebastião.

— Olá, magro — respondia o amigo para seu Hugo.

Foi dessa maneira que eles se tornaram, um para o outro, "o gordo" e "o magro".

Março, 1960

"Tava ruuuuim!"

Eu, quando menina, não gostava muito — aliás, não gostava nada, e continuo a não gostar — de serviços de casa. Cozinhar era o pior dos suplícios.

Entretanto, houve algo pelo que desenvolvi um gosto especial na cozinha. Eu simplesmente passei a amar fazê-lo, e somente para o meu querido tio Teodomiro, irmão de dona Mira — tudo devido à admiração que eu cultivei pela sinceridade dele.

Essa disposição para um trabalho na cozinha, o prazer que senti e minha admiração se iniciaram no dia em que minha mãe — que tinha acabado de receber a visita — me convocou:

— Elza, filha, você pode passar um café para nós?

Minhas irmãs mais velhas não estavam em casa, por isso minha mãe me atribuiu a tarefa. Usou um tom de voz firme para que eu não me fizesse de rogada, porém ao mesmo tempo não queria que a visita se achasse um incômodo.

Dado o tom de dona Mira, até mostrei os dentes em um forçado sorriso para que o tio se sentisse bem-vindo e soubesse que seria um prazer deixar de brincar para preparar um café para ele! Eu somente não imaginava que tomaria gosto pela coisa.

Demorei porque era sempre muito lerda nos poucos serviços domésticos que executava, devido a minha falta de habilidades — honestamente, essa lerdeza perdura até os dias de hoje. Terminado o café, levei até a sala e servi ao tio e a minha mãe, que não tomou o dela — era uma mulher esperta.

Algo no rosto do tio Teodomiro então me chamou a atenção: cada vez que ele levava o café à boca, a porção era menor; também quase fechava o olho direito, ao passo que entortava um pouco a boca.

"Estranho! Ele sempre vem aqui e nunca faz assim das vezes que minhas irmãs ou minha mãe passam café para ele", pensei. E, curiosa como só eu sabia ser, observei atentamente meu tio, que demorou muito para terminar a pequena xícara. Quando a devolveu vazia, arrisquei a pergunta:

— E aí, tio, tava gostoso o café?

Ele deu uma mexida na boca, apertando os lábios e os abrindo. Houve um clima de suspense: eu não sabia se queria saborear o café até o último instante ou se livrar do último gosto dele.

Não acreditei na resposta que ele deu.

— Tava nada. Tava ruuuuim!

Ele não deveria ter dito aquilo! Amei tanto sua sinceridade, que me arrependi por não ter servido o café em uma xícara de chá ou mesmo em um copo para que fosse em maior quantidade — aumentando, assim, proporcionalmente a minha diversão em observar meu tio. Ele acabou por me distrair mais do que a brincadeira que tive de interromper para o receber.

Foi tão engraçado que, todas as vezes que ele vinha nos visitar, mal ele chegava, eu já dizia para minha mãe:

— Mãe, vou passar um cafezinho para o tio.

Ele dizia, meio sem graça:

— Não precisa, não. Não quero dar trabalho...

Eu insistia:

— O que é isso, tio? Não é trabalho nenhum!

Caprichava para que o café saísse cada vez pior. Tudo para ficar ali apreciando o suplício dele para engolir aquele líquido viscoso que na certa começou a detestar — principalmente na minha casa, onde apenas eu passei a ter o privilégio de o servir e depois recolher sua xícara:

— E aí, tio, o café tava bom?

— Tava nada. Tava ruuuuim!

Se ele fosse um pouco menos sincero e dissesse que estava bom, nunca mais teria que tomar "o café da Elza".

Abril, 1960

"Mas é mole demais!"

Eu realmente me entregava em todas as brincadeiras; eu me esforçava para sair vencedora — e naquela tarde não foi diferente.

A cerca de balaústres era formada por dois caibros horizontais, um na parte superior e outro na parte inferior, que serviam para estabilizar as tábuas presas ao solo — que corriam na vertical e constituíam a cerca em si.

Estávamos brincando de pique. Ao atravessar o buraco da cerca (uma abertura de umas três tábuas faltantes), pisei no caibro horizontal inferior e abaixei a cabeça para passar por debaixo do de cima. Tudo isso enquanto olhava distraída para trás para ver se o amigo, adversário na brincadeira, estava distante.

Dei o impulso para pular o mais longe possível, na tentativa de ganhar mais espaço. Mas, quando virei o rosto para a frente, o poste da rua — que era próximo da cerca — estava a apenas um palmo de meu rosto. Acertei em cheio o poste com a testa e caí sentada.

Eu me senti em uma daquelas cenas de gibi, em que o personagem se machuca e um monte de pássaros voa em círculos para indicar a dor e o quanto a pessoa ficou tonta. O sangue começou a escorrer. Bastante zonza por causa da pancada, que resultou em um corte de uns dois dedos de largura, fiquei ali no chão um bom tempo. Inclinei um pouco a cabeça para que o líquido vermelho não pingasse em minhas roupas. Os amigos se aproximaram.

— Vixe... — deixou escapar um deles, antevendo o rebuliço que aquilo iria causar.

Já tinha de ir para casa — dona Mira era rigorosa e havia batido a hora do banho da tarde. Mas o medo de ser levada ao hospital foi muito grande. Pela quantidade de sangue que sentia escorrer, a ferida não deveria ter sido pequena — seria preciso levar os tais pontos que eu tanto temia. E ali, com os olhos fechados — tudo girava à minha volta —, não conseguia olhar para o sangue sem passar mal. Era mesmo muito "mole" diante dessas situações — por isso, fugi da medicina.

Consegui pensar em uma peraltice adicional. Os frutinhos de cascas amarelas, dependurados em uma ramagem que se enroscava por toda a cerca que fazia divisa com o terreno da vizinha, deram-me uma ideia. Chamavam-nos de "são-caetanos". Com a cabeça inclinada, peguei alguns deles e os abri. Juntei um bom punhado das sementinhas vermelhas e emplastrei a testa.

Segurei-as, na tentativa de passar despercebida por seu Hugo, que estava sentado à porta da sala. Quando retirei a mão, pensando que os frutinhos iriam parar ali, eles escorreram com o sangue pelo meu rosto.

— O que é isso na sua testa?

— É são-caetano, pai.

— Não. É sangue! Venha aqui para eu ver.

— Não me leva para o hospital. Não quero levar ponto. Nem está doendo... — repliquei, chorando.

— Mas é mole demais essa menina! Vai ter que dar ponto. É muito grande — ralhou meu pai, sem perder tempo para examinar o ferimento.

Eu tanto pedi e chorei, que ele resolveu que limparia o machucado com água e sabão — na verdade, foi difícil a limpeza, porque eu nem o deixava tocar direito na ferida:

— Êta menina mole! Fique quieta, Elza! Preciso lavar isso direito.

Depois que o sangue parou de escorrer, tratou de cobrir o corte.

— Pronto. Se voltar a sangrar, ou se você sentir qualquer coisa, se a dor não passar... enfim, qualquer coisa, me avise.

— Tá bom, pai. Eu prometo que te aviso — estava mais tranquila. No entanto, pensei comigo: "Meu pai tem a mania de querer levar a gente pro hospital!".

Não tinha noção, na época, de que fazer visitas ao médico era uma "mania" saudável. O lugar de pessoas feridas e doentes, que precisavam de atendimentos, era no pronto-socorro ou no hospital.

Naquele final de tarde e começo de noite, eu andava bem lentamente. A cabeça mantinha firme, ereta, pois tinha medo de que qualquer movimento brusco abrisse o ferimento. Contudo, à noite, dormi um sono bem profundo e, depois de muito virar na cama, assustei-me ao acordar. Um pouco de sangue, já seco, manchava a fronha de meu travesseiro. Pior, o curativo estava grudado na minha testa! Corri para o espelho. O tecido estava vermelho escuro, e tudo muito seco.

Pensei no que ocorreria quando meu pai fosse retirá-lo. "Isso vai sangrar tanto, que ele vai me levar para o hospital. A não ser que..."

Mansamente, para que ninguém me visse e muito menos notasse minha testa, dirigi-me para o tanque de lavar roupas — bem longe de todos. Ali, sob a torneira aberta o suficiente para a água escorrer suavemente, mantive a testa debaixo do líquido fresco a correr, e aguardei até o tecido se desgrudar. Passei a mão pela testa levemente, para retirar qualquer vestígio de sangue. Quando levei a toalha na testa para secar o ferimento, percebi que continuou limpa, apenas molhada pela água. Deparei-me com meu pai, que já estava a minha procura.

— Vamos ver como está a sua testa! — ele só queria ter certeza, porque havia levantado várias vezes naquela noite para aferir minha temperatura e verificar se meu ferimento não sangrava muito enquanto dormia.

Eu fechei os olhos e torci por uma resposta que me deixasse menos tensa. E ela veio.

— Parece tudo bem. Com o tempo, conforme você for crescendo, a cicatriz vai subir. Talvez até desapareça entre os cabelos, ou fique mais suave.

Eu tomei todos os cuidados para que o ferimento cicatrizasse bem, e por alguns dias até brinquei andando de lado.

Hoje, já adulta, ao olhar bem se percebe a cicatriz próximo ao couro cabeludo. Que pena que não tenha sumido totalmente entre os fios de cabelo... Quiçá eu não tenha crescido o suficiente!

"Segura, Mida!"

Tinha chovido muito naquela noite. Não havíamos recolhido a lenha. Por isso, a Mida estava ali, fazia um bom tempo, debruçada sobre a parte mais baixa do bom e velho fogão a lenha, esforçando-se para acender o fogo de forma a começar a preparar o almoço.

Ela de fato era muito caprichosa, observei: os pedaços de lenha estavam organizadíssimos, dispostos perfeitamente um sobre o outro e também alinhados nas laterais.

A fumaça estava densa — a madeira molhada dificultava demais. Mida soprava e soprava. Nada de o fogo pegar. Papai sempre trazia as estopas sujas de óleo das máquinas que ele consertava, e isso facilitava muito: o material que iria para o lixo na oficina tinha muita serventia em casa.

— Precisa de mais estopa. A lenha está encharcada. Se soubesse que iria chover, teria recolhido a lenha! — lamentou Mida, com lágrimas escorrendo por seu rosto devido ao ardor provocado pela fumaça nos olhos.

Colocava mais estopa e soprava mais. Eu continuava a observar.

Minha irmã, que de outra maneira era sempre tão calma, estava muito irritada. Na tentativa de melhorar seu humor, acabei por agravá-lo mais ainda. Ela continuava debruçada sobre a lenha, com as pernas um tanto dobradas e as mãos apoiadas nos joelhos. Eu, nas pontas dos pés, aproximei-me e a empurrei, gritando:

— Segura, Mida!

Ela, claro, não se segurou. Caiu sobre a lenha, espalhando-a toda. Imediatamente se levantou e correu atrás de mim.

— Ah, se eu te pego! — dizia ela que, para minha sorte, não conseguiu me alcançar.

Nunca vi a Mida tão brava, ainda mais por causa de uma brincadeira. Não sabia se a brincadeira tinha sido certa na hora errada, ou se tinha sido errada em uma hora mais errada ainda.

"Minha orelha está aqui?"

Aproveitamos o galho da mangueira que estava quebrado e resolvemos inovar na brincadeira. Subíamos pelo tronco, sentávamos no início do galho — que não havia se desprendido por completo da árvore — e escorregávamos até o chão. Foi quando resolvi inovar o que já era novo que me dei mal:

— Vou descer deitada — e o fiz. Deitei-me de bruços e soltei o corpo, que deslizou veloz. Ao olhar para baixo, meu brinco se enroscou nos galhos, rasgando as folhas e me obrigando a ficar com a cabeça rente a elas enquanto escorregava. Ai, ai, ai... ai! — berrei instantaneamente aos prantos.

As crianças lá embaixo se apavoraram, sem entender o que se passava. Somente notaram que a descida não era tão rápida.

Quando cheguei ao chão, temia ter perdido minha orelha.

— Ai, minha orelha! Minha orelha! — reclamava, com medo de colocar a mão e constatar que não estava mais no lugar.

— Vixe! — disse Ana. — Sua orelha está sangrando.

Quando passei a mão, devagar e levemente por causa da dor, percebi que o brinco continuava lá. O rasgo foi grande, entretanto. Até hoje se percebe o estrago feito: em vez de um furo para se colocar o brinco, um corte na vertical.

Mais uma cicatriz, resultado de minhas brincadeiras de criança.

Junho, 1960

Claustrofobia

Naquela tarde, todos os alunos saíram da sala antes do final da última aula. E os outros, que estudavam no período matutino, compareceram também para um ensaio geral do desfile, que aconteceria dali a pouco mais de uma semana.

Toda véspera de desfile — eles aconteciam no dia 15 de junho (aniversário da cidade) e em outras ocasiões, como 7 de setembro e 15 de novembro — as escolas costumavam ensaiar. Os alunos formavam pelotões por séries, em filas de quatro. Entre os pelotões ficavam os cerra-filas. E, à frente, a ordem era a seguinte: as balizas, a fanfarra, os porta-bandeiras. Os cerra-filas, os porta-bandeiras e os membros da fanfarra podiam ser do sexo masculino ou feminino.

Enquanto os alunos formavam os pelotões supervisionados por seus respectivos professores, precisei ir ao banheiro. Como pretendia não chamar a atenção — de forma a evitar que todos decidissem sair comigo e os mestres dissessem não —, saí sem avisar.

As cabines do sanitário eram estreitas e as paredes que as separavam umas das outras eram altas, iam até o teto. Na hora de sair da quente e apertada cabine, percebi que a porta havia se enroscado; o trinco, muito frágil, não a abriu — ele simplesmente se soltou em minha mão. Sem ter como puxar a porta e muito menos como escalar a parede, eu me desesperei.

O pânico logo se instaurou em mim. Visualizei a noite chegando, todos os alunos em casa, e meus pais sem saber onde eu estaria. Acabaria por passar a noite ali, sozinha, naquele forno em que se transformava o minúsculo e abafado cubículo.

Gritava, esmurrava a porta e chorava. Estava toda molhada de suor — ao calor natural de um espaço minúsculo e abafado, somava-se aquele causado pela adrenalina do medo em meu corpo.

Por sorte, eu era uma das balizas de destaque. Assim que toda a escola se encontrava pronta para iniciar o ensaio, deram por minha falta. Os instrutores começaram a perguntar aos estudantes se alguém tinha me visto. Felizmente, mesmo nos momentos mais confusos, sempre existe alguém com lucidez o suficiente para pensar em todas as possibilidades:

— Será que ela foi ao banheiro?

— Mas faz tempo que ninguém a vê por aqui!

— Vamos até lá.

E três professoras saíram à procura da pequena baliza desaparecida. Quando se aproximaram das cabines do banheiro, viram que apenas uma tinha a porta fechada. O ruído abafado de meus gritos também se escutava. Estava rouca de tanto gritar por ajuda! Ao chegarem diante da porta, chamaram:

— Elza, você está aí?

— Fiquei presa. A porta enroscou — respondi aos prantos.

— Afaste-se. Vamos empurrar!

Conseguiram arrombar a porta. Finalmente, eu estava livre e conseguia respirar ar fresco. Tiveram que me trazer um copo com água para eu me acalmar. Lavaram meu rosto, e rapidamente uma das professoras retirou um pente da bolsa para pentear meus cabelos. Tentaram me dar uma aparência condizente com a posição que ocupava. Apenas uma coisa não foi possível fazer: clarear meus olhos, que estavam vermelhos e inchados do tanto que havia chorado.

Se não fosse realmente apaixonada pelo que fazia, teria ido direto para casa. Apesar do apuro pelo qual tinha passado, iniciei meus movimentos e me acalmei. Aqueles que estavam mais próximos conseguiram ver em meus olhos que algo havia acontecido, todavia não tiveram oportunidade de perguntar porque, a todo vapor, realizei todas as minhas acrobacias e a curiosidade foi esquecida.

Fui a única que não esqueceu do que ocorreu: fiquei tão traumatizada, que toda vez que entro em um banheiro, até hoje, testo a porta para ver se ela está funcionando bem. Aliás, ninguém que passa por um grande sufoco desses se esquece!

Junho, 1960

Cega e surda

As crianças não têm a menor noção do quanto é perigoso soltar as tais bombinhas, que muitos adultos inconsequentes vendem para menores desacompanhados de seus pais. Eu só fiquei sabendo desse perigo quando um dos vizinhos veio me chamar para a perigosa brincadeira.

— Seu pai comprou para você?

— Não. Ele me deu dinheiro e eu comprei — respondeu Felipe.

— Meu pai não deixa a gente comprar bombinhas e nem fogos, disse que é perigoso — arrazoei.

— Meu pai não sabe. Os meus amigos estavam soltando. Eu fui e comprei.

Quando viramos a esquina, próximo a uma casa abandonada e longe das vistas de nossos pais, as crianças estavam lá se divertindo. Eu nunca tinha participado de tais brincadeiras. Mas, há uma primeira vez para tudo e geralmente nunca se esquece uma primeira vez, principalmente se a gente se der mal.

— Faz assim, Elza. Você risca a bombinha, coloca no chão, põe a lata em cima bem rápido e corre para ver o estouro de longe — explicou Felipe.

O menino foi fazendo o que dizia e eu me admirei com a altura que a latinha voou quando a bombinha explodiu.

— Nooooossa. Que legal! Que legal — dizia, toda entusiasmada.

Fiz tal qual me foi ensinado; porém a lata nem voou, sinal de que a bomba não tinha explodido. Inexperiente na brincadeira, eu me aproximei e peguei a lata para averiguar. Os meninos gritavam; faziam sinais ao longe; eu não entendia nada. Por fim, Felipe se aproximou disparado e avisou:

— Não, Elza. Saia daí. A bomba às vezes demora.

Tarde demais. Tão logo levantei a lata, a bomba estourou! A explosão foi bem próxima aos meus olhos e ouvidos. Afinal, a bomba não estava coberta pela lata, mas, praticamente, pela minha cabeça. E o estouro foi forte, mais forte do que eu jamais tinha ouvido.

Após o barulho, tudo ficou escuro e silencioso. Demasiado silencioso. Apenas tateei em busca do muro que sabia estar perto e me apoiei nele para não cair, tão surpresa e desesperada com o que se passava comigo.

— Meu Deus! Fiquei cega e surda!

Diante daquela escuridão e do silêncio repentino, comecei a chorar. Nem o som de meu próprio choro eu ouvia. Não sei precisar quanto tempo na realidade se passou. Para mim pareceu uma eternidade, como dizia minha tia. Naquele momento desesperador de total e completa escuridão e silêncio, supliquei por ajuda:

— Meu Deus, me ajude, não quero ficar nem cega e nem surda.

E repetia:

— Meu Deus, meu Deus, me ajude.

Apenas sentia os colegas me sacudirem. Eu chorava muito. Minha aflição era tamanha que intimamente eu prometia que jamais iria participar de uma brincadeira idiota como aquela novamente.

Aos poucos, a paisagem foi clareando e o ruído exterior foi se conchegando. As crianças ao meu redor estavam apavoradas — algumas, já em prantos. Sabiam sobre os estragos que uma simples bombinha poderia causar.

— Elza!

— Elza!

— Graças a Deus. Eu não via e nem ouvia nada, pensei que tivesse ficado cega e surda para sempre!

— Eu falei para você não pegar a lata! As bombas costumam falhar, mas não quer dizer que não vão explodir — replicou Felipe.

— Eu não ouvi. Não sabia disso. Nunca mais quero brincar de estourar bombas!

— Meu pai me falou de um conhecido dele que morreu em um estouro de fogos em uma carroceria de caminhonete — contou um outro garoto.

Os meninos também desistiam da brincadeira.

— Por que você não vai amanhã lá na loja, devolve essas bombas e pega seu dinheiro de volta? — fui insistente com Felipe.

— É... Acho que vou fazer isso. Se meu pai descobre o que aconteceu aqui hoje...

Não sei se Felipe cumpriu com sua decisão ou não. De minha parte, nunca mais me interessei por bombinhas ou fogos de artifício.

"Você tem cada uma, Elza!"

Naquela manhã de final de outono, quase inverno, minha mãe — convalescente de outra enfermidade — tinha sentado na parte de frente da casa para tomar o sol da manhã, quentinho e gostoso, que afastava um pouco do frio que fazia e que ela particularmente sentia (era um de seus sintomas).

— Elza, vá pegar sua cartilha. Eu vou te ensinar a lição.

Voltei poucos minutos depois, com a cartilha e uma cadeira.

Sentei-me e minha mãe começou a ler. Eu repetia fielmente o que ouvia. Apenas repetia, porque, entretida em observar — através da cerca de balaústres — as pessoas que passavam na rua, eu nem sabia o que estava repetindo. Em momento algum eu tinha olhado para a cartilha. Depois de várias e várias lidas, dona Mira resolveu fazer um teste: começou a perguntar à pequena curiosa e desatenta o que estava escrito onde havia lido.

— Leia aqui, Elza.

— Aqui?

— É!

Pensei, pensei, pensei e continuaria pensando até o dia seguinte, se minha mãe não me interrompesse.

— Anda, Elza. O que está escrito aqui?

— Não sei... — respondi, meio receosa.

— E aqui? — perguntou ela novamente, apontando o dedo, ao tempo em que insistia: — O que está escrito aqui?

— Não sei...

— E aqui?

— Também não sei...

Respondia um "não sei" cada vez mais baixo e mais cheio de medo, pois dona Mira, quando brava, era realmente brava.

— Como não sabe, Elza? Quantas vezes a gente já leu?

Eu não demorava muito para aprender: meu pai costumava dizer que era esperta e inteligente. Por outro lado, minha natureza igualmente curiosa e criativa podia ser um problema. Naquela manhã, especificamente, minha curiosidade e criatividade estavam bem aguçadas com o vaivém constante das pessoas — o que tirou por completo minha concentração do que mamãe tentava me ensinar. Dona Mira, todavia, continuou a ler e eu, a repetir. Não havia considerado que fosse tão esperta quanto eu!

Enquanto minha mãe lia, com os cantos dos olhos e sem que eu percebesse, ela me vigiava. Eu repetia — somente repetia —, enquanto observava e mentalmente vagava por outros lugares: "Nossa, que menina curiosa, o tempo todo olhando para cá!", "Que cachorro bonitinho!", "Essa senhora passa sempre por aqui", "Aquela bicicleta parece ser nova", "Que homem alto!", "Aquele menino..."

— O que está escrito aqui, Elza? — minha mãe inquiriu, repentinamente, pela última vez.

E, como das outras vezes, a resposta tardou. Por resposta, refiro-me ao "não sei", apenas. Na verdade, ele nem chegou a ser dito; minha mãe já tinha sua explicação:

— Agora eu entendi por que você não conseguiu ler essa lição ainda. Não está nem olhando para a cartilha! Estude sozinha, e rápido.

— Sozinha?

— Sim. E sem choro. Vou tomar a lição antes do almoço.

Minha mãe apoiou a mão sobre minha cabeça, literalmente a impedir que minha atenção fosse desviada uma única vez. Eu não podia olhar para o lado!

Estudando sozinha sob aquele peso, eu tentava desvendar o que existia dentro da cartilha. Algumas sílabas eu já conhecia, de outras eu me lembrava de aulas dos dias anteriores. Dessa maneira, algumas pelo começo, outras pelo final eu ia decifrando aquelas palavras pelos sons que mais se assemelhavam aos que minha mãe havia lido por várias e várias vezes... Eu não tinha mirado o livro enquanto ela enunciava, porém seus sons se registraram em meu cérebro. E fui, a princípio bem devagar, e depois mais rápido, descobrindo quais eram as palavras. Li as frases e, finalmente, a lição toda para minha mãe, que enfim retirou a mão de sobre minha cabeça ao mesmo tempo que dizia:

— Nunca mais faça isso! Já podia ter aprendido a lição há muito tempo.

— Ufa! — segurei a cabeça, que parecia querer cair.

A força que tinha feito com o pescoço — para manter firme a cabeça durante o estudo sob o peso da mão de dona Mira — havia como que adormecido, ou enrijecido aquela parte de meu corpo. Eu não entendia a sensação horrível, simplesmente sentia o pescoço muito dolorido e sem forças. Apoiei os cotovelos nas coxas e com as mãos firmei o queixo.

— Você não vai entrar?

— Não, agora não. Vou segurar minha cabeça, senão ela cai!

Minha mãe me mirou ao passo que se retirava:

— Você tem cada uma, Elza!

Mas minha esperteza não terminou por aí.

O grande truque

Naquela tarde, como sempre fazia, a professora chamou, um a um, os alunos para lerem a lição de casa. Esta, por sinal, não tinha sido pequena. Tampouco eram minguados os alunos. Para ganhar tempo, enquanto escutava, d. Mariete transcrevia a nova lição no quadro negro, preenchendo-o inteiro.

As crianças iam copiando e, quando convidadas, dirigiam-se até a mesa da mestra para ler o texto da lição anterior. A lousa com a nova tarefa ocupava toda a extensão da parede, portanto os alunos teriam muita coisa que copiar antes que batesse o sino a encerrar a aula. Quem não terminasse de copiar o conteúdo antes do tocar do sino permaneceria após o fim da aula até a conclusão.

— Elza, agora é sua vez — pronunciou-se a professora, sem se virar.

Eu me levantei, muito entediada já. Havia ouvido minha mãe ler aquela lição antiga uma imensidão de vezes; eu mesma tinha lido outra infinidade; então, ouvia meus colegas, que liam bem alto porque a mestra continuava incessantemente a passar a nova lição daquele dia ao quadro negro — consequentemente, longe de sua mesa, à qual eles eram convocados.

— Não aguento mais ouvir a mesma coisa! — resmunguei comigo mesma.

Comecei minha leitura. No segundo parágrafo, contudo, acendeu em minha mente a lâmpada de um grande truque. Ao notar a professora de costas para mim, escrevendo sem parar à lousa, pulei um e outros consideráveis trechos — que, juntos, deveriam ter somado uns três parágrafos. E antecipei vitória, acreditando que d. Mariete nada havia percebido porque concluí a leitura sem que ela se manifestasse. Meramente terminei. Em vez de me dispensar, a mestra falou:

— Elza, comece de novo. Leia de novo.

— Tudo? Do começo?

— Tudo, do começo, sim.

Eu havia lido tão bem! Tinha certeza de que não errei nada. O que estaria acontecendo?

— Você pulou uns bons pedaços. Agora, vai ter que ler tudo novamente. Nem sempre certas espertezas acabam bem.

Reiniciei, inconformada com o fato de a professora não ter intervindo imediatamente ao notar meu primeiro pulo. Justamente por essa falta de demonstração de sua atenção, eu tinha pulado mais e mais trechos para terminar logo!

Encerrei muito mais curiosa ainda a respeito de a mestra ter percebido o que eu tinha feito, sem acompanhar a leitura pela cartilha. Por muito tempo, lembrei-me desse episódio e me perguntava: "Como ela ficou sabendo?". Nunca tive coragem de perguntar, por medo de levar uma bronca.

Somente bem mais tarde descobri como d. Mariete desvendou meu "grande truque". Quando eu pulava longos trechos, o texto que eu lia perdia o nexo! Pior, a professora lecionava havia alguns anos a mesma série. Tratando-se da mesma cartilha, ela deveria saber de cor e salteado o livro todo! A ideia tinha passado longe de ser brilhante.

Outra coisa aprendi. O que a mestra tinha dito estava certo: "Nem sempre certas espertezas acabam bem". Isso, somado a: "Antes tarde do que nunca", significava que o aprendizado veio em bom tempo e que nunca mais me valeria daquele tipo de truque, porque isso não seria esperteza e sim, burrice.

Julho, 1960

Sabão de cinzas

Naquela tarde, uma coisa muito triste aconteceu. Todos nas proximidades de casa estavam realmente condoídos com o que houve com o filhinho dos vizinhos —aparentados da madrasta de minha mãe.

Dênis, de três anos de idade, ingeriu soda cáustica — ingrediente que a mãe dele costumava usar para fazer sabão de cinzas e que alguém tinha deixado ao alcance das pequenas mãos da criança. Ele esteve bem mal, e acabou por ser transferido para a cidade de São Paulo. Lá, a medicina era mais avançada e o menino permaneceu por mais de um ano fazendo tratamento médico.

Informaram que durante certo tempo ele havia ficado internado. Depois, precisou se hospedar na casa de um parente porque necessitava comparecer, diariamente, para realizar procedimentos em virtude da cirurgia a que tinha sido submetido.

Apesar da pouca idade, Dênis chorava quando mal se aproximava do hospital — do que se conclui ter sido muito grande seu sofrimento.

Dique

Difícil escrever sobre nossa infância sem citar os animais de estimação que nos acompanharam em nossas jornadas. Afinal, animais domésticos são amigos dos quais nunca nos esquecemos. Suas marcas ficam registradas em nossa memória e em nosso coração.

Foram apenas dois cachorros. Porque após presenciar os atos de crueldade que certas pessoas praticam contra os animais, seu Hugo — muito sensibilizado — resolveu que não teríamos mais nenhum animal em casa.

O primeiro deles, Dique, foi achado com dois meses de idade por meu irmão Guima, que era o que mais gostava de animais. Por ser oficialmente o dono do cão, Guima também escolheu seu nome. De um branco rajado, Dique participava das nossas brincadeiras. E hoje, quando narro aos meus filhos as proezas desse cachorro, eles me provocam alegando que estou "fantasiando".

Naquela época, o quintal do vizinho dos fundos era murado, diferente dos outros — que possuíam cercas de balaústre.

Os gatos da vizinhança entravam em nosso quintal e Dique os perseguia por instinto de sua espécie. Felinos e caninos "não se bicam", exatamente por não terem bicos. Os gatos corriam pelo quintal e pulavam no muro. Quando isso acontecia, sentiam-se momentaneamente aliviados. Demonstravam, ao olharem para o cachorro: "Enfim, a salvo". Não esperavam pela reação de nosso cão que, com um pulo similar, equilibrava-se no muro e continuava a perseguição, até que os pequenos invasores saltavam para o outro terreno. Nesse ponto, Dique se virava, caminhava de volta sobre o muro e descia para nossa casa.

Nós também costumávamos brincar de correr com ele. Ele corria atrás de nós e, assim que nos alcançava, batia as patas dianteiras em nossas costas e nos derrubava.

Devido a essas brincadeiras, Dique aprontava o terror com as crianças que, ao retornarem da escola, corriam em frente de casa. Pois, se encontrasse o portão aberto, Dique corria atrás da molecada. As crianças gritavam apavoradas e ficavam ainda mais desesperadas quando ele as jogava no chão. Choravam! Eu esperava todas estarem ao chão para aparecer e explicar que o cachorro era manso:

— Vocês não precisam ficar com medo. Brincamos com ele desse jeito. Se vocês passarem correndo, ele vai correr atrás de vocês e os derrubar. Mas é só isso.

Eu chamava o Dique e o segurava. As crianças se levantavam e saíam devagarinho. Era uma questão de dias para elas se esquecerem do cão e novamente passarem correndo em frente de casa. Tudo se repetia... Uma ocasião, um menino disse ao amigo:

— Não acredito que um cachorro desse tamanho não morde, que só quer brincar!

Eu me divertia muito com aquilo.

Naquela tarde fria, saí pelo quintal à procura de Dique. Desde o almoço não o víamos. Ele costumava dar suas escapadas, haja vista que o portão estava quase sempre aberto. No entanto, voltava. Bem mais tarde ele chegou, caminhando com dificuldade. Gritei aflita pelo meu pai.

— Papai, corre aqui. Acode o Dique!

O primeiro a chegar foi o Guima, seguido pelos nossos irmãos. Tinha me esquecido de que papai estava trabalhando ainda. Todos ficaram angustiados e comovidos diante do que viram: o cachorro estava com um anzol atravessado em sua bochecha, e uma linha de pescar presa ao gancho. Ao ser arrastada, a linha se enroscava nos objetos ao redor e fazia o animal uivar de dor. Dique não entendia que a linha, quando se prendia, puxava o anzol, que por sua vez feria mais sua carne.

— Corram, busquem um alicate de bom corte e um pano — pediu Guima.

Apesar de papai não gostar de que mexêssemos em sua caixa de ferramentas, tratava-se de uma emergência. O mais rápido que pudemos, todos saímos em busca do material solicitado.

Guima enrolou Dique no pano maior e pediu que meus irmãos o segurassem. Uma das meninas, Hercy, começou a alisar suavemente a cabeça do cão enquanto um dos meninos conversava calmamente com ele, tentando tranquilizá-lo. Guima segurou com uma das mãos a ponta do anzol e o cortou com o alicate — que meu pai fazia questão de manter em bom estado de conservação. Quando o anzol foi retirado, verificamos que era bem forte e imaginamos a dor pela qual o pobre Dique havia passado.

Seu Hugo chegou e, ao ficar sabendo do que tinha acontecido, exclamou, revoltado:

— Como uma pessoa pode ser tão desumana!? Jogar o anzol com um pedaço de carne, para o animal comer a carne e engolir o anzol. Isso é muito cruel!

Por sorte, Dique não tinha engolido o anzol. A maneira como havia mordido a carne fez com que o gancho apenas se fixasse em sua bochecha.

Estávamos todos com os olhos cheios de lágrimas.

— É mesmo muita crueldade — repetimos.

Um medicamento foi passado no corte e a comida do cachorro foi mais pastosa para não zangar a ferida.

Dique viveu alguns meses mais conosco.

Certa manhã, nós simplesmente o encontramos morto no quintal — tinha cinco anos, aproximadamente. Não soubemos à época a causa da morte — hoje concordamos que provavelmente tenha sido envenenamento. Os responsáveis devem ter sido os mesmos da maldade do anzol. Aquele dia, a tristeza bateu geral. Todos choramos.

Demorou um bom tempo para a dor dessa perda passar.

Agosto, 1960

Ato heroico

Seria injusto relatar meus cuidados para com seu Hugo sem me referir à admiração e ao respeito de todos os meus irmãos pelos nossos pais. Dona Mira recebia atenção especial devido a sua saúde frágil. Por sua vez, o zelo para com nosso pai vinha de uma valorização de sua coragem e constante luta para nos proteger e amparar, sem medir esforços. Sempre se colocava em último lugar, sem esperar nada em troca — por puro amor e carinho. Por isso, os filhos — cada um à sua maneira — tentavam cuidar dele, mero reconhecimento por tudo o que fazia pela família.

Certa noite, papai sofreu com enxaqueca — que havia começado ainda no trabalho e tinha aumentado tanto, que imediatamente ao chegar em casa tomou banho e se deitou. Não se levantou nem para jantar. De vez em quando, soltava um gemido:

— Ai, minha cabeça! Como dói.

Ao escurecer, o vizinho mais fisicamente próximo a nós — que, por sinal, possuía um problema de audição — decidiu ouvir música e ligou o rádio no último volume. O som estava tão alto, que parecia fazer trepidar nossa pequena casa de madeira. Dentro dela, papai reclamava:

— Meu Deus, será que esse som precisa ser tão alto? Parece que minha cabeça vai explodir!

Quanto mais protestava, mais nós, seus filhos, tomávamos suas dores e até certa implicância com relação ao vizinho. Por fim, a Hercy teve uma ideia que, ao confabular conosco, obteve a aprovação de todos. Resolvemos colocar o plano em prática.

A casa estava toda às escuras, pois os vizinhos eram bastante econômicos. Se tratava de dois irmãos de origem portuguesa, sr. Salvador e d. Quitéria. Talvez tivessem caído no sono e esquecido o rádio ligado, porque costumavam se levantar muito cedo também. Eu, que gostava do sono da manhã, chalaceava que eles acordavam "de madrugada".

A varanda de nossa casa ficava exatamente em paralelo à pequena varanda dos vizinhos, de onde — por um dos lados — se entrava para a sala e dali para os quartos e — por outro lado — para a cozinha.

Ficou tudo acertado. Nós ficaríamos: uns de olho na porta do quarto de nossos pais para que, caso eles viessem até a varanda, a irmã — dona e executora do plano — fosse avisada; e outros de olho na varanda do vizinho, para evitar que ele saísse e estragasse tudo — a pegar Hercy no flagra. Um de nós também abriria o portão e ficaria pronto para o fechar, após tudo concluído.

Todos a postos, Hercy passou pelo portão que o irmão abriu vagarosamente e seguiu até o portão dos vizinhos, o qual abriu com igual suavidade. Dirigiu-se ao relógio de energia elétrica localizado na varanda da frente da casa e desligou o aparelho. O silêncio reinou de pronto. Correu até o portão, saiu e o fechou. Retornou até nossa casa, entrou e o irmão fechou esse portão atrás de si também, sem barulho. Os dois deram a volta pela casa e ficaram ali escondidos até se certificarem de que tudo estava tranquilo.

Muito curiosa, não saí de meu posto de observação. Permaneci para assistir à conclusão de tudo.

Meus dois irmãos entraram em casa; brevemente, o vizinho apareceu. Devido à claridade que vinha de nossa sala e chegava até sua pequena varanda, ele me viu e perguntou com seu português europeu abrasileirado:

— Oh, menina, a energia não acabou em sua casa?

— Não, senhor. Nós temos energia.

— Eu estava a ouvir o rádio e de repente ele se calou. Tentei ligar a luz e ela não acendeu. Deve ter acontecido alguma coisa.

— É... deve!

— Só me resta então dormir. Ficar acordado neste breu? Boa noite!

— Boa noite, sr. Salvador.

Entrei. Nós nos reunimos, todos contentes.

— Deu certo! Deu certo! Ele foi dormir.

— Agora, a cabeça do papai sara...

— Sem o barulho do rádio, vai sarar mais rápido.

No dia seguinte, contamos a façanha para nossos pais, à espera de grandes elogios e agradecimentos. O que recebemos foi uma grande bronca!

— Vocês não deveriam ter feito isso. Onde já se viu, entrar assim no terreno dos outros e mexer onde não se deve? O coitado passou a noite no escuro. Pensaram se ele ou a irmã se sentem mal, ou se por outro motivo precisam de energia?

— Mas, papai...

— Não. Vocês estão errados. O que podiam ter feito era chamá-lo e pedir para diminuir o volume. Se bem que, àquela hora, nem mesmo isso. Ele estava na casa dele e o rádio é dele — ele tinha o direito de escutar na altura que bem entendesse.

Ficamos decepcionados. Depois de nosso "ato heroico", ouvimos um grande sermão.

No fundo, no fundo papai deve ter se sentido grato. Apenas nos repreendeu para não nos incentivar a fazer outra vez algo semelhante. Foi o que concluímos. De qualquer maneira, um vizinho não deveria escutar sua música tão alto, a incomodar o outro. A liberdade de um termina onde...

Na tarde seguinte, vi o vizinho a limpar um estranho objeto. E, contrariando as instruções para deixar de ser xereta, acheguei-me à cerca:

— O que é isso, sr. Salvador?

— Isto é um velho revólver de chumbinho que estou a limpar. Meu sobrinho Manoel verificou hoje de manhã o relógio de energia e disse que ele foi desligado. Passamos a noite inteira sem eletricidade. Agora estou preparando este pequeno revólver, pois vou encher de chumbinhos as nádegas do moleque que entrar em meu quintal para me desligar o relógio novamente!

Mal sabia ele que não tinha sido um moleque: havia sido uma moleca, Hercy!

Setembro, 1960

Coisa de adulto

Ouvi um *jingle* no rádio do vizinho:

Varre, varre, varre, varre, varre, varre vassourinha
Varre, varre a bandalheira...

Ecoava em meus ouvidos. Soube que era o mote de um candidato à Presidência da República, Jânio Quadros, "de varrer a corrupção do país". Encontrei pelas ruas, então, pessoas que duelavam com alfinetes de lapela: a vassoura representava Jânio e a espada, o Marechal Henrique Teixeira Lott.

De leste a oeste
De sul ao norte
Na terra brasileira
É uma bandeira,
O Marechal Teixeira Lott

"A campanha de Teixeira Lott foi uma das primeiras a contar com um planejamento profissional, com técnicas de marketing político importadas dos Estados Unidos. O *jingle* utilizado é considerado um dos melhores já feitos em campanhas eleitorais no Brasil".

Adultos não falavam de política com crianças. O que conseguíamos era colar fragmentos que ouvíamos de uma conversa e outra ao que se transmitia nas rádios.

8
MEUS NOVE ANOS

Outubro, 1960

O rol dos melhores presidentes que o Brasil nunca teve

A despeito da supercampanha do Marechal, fiquei sabendo que "o da vassoura" tinha ganhado e que Teixeira Lott havia "entrado para o rol dos melhores presidentes que o Brasil nunca teve", porque era um verdadeiro legalista que respeitava a Constituição e que tinha evitado um golpe em 1955.

"Se tivesse ido para a presidência do Brasil, Teixeira Lott teria instaurado um governo de legalidade e de respeito à pessoa humana, e uma vinculação com partidos políticos, porque era um democrata sincero, inteligente e honrado. Com Lott na presidência, não teríamos ditadura militar durante vinte anos, não teríamos a falência nacional".[4]

Em vez disso: "Jânio Quadros assustava os líderes tradicionais, mas seduzia o povo, porque mantinha o cabelo desgrenhado, usava terno amarfanhado, com caspas, e comia sanduíche assentado na calçada. Suas atitudes exóticas eram pontilhadas pelo autoritarismo, pela instabilidade emocional e

4. WILLIAM, Wagner. Declaração de Sobral Pinto em *O soldado absoluto*: Uma biografia do marechal Henrique Lott. Rio de Janeiro: Editora Record, 2005.

pela egolatria, sendo mesmo indomável quando optava por uma ação. Apesar de suas excentricidades, foi eleito no dia 3 de outubro de 1960, com 5.636.623 votos, vencendo o marechal Henrique Teixeira Lott e Ademar de Barros. Tomou posse em Brasília, recebendo a faixa presidencial de Juscelino Kubitschek, no dia 31 de janeiro de 1961. Sua renúncia no sétimo mês de mandato foi o fecho da ópera do absurdo, surpreendendo todos. Tratava-se de uma jogada para voltar como ditador se houvesse intensa mobilização popular a seu favor. Isso não aconteceu, e o presidente do Senado, Auro de Moura Andrade, apresentou logo a carta ao plenário, dizendo que a renúncia era um gesto unilateral e Ranieri Mazzilli deveria ocupar a Presidência da República, até que o vice-presidente João Goulart retornasse da China."[5]

Janeiro, 1961

"Que exagero, Elza!"

Tão logo as crianças completavam dez anos de idade e se tornavam mais fáceis de lidar, as mais obedientes iam passar as férias com os tios na fazenda. Meus irmãos amavam aqueles dias, e amavam mais ainda aqueles tios.

Quando fui pela primeira vez à fazenda Beltrão — de meu tio Pedro e de papai —, tinha apenas nove anos, portanto fui junto de minha mãe e de meu irmão caçula Genésio, que tinha seis:

— Seria falta de consideração deixar a comadre lavar, passar, cozinhar para todos vocês — mamãe se preocupava com tia Lúcia.

No terceiro dia de férias na fazenda, pouco após o almoço eu "descobri" vários sacos de amendoim — era a colheita daquele ano, que meu tio havia armazenado no paiol.

— Não, senhora! Comer muito amendoim faz mal — interrompeu-me dona Mira.

5. Artigo: Um presidente populista e um jingle alucinante. Gilda de Castro. *O Tempo*. Acesso em 7 de outubro de 2018.

Pensei que aquilo fosse uma invenção dela — ou por estar envergonhada pelo fato de a filha não esperar que o amendoim lhe fosse oferecido, ou por achar que aquilo não passasse de gula, porque eu mal tinha deixado o prato.

O paiol era um cômodo grande, feito de pau a pique. O assoalho também constituía de paus finos afastados uns dos outros — forrado de capim, era alto do chão meio metro, aproximadamente, para evitar a água das chuvas e a umidade. Analisei a estrutura e tive uma ideia.

— Vou dar a volta e entro por baixo. Dá para passar a mão pelos vãos, fazer um furo no saco de estopa e pegar o amendoim — tramei com minha prima.

— Tanto trabalho para comer... amendoim?!? — Verinha não se mostrou interessada.

— Você fala assim porque come sempre, deve ter se enjoado! Já eu... Faz tempo que não como, e gosto tanto!

— Você é quem sabe. Se fizer mal...

— Faz nada! Minha mãe é que não quer que eu coma. Ficou com vergonha por eu ter pedido, como uma esfomeada.

Segui o que tinha planejado. Por baixo do paiol, consegui fazer um furo em um dos sacos que guardavam os afamados legumes de que tanto gostava. Comi até me fartar: retirava um bom punhado, soltava da vagem e ia saboreando.

Quando me dei por satisfeita, arrastei-me vagarosamente por debaixo do paiol, olhei para os lados e, não encontrando ninguém por perto, levantei-me. Limpei bem as roupas da terra que estava grudada e fui me juntar às outras crianças.

Mais tarde, a tia serviu a merenda — como chamávamos o lanche da tarde. A mesa estava repleta: leite, biscoitos, chá, café e um bolo fresquinhos. Eu estranhava o fato de chamarem de "fresquinhos" o chá, o café e o bolo de que saíam fumaça — estavam quentes, entretanto eram rapidamente arejados. O aroma da cozinha era inesquecível; tudo o que tia Lúcia preparava exalava tanto que eu, mesmo com a barriga abarrotada de amendoim, não resisti.

Comi o bolo, tomei o leite, comi a canjica, tomei o chá, comi os biscoitos, e mais bolo, e mais canjica. Minha mãe olhava para mim e balançava a cabeça, em reprovação.

— Que exagero, Elza! — não se segurou, envergonhada.

Se a gula for mesmo um pecado, paguei pelo meu mais à noite. Quando todos se recolheram, chamei por minha mãe: estávamos no mesmo quarto.

— Mãe, mãe... Mãããe!

— O que foi, Elza?

— Estou passando mal...

Dona Mira acendeu a lamparina, haja vista que a luz elétrica não tinha chegado à fazenda, e me examinou.

— Nossa, você está branca de tão pálida! O que foi?

— Estou com dor de barriga.

Minha mãe me levou ao banheiro. Vomitei muito, além da diarreia que tive. Quando não era um, era o outro, quando não, eram vômito e diarreia ao mesmo tempo.

— Meu Deus, Elza. O que está acontecendo? Além do exagero da merenda e da janta, o que mais você comeu?

— Amendoim — respondi, sem demora para chorar.

— Elza, quanto amendoim você comeu?

— Só um pouco...

— Um pouco? Não foi só um pouco!

— É. Não foi mesmo, não. Foi muito. Muito mesmo.

— Você é muito teimosa. Agora, estamos aqui. Todo mundo dormindo e a gente, aqui. Já faz mais de duas horas!

E lá nós duas ficamos por um bom tempo... Aprendi que amendoim realmente pode fazer mal — anos depois compreenderia a ciência por trás disso, e tem a ver com aflatoxinas. Pior em grandes quantidades — a gula agrava, tanto é que meu mal-estar durou até quase o meio-dia.

À tarde, estava eu a mil por hora.

Acertos

Uns quatro dias após esse incidente, eu me meti em outra fria. Havia chovido a noite toda, e a chuva tinha sido forte. De manhã, ao levantarmos, percebemos que seria impossível correr pelo quintal: estava encharcado.

Não é à toa que dizem que as crianças são bastante criativas.

Eu, Genésio, nossa prima Vera e nosso primo Jurandir — este, filho de nossa tia Josefa e de nosso tio Antônio de Alencar —, que morava vizinho, resolvemos inovar nas brincadeiras quando nos deparamos com umas toras espalhadas próximo às laranjeiras: fizemos aposta para ver quem conseguiria pular de uma tora para outra, com mais velocidade e sem cair nas poças d'água do chão.

As toras estavam molhadas pela chuva que haviam tomado a noite toda. Fui a primeira a testar a brincadeira e só descobri que tinham se tornado muito escorregadias no momento em que pulei: escorreguei, caí de costas sobre uma delas e senti tanta dor, que pensei ter quebrado a coluna.

— Ai, ai, ai — reclamava, chorando. — Acho que quebrei minhas costas — concluí apavorada.

Por um bom tempo permaneci ali, caída com a criançada ao meu redor; todos, muito apreensivos — se fosse grave o acontecido, o castigo seria coletivo. Tentaram me levantar.

— Não, não, não. Parem, parem, parem! Que dor! Acho que desta vez quebrei minhas costas. Será que vou andar novamente? — continuei chorando.

Todos ficaram mais angustiados. A coisa era realmente séria.

Fui me sentindo um pouco aliviada e me levantei bem devagar. Sentei-me, ainda pálida de dor e com as lágrimas a escorrer por meu rosto. A dor foi diminuindo devagar, muito devagar. Melhorei um tanto mais, lavei o rosto ali mesmo, na bica, e fui me sentar próximo a minha mãe, que estranhou a quietude da filha:

— O que foi, Elza?

— Nada não, mãe.

— Você está se sentindo bem?

— Sim, estou.

— Não é possível. Você, sentada e quieta a uma hora dessas... Se ao menos estivesse comendo alguma coisa! O que aconteceu? Está pálida.

Percebi que não conseguiria esconder dela, porque ainda doíam muito minhas costas. Voltei a chorar:

— Eu escorreguei e acertei as costas.

— Sabia que você não estava bem. Para você ficar quieta, é porque não está bem! Deixe-me ver se machucou.

— Não, mãe. Deixa. Está sarando. Eu só preciso ficar parada.

— Deixe-me ver. Onde você bateu as costas?

Ela levantou minha blusa no local onde apontei, a mostrar onde doía.

— Suas costas estão todas arranhadas. Até sua blusa ficou cheia de rasgos. Vou passar um remédio.

— Não, mãe. Vai arder! Não precisa.

— Precisa, sim. Além dos arranhões, você está sentindo dor devido à pancada.

— Só um pouco.

— Levante e ande.

Levantei bem devagar e, com as costas encurvadas, dei dois passos seguidos de dois gemidos. Nesse momento, minha tia Lúcia entrou na cozinha e, ao se inteirar do acontecido, recomendou:

— Vá se deitar na cama, de bruços. Vou arrumar erva-de-santa-maria, arnica, sal...

E saiu falando sobre o preparado que iria fazer para aplicar em minhas costas.

— Elza, Elza! Você apronta cada uma. É por isso que não deixo você vir sozinha para cá! — dona Mira pareceu bem contrariada pelo trabalho e preocupação que estávamos dando à comadre dela.

Por dois dias "fiquei de molho". As brincadeiras tiveram que esperar. Eu me aquietei por um tempo.

Tio Antônio de Alencar

Chamávamos nosso tio Antônio de Alencar pelo sobrenome porque tínhamos outro tio de nome Antônio — Antônio Batista Parreira, filho do primeiro casamento de minha avó Zulmira com Alexandre Batista Parreira, primo dela. Sergipano como tia Lúcia, Antônio de Alencar inicialmente trabalhou para minha avó e seu segundo marido, meu avô Jovino, nas mudanças implementadas na Fazenda Beltrão — onde o foco foi da pecuária bovina para a suína, em associação à plantação em larga escala de cana-de-açúcar, com técnicas de irrigação trazidas da Bahia (da fazenda de meu bisavô, Manuel José Fernandes), e à fabricação de aguardente de reconhecida qualidade. Alencar também participou da alfabetização de meu pai e tios e foi tão acolhido pela família, que se tornou cunhado deles através do casamento com tia Josefa.

Tio Antônio de Alencar, além de muito inteligente, contava *estórias*[6] incríveis. À noite na fazenda, todos — inclusive os adultos — se reuniam em uma grande roda para ouvir aquelas lindas narrativas, tão longas e complexas quanto fascinantes. Era admirável como ele não se perdia: havia tantos emaranhados e, mesmo assim, não restavam pontas soltas — o nexo sempre se encontrava. Tampouco perdia sua audiência: o silêncio reinava e somente se ouvia a voz calma e pausada de meu tio. Alencar nunca repetia um conto e as prosas permaneciam vivas por um longo tempo nas lembranças das férias passadas no campo.

De fato, retalhos dessas narrativas ainda perduram em minha memória. Rapazes pobres e dignos se aventuravam a buscar uma nova vida em outros países e lá conseguiam, através de façanhas surpreendentes — em um misto de coragem, paixão, honradez, inteligência e maestria — vencer disputas contra príncipes e nobres cavalheiros do mundo inteiro, a arrebatar os corações das princesas e se casar com elas, tornando-se reis.

6. Nota do preparador: o fato de a Academia Brasileira de Letras haver excluído, do vocabulário da Língua Portuguesa, a palavra "estória" e a substituído por "história" ("tudo é ficção") demonstra o alastramento do entendimento nietzscheano de mundo no Brasil.

Outras vezes, príncipes maravilhosos e valentes, vítimas de bruxarias de nobres invejosos e cruéis, eram abandonados em lugares horríveis e distantes e conseguiam superar todos os obstáculos para retornar aos seus palácios, onde desbancavam os tiranos usurpadores e libertavam seus povos, a se casar com as princesas que tinham sido mantidas em calabouços por se negarem a se unir aos déspotas.

Hoje, tenho muita curiosidade para saber se tio Antônio de Alencar retirava essas *estórias* de algum livro, ou se as havia ouvido e repassava, ou se as criava através de sua fértil imaginação durante os dias de trabalho na terra.

Acertos (continuação)

Sem nada para aprontar durante o dia, todavia, em qualquer lugar do mundo o tédio sempre ressurge para uma criança.

— Nossa, que chato ter que ficar sentada o tempo todo!

— Você prometeu para sua mãe que não ia sair daí — lembrou-me Vera.

— E nem posso! Mal consigo andar, muito menos correr e pular.

— Bom, eu vou descascar as mandiocas para minha mãe preparar a comida pros cachorros. Não sei pra quê tanto cachorro! — resmungou.

— Eu vou com você, Vera.

— Mas, Elza, você prometeu...

— Tá certo. Eu prometi que não ia correr, nem pular, disse que iria ficar sentada. Aqui ou lá na bica onde você vai lavar as mandiocas, tanto faz. Andar eu posso... Ai! Bem devagar, eu posso.

Fiquei lá sentada em uma velha cadeira, enquanto a prima lavava as raízes.

— Nossa! Quanta terra! Por que o ajudante de seu pai não tirou um pouco dessa terra quando arrancou a mandioca?

— Preguiça! — respondeu Vera, meio irritada.

As raízes lavadas, ela as descascou com minha ajuda. Eu era bem lenta.

— Eu descasco uma enquanto você descasca quase oito! Você é muito rápida.

— Também, faço isso todos os dias. Agora eu vou cortar! Isso você não dá conta de fazer — a prima tentou me preservar.

Entretanto, Vera me dizer que eu não daria conta soou como um desafio.

— Dou conta, sim. É só você fazer, que eu olho bem e faço também.

Na sequência, a prima pegou a raiz pela ponta e, com rapidez e força, batia a faca nela, ao passo que a inclinava e os pedaços iam saltando para dentro do grande caldeirão.

Eu me distraí por um instante. Recordei-me do que aprendi na escola: "mandioca" vem do guarani ("casa de Mani", a deusa benfazeja dos guaranis) e "aipim" vem do tupi ("o que nasce do fundo"); existiam vários outros nomes para a mesma planta.

Recobrei a concentração. Observei, analisei. Percebi que seria difícil de cortar mesmo, no entanto não queria dar o braço a torcer — afinal, havia dito que o faria.

Em poucos minutos, eu me arrependeria de ser tão teimosa. Ao chegar mais ou menos na metade da primeira mandioca, errei e, ao bater a faca, acertei em cheio meu polegar! O sangue jorrou e a raiz escapou junto — atingiram direto o chão.

— Ai, meu dedo! Ai ai ai!

— Agora, sim. Vai sobrar para mim — Vera partiu em desabalada carreira em busca da mãe. — Mãe! Mããããe, corre aqui! A Elza cortou o dedo.

— Eu não acredito! Meu Deus do céu, Elza. Quando você vai nos dar um pouco de sossego? — dona Mira prosseguiu toda encabulada devido a minhas últimas traquinagens.

— Não se preocupe, comadre Mira. Eu faço um curativo logo — colocou panos quentes minha tia Lúcia, tentando amenizar o constrangimento de sua cunhada.

Tia Lúcia me levou para o quarto, pegou a caixa de curativos e a depositou sobre a máquina de costura. Pediu que eu ficasse próximo da janela — com a claridade, ela poderia ver melhor. Limpou bem o machucado por fora.

Até aquele momento, eu nem tinha olhado; não conseguia encarar muito bem uma ferida: sangue, então, eu nem podia ver! Apesar disso, curiosa demais, mirei o corte no momento em que a tia — acostumada a também servir de enfermeira na fazenda — levantou o pequeno tampo do talho para o esterilizar por dentro.

A profundidade da fissura, o sangue e tudo o mais fizeram minha cabeça girar. Antes de terminar de cair, tive tempo de ouvir o forte barulho de meu crânio acertando a parede e de sentir o impacto.

Alguns minutos depois, deitada na cama e com o curativo pronto:

— Ai, meu dedo! Ai, minha cabeça!

Não sabia o que mais doía: se o corte no polegar, se o grande galo que surgiu em meu couro cabeludo, ou se minhas costas — que, ao cair, atingi novamente. Somente não disse "ai, minhas costas" porque minha mãe, sentada a minha cabeceira, mirava-me com um olhar que eu não conseguia distinguir: alarme, pena, chateação ou irritação? "Se eu disser mais um *ai*, vai ser a gota d'água. É bem capaz de ela encher nossas malas. E, se a gente for embora agora, vai ficar ainda mais brava".

Dona Mira, por sua vez, não conseguiu permanecer calada. Desabafou:

— Minha filha, dá até vontade de te amarrar na cadeira para ver se você não apronta mais nenhuma. Estou morrendo de vergonha da comadre Lúcia. Quanto trabalho, quanta preocupação nesses últimos dias. Você só fez o que não devia!

— Está tudo bem, comadre Mira. Criança é assim mesmo. — disse a tia, ao regressar ao quarto com um copo d'água e um remédio para dor. — Tome isso, Elza. Vai aliviar um pouco. Fique deitada, sem dormir! Você bateu muito forte com o coco — continuou com seu sotaque que ainda tinha um quê de Sergipe, estado dos Rezende, sua família.

Castigo maior para mim não existia. Serviu para que refletisse sobre minhas peraltices: meus "acertos" haviam sido todos erros!

Que desassossego com relação a quando chegássemos em casa. "Será que minha mãe vai me permitir voltar nas próximas férias? Mas, e a tia? Será que vai ver com bons olhos meu tornar a sua casa?" Esta última pergunta, de todas, foi a que mais me deixou angustiada. Tão apoquentada fiquei, que nos dias restantes daquelas férias me comportei direitinho. Por essa razão, eu parecia outra criança, uma outra Elza.

O tempo cura tudo: as mágoas, os nervosismos... Até mesmo as travessuras vão parecendo mais amenas.

Fevereiro, 1961

João

Meu pai viajaria com minha mãe, na manhã daquela segunda-feira, para mais um tratamento médico em Bauru, cidade do estado de São Paulo onde tudo era mais "desenvolvido". Quando isso acontecia, a irmã de papai vinha cuidar dos pequenos sobrinhos.

Tia Sinhana deixava os outros filhos com o marido, e à tardinha chegava em casa acompanhada de João — desse filho ela nunca se separava. João havia sido acometido pela paralisia infantil aos quatro anos de idade e se utilizava de um carrinho para se locomover fora de casa.

No início da noite, quando eles chegaram, foi a festa de sempre: a criançada da casa fazia fila para andar no carrinho do primo. Seria mais apropriado descrever o veículo como uma sorte de triciclo feita sob encomenda para as necessidades de João, pois havia um guidão — para o manobrar conforme a necessidade — e do lado direito também existia uma manivela — que servia para o impulsionar.

Meus irmãos e eu pilotávamos aquele triciclo a toda velocidade pelo quintal! Contornávamos a casa quase que tombando o velocípede, porque uma das rodas laterais chegava a ficar suspensa no ar. Só se ouvia o primo gritar:

— Ai, meu carrinho! Vocês vão tombar com o meu carro.

— Sossega, João. A gente não cai, não.

Contudo, a preocupação de João não era com os "pilotos", era com seu meio de locomoção!

Na noite seguinte, não foi diferente das outras vezes. Porém, após o jantar, veio a oportunidade de João se vingar dos primos peraltas. Vingança é força de expressão: havia apenas vontade de se divertir.

Ficávamos todos sentados na pequena sala para ouvir as *estórias* horripilantes que ele contava, cada uma mais tenebrosa do que a outra: estórias de pessoas e casas mal-assombradas. Todos tínhamos horror, entretanto simultaneamente existia fascínio. Eu permanecia em pé, encostada na parede, tamanho era o pavor que sentia. De todos, era a mais medrosa; assustava-me por tudo e por nada. E depois das estórias, era chegada a pior hora: a dos "testes". João queria saber qual era o mais "corajoso" de todos.

A casa de madeira ocupava somente uma pequena porção na parte frontal do terreno. O quintal era enorme — sobrava, para os fundos da casa, mais ou menos quarenta metros de terreno. Era todo cheio de árvores, e a única luz existente emanava de uma lâmpada ligada na sala. Por isso, ao olhar para os fundos do quintal, havia um profundo breu, sendo impossível enxergar qualquer coisa.

O primo dizia, com um largo sorriso no rosto:

— Agora, vai um de cada vez. Lá no fundo do quintal, colado na cerca, fala bem alto, que eu quero ouvir daqui, fala três vezes assim: "Quem quiser me pegar, que me pegue!". Vira e vem bem devagar.

João enunciava "devagar" de maneira bastante arrastada, sugerindo o quão lentamente se deveria caminhar. Continuava:

— Não vale correr, nem andar depressa, nem olhar para trás nem para os lados. Ganha aquele que vier mais devagar — concluía já gargalhando, como que antecipando o que iria presenciar.

Nossos corações se aceleravam de ansiedade, pois tal como João adiantávamos o medo que iríamos experienciar.

Todos somos unânimes em dizer, até hoje, ao nos lembrarmos dessas histórias, que quando falávamos alto três vezes nossos corpos inteiros se arrepiavam. A caminhar pausadamente por aquele escuridéu sem olhar para trás, a sensação que tínhamos era de que existiam dúzias de mãos estendidas, tentando nos alcançar. Os cabelos pareciam estar levantados, quase esticados. O terror era tão grande que nossas feições mudavam: os olhos, arregalados; as caras, de choro; as peles, pálidas.

Não restava dúvida de que nossa aparência era engraçada: o primo João ria, quase se desmanchava ao assistir a nossos atos.

Eu demorava muito para voltar, pelo motivo contrário do previsto. De fato, o medo era tanto que mal conseguia andar, muito menos correr: as pernas não me obedeciam, pesavam muito, ficavam quase travadas. Não gritava porque o terror me emudecia imediatamente ao falar (alto!) o que o primo nos instruía. Dirigia a vista aos meus irmãos e ao primo dentro da sala e tinha a impressão de que eles estavam a quilômetros de distância, a enxergar atrás de mim algo que eu não podia virar minha cabeça para ver. A respiração parecia me faltar, e não sabia se o coração parava ou se batia forte demais... iria desmaiar. O caminho de volta representava imensidão, era tudo apavorantemente intenso. Uma vez que o medo quase me paralisava, a mais medrosa vencia!

Tia Sinhana, que já estava deitada, surgia na sala:

— Pare, João. Fazer isso com os pobrezinhos... Olha as caras deles.

João gargalhava demais. Era sua diversão com aqueles que tanto se aproveitavam de seu carrinho. Troca justa.

Quanto aos "pobrezinhos" dos meninos, eles possuíam verdadeira admiração pelo primo. A poliomielite havia impedido suas pernas de se desenvolverem, e na altura dos joelhos eram retorcidas; sem o carrinho, ele precisava se movimentar apoiando-se com as mãos no chão. Já era adulto, não tinha se casado, todavia era o mais independente possível: subia e descia sozinho de seu carro, ia para cima e para baixo e trabalhava.

Sobretudo, o bom humor e a graça de João eram seus dons mais esplêndidos. Era impressionante: a paralisia infantil havia lhe roubado os movimentos das pernas, jamais a felicidade. A tristeza faz parte da vida. A pior tristeza é a que vem da falta de esperança — essa tristeza João não teve. Nunca alguém viu João sequer se lamentar pela doença que o acometeu. Sempre foi um exemplo de que a alegria verdadeira está no coração, na alma, faz parte da pessoa, pois transparece no rosto e contagia a todos.

O primeiro surto de poliomielite registrado no Brasil aconteceu em 1911. A partir de 1930, várias epidemias foram relatadas. Na década de 1950, as epidemias saíram de controle e se alastraram para diversas cidades.

De acordo com a Fundação Oswaldo Cruz, "no Brasil, as atividades de imunização em massa foram iniciadas em 1961, com a adoção da vacina Sabin, sem a abrangência e continuidade necessárias para o controle da pólio. Apenas em 1980, iniciativas internacionais de controle e erradicação estabeleceram a primeira estratégia de campanha nacional de imunização contra a doença. O último caso de poliomielite paralítica, causada pelo poliovírus selvagem, ocorreu em 1989, na cidade de Souza, na Paraíba. A doença é considerada oficialmente eliminada do território nacional desde 1994, quando foi emitido o certificado da Organização Pan-Americana da Saúde (Opas/OMS). Apesar disso, desde 2015 o Brasil não atinge a meta de 95% do público-alvo vacinado, patamar necessário para que a população seja considerada protegida".

Fevereiro, 1961

"Gata pintada"

As sardas que me eram características continuavam a trazer muita aflição pessoal, principalmente devido ao assédio. Muitos desconsideravam tal assédio — esse tipo, hoje, chamado de *bullying* — como meras brincadeiras de mau gosto. Sentiam de forma diferente aqueles que, como eu, sofriam na carne os apelidos e as piadas de outros que se julgavam superiores e que deturpavam características pessoais em defeitos sociais, motivos de perseguição pública.

Certos indivíduos se julgam donos da verdade, do bom gosto, da moral e dos bons costumes; consideram-se dignos de definir o que é lindo, o que é feio, o que é gordo, o que é magro demais, o que é esquisito, o que é certo, o que é errado, o que é moral, o que é imoral; e vão transformando aqueles que não se enquadram em sua visão de "aceitável" em suas vítimas. Infelizmente, essas vítimas tendem a se esconder e a se afastar de todos.

Eu tinha vizinhas, nove irmãs que me atazanavam por causa das manchinhas em meu rosto. Piores eram as três meninas mais novas.

Ao passo que alguns expressavam que eram bonitas minhas sardas, o discurso dos *bullies* estava tão marcado em mim que nem sequer considerava os elogios. "Bonitas porque não estão no seu rosto", desvalorizava eu, e tentava de tudo para as fazer desaparecer. Às vezes, chegava a ferir minha própria pele na esperança de que, quando esta cicatrizasse, as casquinhas do machucado cairiam e levariam consigo as sardas, que, no entanto, lá continuavam.

Meus irmãos e eu havíamos brigado com as vizinhas, insuportáveis. Ninguém nos arredores gostava muito delas, pois sabiam perturbar e tirar do sério qualquer pessoa que ousasse cruzar seus caminhos. As três últimas meninas eram duas um pouco mais velhas do que eu, e a menor das irmãs, um pouco mais nova.

As irmãs sabiam do grande desgosto que eu tinha por minhas sardas e até haviam distorcido uma cantiga para me provocar. Uma vez que os quintais das duas casas eram separados somente por cercas de madeira, era possível ver através delas o que se dava nas casas uns dos outros. Dessa maneira, sempre que eu me encontrava em nosso próprio quintal, ou passava a caminho da quitanda em frente à casa das vizinhas, elas começavam — com suas vozes estridentes e espalhafatosas — a cantar: "Gata pintada, quem foi que te pintou?". E repetiam por várias e várias vezes o bordão, para que toda a vizinhança escutasse [a cantiga original se referia a uma *Lagarta pintada*]. Certo dia, dei um basta.

Não queria levar meu "grande problema" para seu Hugo resolver: ele já tinha os dele, enormemente maiores. Decidi, eu mesma, tomar uma atitude. Hoje muitos condenariam minha ação. Mas era tão humilhante e desagradável o que eu vivia!

Quando naquela tarde saí de casa para ir à quitanda comprar balas, fui decidida a colocar um ponto final na brincadeira de mau gosto, ou massacre moral, que fazia com que eu odiasse mais e mais a pele que possuía. A levar uma pequena vara que havia retirado do pé de carambola escondida debaixo da blusa, caminhei firme. Agi sem o conhecimento de meus irmãos, de minha mãe, enfim de ninguém. O problema era meu; eu o resolveria.

Passei em frente à casa vizinha; as meninas me viram e saíram ao portão. Esperaram até que eu regressasse da quitanda para começarem a cantar. Pelo visto, os pais não estavam em casa, porque desta vez eram seis *bullies* no total:

— Gata pintada, quem foi que te pintou? Gata pintada, quem foi que te pintou? Gata pintada, quem fo...

Inesperadamente arranquei a vara de dentro da blusa:

— Vou contar quem foi!

Peguei a mais parecida em tamanho comigo pelo braço enquanto as outras corriam. Dei-lhe umas varadas nas nádegas e pernas. A menina esperneava e gritava. Achei a *bully* escandalosa demais, pois eu nem colocava força quando batia — eu, a "gata pintada", apenas fazia teatro para que as outras ficassem horrorizadas. Na verdade, o escândalo da guria nesta ocasião contou a meu favor porque as irmãs, covardes, não vieram acudir a outra.

Após algumas varadas, que julguei ter sido castigo suficiente, e ainda segurando a menina pelo braço, foi meu turno de ser ruidosa para que elas ouvissem:

— Da próxima vez, vai ser bem pior. Vou trazer meus irmãos e minhas irmãs, e aí nós pegaremos vocês todas! Não vai ter pai, nem mãe que vai conseguir impedir.

Soltei a *bully*, que correu a chorar quintal adentro.

Eu sabia que meus irmãos meninos não usariam de violência contra as gurias, por mais infernais que elas fossem. Entretanto, elas não sabiam disso, o que bastaria para que nos temessem e mantivessem o respeito.

Depois me senti envergonhada pelo que fiz, a única forma que tinha encontrado para combater o mal. Havendo tocado em só uma delas, estando eu certa ou errada, incuti medo em todas: jamais aquela horrível letra deturpada voltou a ser cantada nas redondezas!

Março, 1961

Pregando uma peça

"Tal pai, tal filho." Quem nunca ouviu esse ditado?

Desde sempre, meus irmãos e eu ouvíamos nosso tio Pedro contar que ele, nosso pai e nossa tia Abadia — os três filhos mais novos de minha avó Zulmira e de meu avô Jovino, próximos em idade — haviam sido muito arteiros, sapecas quando crianças. O próprio seu Hugo, no entanto, nunca nos narrava tais peripécias voluntariamente — quiçá, receoso de que os filhos os imitassem.

Por outro lado, mesmo já adulto, papai gostava de pregar determinadas peças que divertiam ele e os escolhidos para essas brincadeiras. Uma dessas peças ele dividia comigo, ou eu dividia com ele... Impossível afirmar quem era mais criança, apenas registrar que ambos amávamos aprontar uma travessura em particular e que ríamos muito com ela.

Papai, durante um de seus inúmeros cursos de mecânica — daquela feita, em Bauru —, comprou um copo que, próximo à borda, era talhado com pequenos desenhos no formato de folhas; por seu turno, todas essas folhas possuíam furos em suas partes superiores, o que seria perceptível exclusivamente sob minuciosa inspeção do motivo. Constituía um trabalho artesanal, afinal, com qual frequência se encontram peças de vidro vazado? Além da graça, tratava-se de um tipo de lapidação de muito bom gosto.

Naquela manhã, recebemos a visita de tio Pedro, que era demasiado brincalhão. Depois de algum tempo, o tio pediu um copo d'água; papai e eu trocamos um cúmplice olhar, a segurar o riso por já antever o que o visitante iria vivenciar. Eu sempre levava a água, pois éramos prevenidos, tanto meu pai quanto eu: para o caso de algum possível conflito, tudo não teria passado de uma brincadeira de criança.

Tão logo o copo foi levado à boca, uma pequena porção de água vazou dele e desceu pelo queixo de tio Pedro. Sem graça, ele passou a mão na boca com discrição; papai e eu fingimos nada notar. O escolhido levou de novo o vasilhame à boca, e mais uma vez a água escorreu; mais uma vez, simplesmente fingimos nada perceber.

Apesar de o recipiente ser de vidro, as pessoas costumavam girá-lo na tentativa de tomar a água por um outro ângulo e evitar que escorresse. "Copo de vidro furado? Impossível! Se ao menos fosse de alumínio", deveriam pensar. Era incrível: todos giravam o objeto. Tio Pedro tentava, disfarçadamente, girar o seu.

Pela quarta ou quinta tentativa, fez o que os mais ousados costumavam fazer: tomou a água toda de uma vez e passou as costas da mão pela boca.

— Parece que estou com a boca furada...

Papai e eu explodimos em gargalhadas.

— A boca, não. O copo, sim!

Então, para que ele entendesse a causa de tanta "baba", enchi o recipiente com água, chamei tio Pedro até a pia e entornei o copo como se alguém estivesse bebendo. Ao mesmo tempo, girei-o. A água vazava por todo o motivo talhado.

— O nosso copo "babão" — completei.

Todos caímos na risada. Também não deixou de ser engraçada a cara de alívio de tio Pedro ao constatar que o "defeito" se encontrava no vasilhame, e não, em sua boca. Talvez eu tenha herdado de meu pai e de meu tio esse temperamento alegre e brincalhão.

Abril, 1961

Pregando outra peça, com Quito

Aprontei mais uma — desta vez, meu pai foi o escolhido.

Minha mãe criava dois periquitos, pássaros verdes, pequenos e que fazem imenso barulho quando estão cantando ou com fome. Tia Lúcia os tinha encontrado em um ninho abandonado na fazenda.

Algo provavelmente havia acontecido à mãe deles ao sair em busca de alimento: os pequeninos, ainda sem penas, estavam quase à beira da morte, tamanha era a fome. Dona Mira se esmerou em dar de comer àquelas duas avezinhas. De fato, elas somente tinham sobrevivido graças aos cuidados de mamãe: foram criadas à base de papinha de miolo de pão com leite e mamão maduro, bem amassadinho. Tratava-se de comida fácil e farta sendo oferecida à vontade, assim como a água. A cada quatro horas, eram alimentadas. E minha mãe verificava pelo papo quando já tinham comido o suficiente. Por terem sido criadas em cativeiro, não podíamos devolvê-las à natureza: não seriam grandes as chances de sobreviverem a mais uma transição.

Na parte da tarde, quando as altas mangueiras do quintal faziam sombra sobre a casa e tudo ao redor, os periquitos ficavam livres e andavam de um galho a outro em duas pequenas e lindas árvores plantadas diante da janela do quarto de meus pais. Nós, as crianças, tínhamos a tarefa de os recolher antes do anoitecer, para evitar que se tornassem comida de algum gato, ou de um pássaro noturno.

Era um furdunço quando alguém esquecia os periquitos nas árvores e a noite chegava. Ao verificar a pequena gaiola vazia, o responsável por eles naquele dia corria para os encontrar. Porém, era tudo verde (verde escuro, à noite): os pássaros e as árvores.

Quando os periquitos estavam ainda acordados, a criança simplesmente enunciava “quito” e obtinha imediatamente as respostas deles. Noite adentro, a história era outra: uma vez que os pássaros houvessem pegado no sono, era inútil chamá-los, não emitiam o menor som! Era preciso revistar galho por galho com a luz da lanterna do pai — isso quando seu Hugo não estava trabalhando no turno da noite e a levava consigo. Quando faltava a lanterna, o sufoco era maior ainda. Às vezes se gastava quase uma hora à procura dos periquitos. Tudo dependia de o responsável do dia ter auxílio.

— Fulano, me ajuda a procurar os periquitos.

— Eu, não. Aquele dia você não me ajudou!

Ou:

— Ah, tá bom. Mas você vai ter que me ajudar na minha vez!

Nós às vezes negociávamos. Outras vezes, íamos sozinhos mesmo.

Naquele fim de tarde, eu me preparava para guardar as pequenas aves. Saí em busca da gaiola: eu sempre levava a gaiola, porque as unhas dos bichinhos eram bastante afiadas. Isso para não mencionar o bico, pois, se não os segurássemos bem, levávamos bicadas.

Antes de seguir para recolher os animais, passei no quarto para deixar o caderno — havia passado boa parte da tarde estudando na mangueira. Adorava estudar sentada em um confortável galho na sombra! Além da privacidade, podia assistir de longe a todo o movimento das ruas. Aprendia mais rápido daquele jeito.

Ao sair do quarto que dividia com minhas irmãs, flagrei meu pai tirando uma soneca antes do turno do trabalho — que seria das 22 horas daquela noite às 6 horas da manhã do dia seguinte. Nesses casos, ele dormia um bocado à tarde: levantava pelas 18 horas ou 18h30, tomava seu banho frio (amava banho frio, mesmo quando o clima estava muito frio), jantava, ouvia um pouco de seu velho rádio e saía para a N.O.B.

Haveria sido uma tarde igual às outras se eu não tivesse tido inspiração para pregar uma grande peça em meu pai. Seu Hugo sentia muitas cócegas, dormia sem camisa e... eu sorri com o que me veio à mente.

Todos estavam ocupados com seus afazeres. Continuei até a pequena árvore, escolhi o periquito mais silencioso e o levei até o quarto de meu pai. Ao chegar próximo à porta, averiguei a situação e fui pé ante pé à cama. Papai estava deitado de costas, em um sono bastante profundo. Depositei sobre o cinto dele o pássaro — na direção de sua barriga. E, mais disfarçadamente do que entrei, saí. Escondi-me atrás do portal que separava os quartos e esperei que o pássaro andasse.

Vieram a dúvida e o medo. Meu pai adorava dormir de bruços... O que aconteceria se ele se virasse rápido? O pobre do periquito seria esmagado! Hesitei. Teria que pegar a gaiola e...

A avezinha deu um passo e outro e mais outro. Fiquei estática: meu plano estava funcionando. Meu pai deu um enorme pulo e simultaneamente agarrou a pequena ave.

— Como este periquito conseguiu chegar até aqui?!

Fugi, com as mãos tapando a boca para abafar o riso. Mesmo saindo com toda pressa, ouvi meu pai insistir na pergunta:

— Como é que este danado deste periquito veio parar aqui?

Soltou o único palavrão que se permitia pronunciar.

— *Fela* da puta!

Quando soltava o palavrão, seu Hugo o pronunciava assim mesmo, parecido com o inglês *fellow* (camarada). Mais tarde, escutei dizer para dona Mira:

— Até agora, não entendo como aquele danado conseguiu subir na cama! Ainda mais na minha barriga... E eu não senti!

Eu tinha a resposta. Diferentemente do palavrão de seu Hugo, não ousei me pronunciar.

Maio, 1961

Uma mulher de palavra

Dona Mira, quando melhor de saúde, costumava costurar para a vizinha, que amava as roupas feitas por ela. Era sua maneira de ajudar no orçamento doméstico, por vezes tão pesado para papai. D. Evangelina dizia que finalmente tinha achado uma boa costureira, e que minha mãe havia acertado como ninguém.

— Cada roupa que você faz cai como uma luva, nem pra mais e nem pra menos, na medida certa! — afirmava d. Evangelina, que além de nossa vizinha era professora.

Por minha vez, procurava muito algo para fazer, para quebrar aquela monotonia de uma típica tarde ensolarada e quente de outono treslagoense. Mal me lembrava que era justamente a tarde de véspera em que minha mãe iria fazer as duas blusas para a vizinha!

"Nossa, que chato. Nada para fazer, ninguém para brincar. Também, com esse sol..."

Mamãe repousava tranquila após o almoço, fazia sua *siesta*.

Eu não tinha o costume de dormir durante o dia. Dizem que "quem procura acha". Olhei para a velha máquina de costura. Ela já estava aberta, e com a linha na agulha. Sentei-me e, sem nem ao menos pegar um tecido, comecei a pedalar.

O pedal era um grande pedaço de ferro vazado onde se apoiavam os pés que, com o movimento de ir e vir, faziam com que a parte anterior do pedal se abaixasse e se levantasse, movendo uma grande correia de borracha, que girava a pequena roda do lado direito da máquina, a iniciar o movimento da costura em si. Ali, a linha que estava no carretel — na parte superior da máquina — passava pela agulha, no lado oposto e inferior da máquina, e essa linha era levada até a linha da canelinha — uma pequena peça tipo carretel, menor e de metal. Por fim, as duas linhas se entrelaçavam no tecido, criando a costura. "Genial tudo isso!", eu pensava.

O que eu não pensava era que, sem o tecido, as linhas se misturavam próximo à canelinha e dentro da máquina geravam um emaranhado, que aumentava à medida que eu pedalava. E pedalei muito! Quanto mais pedalava, mais pesado e difícil ficava o movimento, até que não consegui mais. Nem ia para frente, nem ia para trás: eu fazia os dois movimentos, similar à manobra de minha mãe para arrematar uma costura no final.

— Xiiii... Parou de vez. O que será que aconteceu?

Puxei a pequena peça por onde se tirava e colocava a canelinha e quase caí de costas com o que descobri:

— Agora estou frita! Tem um bolo de linha aqui, tão grande que nem dá para v...

Preferia não ver. Fechei a máquina. O desespero não veio porque me lembrei de papai. Ele era a única pessoa que poderia me tirar da confusão que eu mesma tinha criado.

— Assim que ele chegar, chamo em um canto e peço para arrumar.

Sabendo que podia contar com a cumplicidade de seu Hugo, fiquei tranquila.

— A mãe nem precisa saber. Para quê? Se não souber, não ficará nervosa nem brava.

Brava foi pouco!

No dia seguinte, minha mãe se levantou mais cedo e, como sempre fazia quando se sentia bem, preparou logo o almoço: aliviava o trabalho que muito a entristecia ver as filhas, ainda crianças, realizarem.

— Com o almoço já pronto, sobra mais tempo para eu costurar. Ganhei meia hora! As meninas só precisam cuidar da louça.

Entrei na sala no momento em que minha mãe estava prestes a abrir a máquina.

— O que a senhora vai fazer?

— Vou fazer as blusas para d. Evangelina!

"Meu Deus. Esqueci de pedir para o papai arrumar", dei-me conta e mirei o relógio: faltava meia hora para ele chegar. Engoli seco.

— A senhora não vai cortar o tecido para costurar as blusas?

— Cortei ontem à noite, depois que vocês foram se deitar.

— Eu acho que estou em apuros — resmunguei.

— O que você disse, Elza?

— Nada, não.

Meio de longe, prevendo o que aconteceria, observei minha mãe abrir a máquina, pegar o novo carretel que tinha a linha da mesma cor do tecido que iria costurar... Mais uma vez, contei as horas: nem cinco minutos haviam se passado.

"Faltam 28 minutos. Esse relógio não anda! Meu pai precisava ser tão pontual? Podia só hoje sair um pouquinho mais cedo do serviço... só hoje... 27 e meio. 27".

— Quem mexeu na minha máquina? Ou melhor, quem remexeu? Isto está tão travado de linha embaraçada, que nem a canelinha eu consigo tirar!

Fixei os olhos no relógio: dezoito... dezesseis.

Dona Mira começou o sermão. Eu torcia para que fosse longo. Mas sem demora veio a ameaça:

— Se não aparecer quem foi, todos vão levar umas boas chineladas!

Nove minutos.

Quanto mais o tempo passava, mais irritada minha mãe ficava.

Cinco.

— Quem foi?

Uns e outros:

— Eu não fui.

— Nem eu.

— Eu também não fui.

Não me desculpei, tampouco me entreguei.

Ela já estava com o chinelo na mão.

Eu teria que me entregar — não iria deixar meus irmãos apanharem.

— Fui eu.

Nesse exato momento, ouvi o barulho do portão que se abriu. Salva pelo gongo.

— Meu pai! — uma voz gritou dentro de mim e saí correndo.

Minha mãe foi atrás.

Em nossa casa, havia uma regra: se alguém corresse na hora de apanhar, apanharia mais. Dona Mira contabilizava:

— Isto é pela arte e isto é por ter corrido! — e lá se iam mais duas ou três chineladas...

Eu corri de qualquer forma.

Minha situação já era crítica: seria impossível piorar. E se não fosse meu pai quem tivesse chegado? Nem tinha tido tempo de olhar no relógio. Foi tudo muito rápido.

— Papai, a mãe quer me bater! — entreguei instantaneamente minha mãe ao ver seu Hugo. E me agarrei na cintura dele, esgueirando-me entre seu corpo e a bicicleta.

— O que é isso, Mira? Por que você quer bater na Elza? Coitada da menina.

— Coitada? Venha ver o que ela fez na minha máquina.

Pegou-o pela mão e praticamente o arrastou para dentro.

Fiz algo útil: segurei a bicicleta que meu pai nem tinha tido tempo de apoiar. Fechei o portão e fui guardá-la na sombra, no exato lugar onde papai guardava quando chegava para o almoço. Segui para dentro; quase deixei a bicicleta cair. Fui tão ágil, que cheguei na sala em tempo de escutar seu Hugo contestar:

— Bater na menina só por causa disso?

— Só por causa disso? E você acha pouco? Tenho costuras para entregar ainda hoje para d. Evangelina, até as seis da tarde. E agora? Com que cara vou ficar?

Minha mãe tinha palavra. Se ela havia dito que entregaria às seis, entregaria às seis. A não ser que tivesse alguém para atrapalhar o serviço dela... Olhou para esse alguém, simplesmente furiosa.

— Deixa que eu conserto — e meu pai, que tinha somente uma hora para vir almoçar e voltar, gastou cinquenta minutos para consertar o estrago que "sua protegida", como denunciavam os outros filhos, havia causado.

— Pequena no tamanho, já as suas artes são beeem grandes! — costumava dizer a mãe.

— Pronto! — respirou o pai. — Agora, vou almoçar.

Nem comeu direito. Aliás, mal engoliu a comida. Por sorte, com o calor que fazia, não foi preciso esquentar o que dona Mira tinha preparado — isso agilizou as coisas.

— Já vou. E não vai bater na Elza.

Olhei para ele, toda derretida.

— Bem que ela merecia! Merece e precisa de umas boas... — retomou minha mãe, já quase esquecida do episódio, mais preocupada com seu trabalho. — Não tenho tempo a perder. Gastei mais de hora com a... Deixa para lá. Vou me concentrar nas costuras, senão vou me atrasar de vez.

Toda agradecida, fui abrir o portão para meu pai. Apenas então sentei-me à mesa para almoçar, de cabeça baixa.

As costuras de dona Mira foram entregues nove minutos antes das seis.

Descarga

Naquela noite de sábado, finalmente tinha tirado folga de um dos "afazeres" que eu menos gostava: segurar vela. Minha irmã mais velha, Hercy, estava namorando, sentada no velho banco de madeira próximo ao portão da entrada — e Genésio a acompanhava.

No pilar do portão, encontrava-se nosso gato deitado sobre as patas, com a cauda pendurada. Entediado, com a mão desocupada Genésio resolveu puxar o rabo do bichano. Recebeu incontinenti uma descarga na cara! Recorreu a nossa mãe.

Dentro de casa, ninguém aguentou o mau cheiro. Dona Mira imediatamente o devolveu:

— Se a Hercy não estivesse lá fora até esta hora, isso não teria acontecido. Volte lá e diga a ela que lave sua cabeça!

Genésio se reaproximou do casal de pombinhos para repassar a ordem. Diante de tal situação, a prender a respiração, o pombo — digo, o moço — achou melhor ir embora. Bastante mal-humorada — e não era para menos —, Hercy foi lavar a cabeça do irmão mais novo.

Ali o gato havia despejado tudo o que tinha na barriga, dada a diarreia que vinha segurando e a dor repentina do puxão que tinha levado na cauda.

Genésio recebeu sua lição sobre ser mais gentil para com os animais.

Abelhudos

Naquela manhã, notei quando o vizinho, sr. Salvador, saiu ao quintal com a vestimenta para colher o mel de seu apiário: camisas de mangas compridas; luvas que iam até os cotovelos; uma máscara de arame presa ao chapéu de pano que lhe descia até os ombros, com um elástico na altura do pescoço. Tratava-se de um traje bem estranho, portanto apropriado para o serviço perigoso: além de tudo era claro, para não provocar as abelhas.

Toda vez que sr. Salvador se preparava para lidar com as caixas das colmeias, em nossa casa costumávamos entrar e fechar portas e janelas — porque os insetos ficavam em polvorosa e atacavam quem estivesse por perto.

Sem demora após as abelhas se acalmarem, retornei ao fundo do quintal para observar o vizinho, que espremia os favos para que o mel escorresse na vasilha...

Assim que me viu, sr. Salvador entendeu o recado daqueles olhos compridos em cima dele. Levou-me um generoso pedaço de favo! Somente se esqueceu de me recomendar cuidado.

— Êta gula, hein, Elza? — comentou minha mãe quando cheguei aos prantos a lhe entregar o favo, marcado pela grande mordida que havia dado.

— Tinha uma abelha escondida e me deu uma ferroada na língua. Ai, ai, ai... — mantinha a língua fora da boca e me babava, pois a dor não me permitia engolir a saliva.

Atendendo a recomendação de dona Mira, conservei a língua para fora, de maneira a evitar que o caso se agravasse. De fato, era impossível não seguir aquele conselho — o órgão inchou tanto que não caberia de volta na boca nem se eu tentasse!

Por eu não ter o costume de ficar impossibilitada de brincar, sem nada para fazer, sentada, parada, veio o sono. Dona Mira temia que o inchaço descesse através da língua e me sufocasse, porém. Tratou de me manter acordada e sob suas vistas, mesmo porque não havia conseguido retirar o ferrão da abelha a tempo.

Para sorte dela [e minha], meu tio Sebastião — esposo de tia Abadia — nos visitava e lhe ensinou uma fórmula para fazer compressas que amenizavam os efeitos das picadas de abelhas. Além das pedras de gelo trituradas que eu ia colocando sobre a língua, dona Mira iria em busca das plantas medicinais para o emplastro que ele tinha prescrito.

— Vocês sabiam que seu tio é apicultor? — perguntou a mãe, na tentativa de nos distrair e com esperança de que eu e meus irmãos nos comportássemos.

Tio Sebastião entendeu o recado. Ele, na verdade, trabalhava na N.O.B. como papai, contudo também possuía um pequeno apiário em seu sítio no distrito do Arapuá. Sabia o quanto eu era curiosa e, por gostar muito de seu hobby, sentou-se perto de nós disposto a falar sobre a atividade e compartilhar seu conhecimento.

— O que é apicultor? — comecei.

— Bom, a apicultura é a criação de abelhas. Eu crio abelhas para conseguir o mel. Então, sou apicultor.

— Como as abelhas fazem o mel? — Guima estava ansioso por saber.

— Do néctar das flores. Aí está a chave da questão. Em cada flor, as abelhas se esbarram no pólen e, ao pousar em outra flor, elas polinizam essa outra planta... É assim que muitas plantas se reproduzem e produzem alimentos. Sem as abelhas, borboletas, mariposas...

— Ai, tenho medo de mariposa — Mida interrompeu o tio.

— Pois, é. As pessoas chamam as mariposas de "bruxas" e até matam esses insetos, mas elas são apenas borboletas noturnas. E são polinizadoras igual outros insetos, morcegos, pássaros, o vento e até a água! Vocês sabem como as abelhas vivem?

Apesar de possuir ação prebiótica, antioxidante e antimicrobiana, o mel é realmente coadjuvante no trabalho feito pelas abelhas que, poucas décadas depois daquele dia, hoje correm risco de extinção devido ao abandono da agrossilvicultura, ao avanço de monoculturas sobre as florestas (soja, milho, cana, eucalipto...), ao solo constantemente revolvido — o que inviabiliza a formação de ninhos e destrói habitats —, e ao uso de agrotóxicos e inseticidas. Quanto às mariposas, são muito subestimadas: seu transporte de pólen "é maior e mais complexo do que as redes dos polinizadores diurnos" porque visitam espécies da flora menos privilegiadas por outras espécies.

Tio Sebastião continuou sua aula improvisada e conseguiu nos entreter:

— Alguns tipos de abelha vivem em colônias, onde existem rainhas, operárias e zangões.

— Nossa, tem até rainha! Se eu fosse abelha, queria ser a rainha.

— Como faz, então, pra saber quem é a rainha se ela não usa coroa?

— Conta mais, tio.

— É, tio! Por que as outras abelhas são chamadas de operárias?

— Nossa, coitadas. Que vida!

— E os zangões? Esses têm vida boa!

— Se você está pensando que os zangões têm vida boa, pois são mais fortes, maiores e não fazem nada na colmeia, espere para ouvir o que vou dizer: durante o acasalamento, o zangão acaba morrendo!

— Nossa...

O tio sabia o que os mais velhos e experientes lhe tinham transmitido e o que lia sobre os insetos. Devorava as leituras que encontrava! E, por ser observador demais e gostar de seu hobby, era mais sábio do que a maioria. Esforçava-se para não passar nenhuma informação errada para as crianças. Em certos momentos, retirava o chapéu, coçava a cabeça. Respondia às perguntas o melhor que podia e prosseguia.

— Vocês sabiam que as abelhas possuem cinco olhos?

— Cinco olhos?!?

Hercy, Mida, Cilo, Guima, Genésio, eu, o vizinho Felipe... — todos abelhudos por conhecimento. Ficamos impressionados com aquelas informações e isso deixou nosso tio bastante satisfeito. Enfim, minha mãe retornou com o emplastro já preparado e o aplicou em minha língua.

— Bom, o inchaço vai demorar ainda para desaparecer... — ele adicionou.

— Você vai dormir comigo hoje, Elza, e com três a quatro travesseiros — dona Mira demonstrava preocupação.

— Ela vai dormir sentada! — Felipe riu porque sabia que eu nem gostava de travesseiro muito alto.

Não pude responder.

— Vai, tio, conta mais — pediu Guima.

Tio Sebastião discorreu sobre outros animais e coisas da natureza. Teria sido um bom professor, se tivesse tido a oportunidade de se aprofundar. Era prazeroso para ele passar adiante o conhecimento. E gostava mais ainda de ser uma pessoa esclarecida sobre tudo o que o cercava.

Julho, 1961

Três gurias

Eu estava muito contente.

O dia anterior, 30 de junho, tinha sido o último dia de aula do primeiro semestre daquele ano letivo. Eram tempos em que os trabalhadores não possuíam liberdade para fazer greves ou manifestações, de forma que nada alterava o calendário escolar. Sabia-se desde o início do ano letivo, ao se fazer a matrícula, quais seriam os dias de início e de encerramento das aulas, em ambos os semestres. Tudo o que era planejado era cumprido. Não seria eu que iria descumprir meu planejamento para aquelas férias: brincar, brincar e brincar.

Mas a decisão de minha mãe veio como um balde de água fria e levou consigo, pelo ralo, os meus planos: a partir daquele dia, 1º de julho, logo após o almoço, eu iria cuidar da filha de comadre Divina durante minhas férias, pois a mulher precisava costurar.

Chorei muito. O que tinha eu a ver com aquilo? Não tinha filhos, não tinha irmãos pequenos para cuidar. Como pôde minha mãe oferecer meus serviços sem consultar minha opinião? Fiquei revoltadíssima. Havia estudado o semestre inteiro, tinha respeitado todos os horários, havia me dedicado, merecia aquelas férias!

Porém, minha mãe tinha o coração mole demais. Apiedara-se de Divina, e por isso tinha resolvido: eu iria e ponto final. Não obstante, continuava a choramingar:

— E de mim, ninguém tem dó? Ninguém se importa comigo?

Dona Mira redarguia: "O que custaria? Coitada da comadre, com tantas costuras atrasadas, enquanto eu, Elza, não estaria fazendo nada!". Ela se mantinha firme, embora já se sentisse um tanto arrependida pela ajuda que havia oferecido, do tanto que eu reclamava.

Eu não me conformava. "Fazendo nada? E as brincadeiras que iria perder? Os irmãos, as crianças da vizinhança, todos, absolutamente todos estariam brincando. E eu? Eu estaria cuidando de um bebê que não tinha nenhuma relação comigo. Era um absurdo tudo aquilo, perder tardes inteiras. A vida era ingrata!"

Dessa maneira, inconsolável, rebelde e desanimada, cheguei à casa da comadre. A neném, com seus sete meses de idade, dormia "sonos leves", acordava "várias vezes". Era preciso alguém para "empurrar o carrinho", para "brincar com ela", para "distraí-la".

"E eu com isso?", perguntei-me. Não conseguia parar de pensar em meus irmãos, que àquela hora já estariam se divertindo. Não via nada de bom naquilo: virar babá sem nenhuma vontade e, pior, de graça.

Naquela tarde, ao retornar para casa — ainda com os ânimos muito inflamados —, deparei-me com três gurias um pouco mais velhas do que eu. Ao menos maiores elas eram, e estavam sentadas em um banco na frente de uma residência. Atravessaram em minha direção ao me verem.

— E aí, menina, aonde você vai? — perguntou uma delas.

— Para a minha casa.

— Onde você mora?

— Na primeira quadra, virando aquela avenida lá — apontei, em direção a minha casa.

— Onde você estava? — perguntou a outra.

"Que gurias xeretas", eu me irritava.

— Estou vindo daquela casa ali. Estava cuidando da bebezinha da comadre de minha mãe — concluí, antes que perguntassem.

Se elas me conhecessem, um pouquinho só que fosse, saberiam que eu — que já estava mal-humorada e inflamada — estava me zangando.

— Não queremos que você passe por esta rua — disse a maior delas.

— E por que não? — questionei.

— Porque nós moramos aqui e não queremos que você passe por esta rua! Simples assim — disse a outra, dando um passo à frente, querendo intimidar a pequena babá.

A ameaça me deixou simplesmente irada.

Dizem que não devemos nos apressar em falar nem em agir para não metermos os pés pelas mãos, guiados por uma emoção tão explosiva quanto passageira como a ira. Portanto, o mais sensato teria sido eu não bater boca com as garotas. Mas isso não foi o que aconteceu.

— Eu passei hoje na hora do almoço, estou passando agora e vou passar amanhã, e depois, e depois... Vou passar quantas vezes quiser e precisar. A rua é pública.

— Ah, é? Se você passar por aqui de novo, nós vamos bater em você.

As três se posicionaram ao meu redor, tentando me intimidar e esperando que assim me desculpasse e que dissesse que não passaria. Apesar disso eu, a pequena fera, que não procurava confusão com ninguém, tampouco suportava uma provocação, fui ainda mais longe:

— Eu vou passar! Amanhã, logo depois do almoço, eu venho, e a esta hora eu volto pra casa. Se vocês quiserem, podem me esperar!

Nesse momento, um senhor que vinha de bicicleta, a notar as três agressivamente a me cercar, parou e inquiriu:

— O que está acontecendo aqui?

— Estas três gurias disseram que vão me bater se eu passar por esta rua novamente — eu as entreguei, imediatamente.

— E você vai passar? — continuou o homem.

— Claro que vou! Moro naquela avenida e venho cuidar de uma neném que mora naquela casa. Vou passar todas as tardes enquanto a comadre da minha mãe estiver costurando!

O homem não se aprofundou na questão da comadre e da costura. Dirigiu-se de forma séria às molecas:

— E vai passar mesmo! Quantas vezes ela precisar e quiser! Eu vou acompanhá-la agora, vou ficar sabendo onde ela mora e todos os dias, ao sair do meu serviço, vou passar pela casa dela. Se ficar sabendo que vocês bateram nela, ou que encostaram um dedo sequer nela, eu bato em vocês, no pai de vocês e em quem mais eu encontrar. Estamos entendidos? — mirou nos olhos das três, com firmeza.

As gurias permaneceram em silêncio.

— Suba na garupa da bicicleta. Vou levar você para sua casa — dirigiu-se a mim.

Por sorte, aquele senhor era íntegro e correto. Hoje, sei o quanto é perigoso confiar daquele jeito em um estranho. De toda forma, eu estaria pronta para pular da garupa da bicicleta se ele tomasse caminho diferente daquele que eu tinha indicado.

Quando cheguei em casa, meu pai estava ao portão. Para minha surpresa, o homem era amigo dele e se chamava Joaquim, apelidado por "Bico Doce".

Nas duas tardes seguintes em que fui cuidar do bebê da comadre, transitei por aquela rua. As garotas, sentadas no mesmo banco, encaravam-me com cara bem feia. Somente encaravam, pois se lembravam bem das palavras de sr. Joaquim.

Mal sabia eu que, a despeito da ameaça que havia feito, aquele senhor tinha interrompido a discussão justamente por não gostar de violência. Jamais lançaria mão dela para com as garotas ou com sua família. Se fosse necessário, sr. Bico Doce procuraria os pais delas para dialogar. Por sorte, as garotas não atinaram para isso, caso contrário eu estaria em uma bela enrascada.

Em mais uma enrascada...

Bebê ao chão

Em uma daquelas tardes em que eu servia de babá, surgiram na casa de comadre Divina dois de meus irmãos, o Cilo e o Genésio, que tinham resolvido me visitar para verificar como estava me saindo em minha nova função.

O compadre Xisto possuía um caminhão. Na garagem, havia diversos pneus encostados e amontoados. Meus irmãos começaram a correr e a subir nos pneus, o que atiçou minha vontade de brincar.

Eu embalava a bebê no carrinho enquanto a comadre costurava...

Dei uma nova olhada na criança, que então parecia dormir, e aproveitei o momento para me juntar a meus irmãos na brincadeira. Subíamos, descíamos, escalávamos. Pulamos por um bom tempo! Nunca tinha me dado conta de que os pneus espalhados por aquela garagem poderiam ser tão divertidos. No entanto, como tudo que é bom dura pouco...

A neném acordou. Dei umas balançadas no carrinho, nada de ela parar com o choro. "Êta menina chorona e chata! Acordar no melhor da brincadeira?", reclamei em pensamento, babá involuntária. "Menina manhosa, estraga-prazeres, eu não vou parar de brincar!", decidi fazer as duas coisas ao mesmo tempo: cuidar da menina e brincar.

Segurei a pequena — que não era nem tão pequena nem tão leve para mim. Apenas me dei conta disso quando, ao brincar de pula-pula nos pneus, desequilibrei-me e cai com a criança! Mal atingimos o chão, a filha da comadre danou a chorar, em berros que se podia ouvir ao longe.

Os meninos, numa rapidez raramente vista, ganharam o portão e pernas para que te quero! Apavorada, coloquei a bebê no chão. Minha intenção era fugir também. Entretanto, Cilo, o mais velho de meus irmãos, inesperadamente retornou e, porque tinha pouco tempo para desaparecer do lugar, ameaçou:

— Fica aí. Senão, eu vou contar para a mãe.

Correu novamente. Peguei a neném de volta no colo, tentando fazê-la parar de chorar. Sem demora, a mãe dela também surgiu:

— O que aconteceu? Por que ela está chorando assim?

— Eu caí com a bebê — respondi, já aos prantos, com medo das consequências de quando comadre Divina descobrisse o que havia realmente acontecido.

Quando Elzinha, a babá, ou seja, eu, retornou para casa ao fim da tarde, um caroço grande já tinha se formado na testa da neném. Não havia feito por maldade, mas foi tal e qual tinha ouvido dizer: "há males que vêm para o bem". No dia seguinte, minha mãe informou que a amiga tinha dito que eu não precisaria mais cuidar da bebê.

— Por que será? — perguntava-se minha mãe.

— Sei lá! — respondi obtusamente.

Se a comadre não havia contado, não seria eu a fazê-lo, afinal de contas, não era linguaruda.

Pelo jeito, Divina nunca mais costurou, ou se o fez aprendeu a cuidar da própria filha, ou arranjou outra pessoa que o fizesse — eu não soube; ela nunca mais me quis perto de sua criança!

O maleiro

Meu pai tinha aproveitado que suas férias coincidiriam com as de tio Sebastião, o "apicultor" de nossa distração inventada por mamãe e que trabalhava como ele para a N.O.B., na estação do distrito do Arapuá, para cobrir as férias do cunhado.

Seria matar dois coelhos com uma cajadada só: tio Sebastião aproveitaria as férias com a família e seu Hugo aproveitaria para trabalhar em suas próprias férias, o que no final do mês lhe traria mais tranquilidade na hora de fechar as contas. Os sentidos do verbo "aproveitar" podiam ser bastante diferentes entre si — eu aprendia.

De qualquer maneira, eu não estava mais em empréstimo como babá e tanto insisti que papai me levou consigo. Teríamos a casa de meus tios toda para nós!

— Saí na hora certa — disse para minha amiga Anita. — Se estivesse trabalhando, cuidando da bebê, iria perder esse passeio.

A casa possuía um quintal enorme. Por esse motivo, nós nos referíamos a ela como "sítio": relativamente afastada da estação de trem e do centro do Arapuá uns dois quilômetros, era situada próximo da grande caixa d'água do distrito, a uns cem metros — onde os trens eram abastecidos.

Para chegarmos ao sítio não tivemos problemas, pois o maquinista fez uma parada perto da casa dos tios para abastecer. Para se ir do sítio para a estação e vice-versa, no entanto, passava-se por uma ponte de madeira bastante alta e construída com dormentes distantes uns dos outros.

Eu brincava o dia inteiro, mesmo sozinha. Meu pai ocupava o posto de trabalho dele e apenas vinha para a casa pouco antes do almoço para preparar "o rango" — como ele falava do nosso almoço.

Uma certa manhã, em que eu estava no galho mais alto de uma mangueira rente aos trilhos do trem, distante tanto da casa quanto da caixa d'água, avistei um andarilho. À época, chamavam-nos de "maleiros" e inúmeras histórias contavam a respeito daquele tipo de viajante: seria impossível uma menina de nove anos não ter medo.

Vi o maleiro se aproximar. Fazia algo a poucos metros da árvore, eu não conseguia distinguir o que era. Talvez amolasse sua faca ou improvisasse uma. De fato, tive tanto medo que prometi a mim mesma que, se me safasse daquela situação, em minhas brincadeiras jamais me afastaria de tal maneira da casa outra vez.

O andarilho não estava sequer longe o suficiente para que eu tivesse tempo de correr para a segurança de meu pai, que — eu inferia — havia chegado para cuidar de nosso rango. Teria que ficar por ali mesmo, a evitar a todo custo ser notada. Quase nem respirava e permanecia imóvel, torcendo para que o estranho não me visse. Mentalmente, pedia: "Não olha para cima, não olha para cima".

Quando ouvi papai chamar por mim, o maleiro ainda se encontrava próximo demais.

— Elza? Elza!

Não pude responder. Tinha verdadeiro pânico somente de pensar que o homem pudesse me ver ali. Realmente, as histórias que contavam eram horripilantes. Continuei em silêncio, a esperançar que o maleiro se afastasse. Não sabia qual seria a reação dele e fantasiei várias possibilidades: ele poderia subir e me derrubar de lá, poderia atirar pedras em mim e, na pior das hipóteses, poderia me agredir no chão.

Seu Hugo seguia em minha busca. Parecia já bem irritado, por sinal:

— Elza? Ô, Elza! Onde se meteu essa menina?

O estranho derivou um tanto. Quando já estava longe o suficiente, desci. Procurei não pisar em nenhum galho mais seco; não fiz qualquer barulho. Imediatamente ao tocar os pés no solo, saí em desabalada carreira na direção de meu pai, que eu havia avistado quando ainda estava na árvore.

— Oi, papai. Estou aqui! — gritei, ainda longe dele e sem parar de correr.

— Onde você estava, menina? Não me ouviu te chamar? Eu com tanta pressa e você some!

— Estava na mangueira, mas o maleiro estava por lá e eu não podia responder.

Seu Hugo nem se atentou a minhas explicações.

— Anda logo, vá arrumar suas roupas. Recebi um telegrama dizendo que sua mãe não está bem. Providenciei um colega daqui para ficar em meu lugar. Vai rápido, porque o trem já está na estação e não poderá ficar nos esperando por muito tempo.

Em instantes lavei pés, pernas, braços e rosto. Não tinha tempo para um bom banho e deixei muita sujeira na toalha de tia Abadia. Ela iria se assustar quando chegasse e encontrasse o tecido todo encardido! Troquei de roupa rapidamente: estava imunda das brincadeiras e não poderia entrar em um vagão com outros passageiros daquele jeito. Misturei na bolsa tudo o que tinha levado, as roupas sujas com as limpas. Ao menos eu não estaria no Arapuá para ver a expressão da tia quando ela pensasse que eu era "uma porquinha, mesmo".

— Anda, Elza! — apressou ainda mais meu pai, tirando-me da mente a boa higiene.

Ele andava muito rápido. Tive que ir correndo para conseguir acompanhá-lo. Tomava minha imaginação o medo de o maleiro estar à espreita e de assalto me tapar a boca e me arrastar para o mato, se eu deixasse seu Hugo se distanciar muito de mim.

O problema maior foi quando alcançamos a ponte. Ao olhar para os vãos enormes que existiam entre uma parte da estrutura e outra, sem nenhum beiral ou corrimão em que me apoiar — afinal, era uma ponte para trens e não, para pedestres —, estaquei, cheia de medo.

— Anda rápido, Elza, ou vamos perder o trem!

Infelizmente, papai não podia segurar minha mão. Estava carregado de malas e sacolas, abarrotadas de frutas — laranjas, bananas, mexericas, abacates. Meu tio Sebastião havia insistido que ele as levasse quando retornasse para a cidade:

— As frutas estão estragando aqui! Dá até dó.

Aquela ponte parecia ser um obstáculo intransponível. Eu tinha muito medo de cair, pois os vãos possuíam mais largura do que um passo meu poderia cobrir. Diante da urgência de meu pai, coloquei-me de quatro e me apoiei nos dormentes; engatinhei e apenas mudava os joelhos quando me sentia segura.

— Anda, Elza. Mas é mole demais!

— Se eu me levantar, vou cair nesses vãos. São grandes demais... Sinto tontura só de olhar para baixo — lamentei e já começava a chorar. Para agravar meu medo, vi o maleiro se aproximar no córrego abaixo. E, desta vez, ele me viu de volta. Encarou — não sei se por me achar ridícula a engatinhar naquela idade ou por aventar possibilidades consigo próprio. Se eu demonstrasse fraqueza, ele se agigantaria para cima de mim — considerei em todas as hipóteses. Não olhei mais para baixo. Precisava fingir que o desconsiderava e, ao mesmo tempo, retardar os passos largos de seu Hugo. Não podia deixar papai sumir de vista!

— Tenho certeza de que esta ponte tem duzentos metros de comprimento — puxei assunto que o atrasasse.

— Acho que tem mais... — meu pai me respondeu, em tom sério.

— Não falei?

— Pelo tempo que você está demorando para atravessar, deve ter uns mil! — percebi, pelo exagero, o mau humor dele.

Supunha que papai devia ter se arrependido, e muito, de ter me levado naquela viagem, e continuei a tentar distraí-lo — apesar de ele não estar nem um pouco interessado em conversa.

— Qual a altura dela?

— Uns quatro metros.

— Nooooossa — não deveria ter perguntado, pois o medo aumentou. Se caísse daquela altura, eu já era... Comecei a visualizar o maleiro pulando das pedras do córrego sob mim, a tentar alcançar a barra de meu vestido por entre os dormentes e me fazer despencar. Mutei minha imaginação.

— Qual a distância entre os degraus?

Papai, por fim, deu uma risada gostosa:

— Degraus? Você não está subindo nenhuma escada.

— Seria muito mais fácil se fosse uma escada.

— Esses são dormentes. Cinquenta centímetros, a distância entre eles.

— Tudo isso?

— Anda, Elza! Para de pergunta e anda rápido. Falta mais de um quilômetro ainda!

Quanto à ponte, ela não possuía mais de seis metros. Definitivamente me calei. Meu pai tampouco estava investido naquela engenharia reversa e já tinha alcançado o outro lado: o importante para ele era que eu transpusesse o mais breve possível aquele obstáculo. Eu nem quis conceber o que o maleiro, em seu turno, fazia ou calculava então que me via sozinha. Por sorte, muito menos confiante em minha coragem, seu Hugo depositou o que levava no chão e foi me encontrar, haja vista que eu não tinha chegado nem ao meio da travessia.

— Dá a mão aqui, Elza. Você é muito mole.

— Assim, de pé, eu vou cair!

— Não vai, não. Eu estou segurando firme.

Mesmo segurando firme na mão de papai, eu mudava o passo quando me sentia mais firme ainda. O que o maleiro faria conosco se despencássemos dali? Queria parar de pensar.

Finalmente, alcançamos o outro lado. Olhei para trás: não vi o andarilho em lugar algum. Meu pai suava em bicas, muito mais do que eu: não soube se era pelo calor que fazia ou devido ao nervoso que havia passado comigo. Continuei ansiosa até atingirmos o destino, sempre aterrorizada com a ideia de o estranho saltar sobre mim de por entre os arbustos. Isso não aconteceu. Respirei aliviada quando as árvores descortinaram a estação.

Ao chegarmos, "Meu Deus!": lá estava o maleiro argumentando com o cobrador. De certo, durante minha demora, ele tinha nos deixado para trás. O homem me notou. Segurei na mão de seu Hugo e embarcamos. Procurei pelo andarilho no vagão do trem, somente para garantir que o pesadelo havia chegado ao fim. Não o localizei. Eu estava a salvo...

— Ufa!

Sentada ao lado de papai, descansei o corpo e estiquei as pernas. Ergui a vista. Não! O maleiro estava, em pé, encostado próximo à porta: o cobrador havia permitido que ele embarcasse na última hora, sem pagar — era um viajante, afinal. Ele virou a cabeça. Trocamos olhares: o maleiro viu em meus olhos que eu tinha medo! Baixei os olhos e ele abaixou o chapéu. Não levantei de meu lugar um só segundo a viagem inteira, até pôr os pés em Três Lagoas.

Jerominha

As brincadeiras naquela manhã estavam do jeito que eu gostava: bem agitadas! Pé na lata era uma de minhas favoritas. A prima da vizinha Ana visitava, não conhecia o jogo e perguntou como se brincava. Eu preferiria explicar pessoalmente a ter que mudar a brincadeira por sua falta de entendimento, principalmente depois que vi uma boneca de porcelana na mão de Jerominha — por sua vez, perfeitamente vestida — e de pronto subestimei as habilidades da menina para participar no jogo da criançada da vizinhança.

— Preste bastante atenção! — tamanha era minha ânsia por começar, coloquei-me frente a frente com Jerominha para que nada, nem a valiosa boneca, desviasse a atenção dela.

D. Bernadete, mãe da guria, aproximou-se, porém:

— Pode deixar. Eu explico. Já brinquei muito disso.

Alguém da turma seria escolhido, por sorteio ou par ou ímpar, para se tornar o "guardião da lata". Então, uma outra pessoa — de preferência, forte — pegaria a latinha para a jogar o mais longe possível. Enquanto o guardião buscasse a lata para a colocar em um lugar definido, os demais correriam para se esconder. Após devidamente reposicionar a lata, o guardião começaria a procurar os colegas e, à medida que os fosse encontrando, deveria correr de volta à lata, acertá-la com uma pedra junto ao local e dizer, em alto e bom som: "Fulano, em lugar x; pé na lata; um, dois, três". A criança descoberta deveria, nesse momento, sair do esconderijo e se fixar próximo à lata, a aguardar. Se um colega que ainda não tivesse sido achado conseguisse chegar até a lata antes do guardião, ele poderia jogar a lata para longe novamente, obrigando o guardião a recuperá-la. Libertaria, desse jeito, todos os outros que tivessem sido encontrados anteriormente. Dessa maneira, o jogo recomeçaria e todos se esconderiam novamente. O jogo terminaria apenas quando o guardião conseguisse encontrar todos, sem que alguém jogasse para longe sua lata.

— Entendeu? — perguntou a mãe.

— Uhum.

Por outro lado, eu jurava que Jerominha não tinha entendido nada! A guria não havia tirado os olhos da boneca por um segundo durante toda a explicação, mexendo com os braços e pernas do brinquedo caro e arrumando sua roupinha sem parar. Antevi dificuldades e peguei birra: o jogo não seria divertido. Resmunguei comigo mesma.

— Agora, brinquem! Já a mãe está de volta — a mulher passou a mão na cabeça da filha, que tinha os cabelos penteados com primor.

D. Bernadete somente não se lembrou de dizer que todos deveriam se esconder em lugares limpos, para evitarem se machucar. Isso tampouco foi necessário, porque a brincadeira terminou tão logo começou.

Assim que a lata foi jogada, corri para me esconder em um terreno baldio onde certos vizinhos jogavam seu lixo — eram "inconsequentes e acomodados", segundo meu pai, pois o caminhão da prefeitura recolhia os resíduos uma vez por semana. Nas palavras de outra vizinha, d. Tânia, mãe de Anita: "Os porcos se acostumam fácil com a sujeira, por isso jogam tudo no terreno ao lado. Não se importam se esse lixo vai provocar mal-estar aos outros".

Quando passei por um pequeno matagal para chegar até esse meu esconderijo, notei que Jerominha já estava lá — seu vestido azul celeste reluzia ao sol em meio ao capim alto. Brincava com o que mais, senão com sua boneca? "Como essa guria veio parar aqui tão rápido? Nem está prestando atenção no jogo, com essa boneca na mão. Vai chamar a atenção do guardião da lata e vou ser descoberta junto com ela!". Distraída em meu caminhar e brava com a menina, em meio aos rejeitos acabei por pisar na ponta de uma tábua, e um prego enferrujado virou e perfurou meu tornozelo. A dor foi tão violenta, que mesmo eu me esqueci da brincadeira.

— Ai, meu pé! Meu pé! — chorava e pulava com uma perna só, parecia um saci.

— Também, não olha para onde anda… Por isso, prefiro brincar de bonecas. Uhum — Jerominha, com sua voz anasalada, deixou-me mais enfurecida ao sequer oferecer ajuda.

Sua aparência continuava intacta, apesar de estar no meio do matagal como eu — em meu turno, toda suja. Minha ira vinha do fato de a guria estar parcialmente correta: se eu não tivesse pegado birra dela nem estivesse tão ansiosa para começar o jogo, e por consequência tão absorta, não teria me acidentado. Procurei um lugar limpo para me sentar e aguardar a dor diminuir. Ana me ofereceu uma mão.

— E aí, Elza? — perguntou minha amiga. — Passou a dor?

— Passou nada! Ainda dói muito.

— Quer que eu chame sua mãe?

Nem tive tempo de responder. Meu irmão foi quem veio me chamar para almoçar. E fiquei apavorada: meu pai descobriria que eu estava machucada e me levaria ao médico! Eu tinha horror de injeção, mais ainda de pontos. Por isso, incapaz de imaginar o real perigo que corria, escondi de meu pai e de toda a família que tinha me machucado.

Fui para casa pulando com um pé só, porque o outro eu nem conseguia apoiar no chão. Eram mais de cinquenta metros e cheguei quase sem fôlego — inventei que se tratava de uma aposta que havia feito com Ana. Todos já se encontravam sentados à mesa e eu estava, como dizia meu tio, "azul de fome". No entanto, a dor era maior.

— Não quero almoçar. Estou sem fome — empurrei o prato.

— Você, sem fome? — minha mãe demonstrava incredulidade. — Coisa impossível de se imaginar.

— O que você tem? — meu pai também estranhou.

— Nada.

— Você almoçou na d. Perolina?

— Não, mãe.

— Comeu alguma coisa lá?

— Não, não comi nada. Estou sem fome mesmo.

Levantei-me sem demora da mesa. Estava prestes a cair no choro. A dor persistia, intensa. Todos me olharam espantados: Elza, sem fome, era de fato uma coisa inédita. Fui deixando a sala — e continuei a pular com um pé só.

— Não quero perder a aposta — disse sem me virar, haja vista que as teimosas lágrimas rapidamente enchiam meus olhos.

Quando, por volta de quatro horas mais tarde em meu quarto, percebi alguém se aproximar, peguei um livro e fingi que lia. Meus olhos estavam vermelhos. Seu Hugo, que havia chegado do serviço e tomado seu banho, tinha sentido minha falta: eu sempre ia ao seu encontro. Pisou com um pé no quarto e, com o outro, saiu. Estava inquieto: pressentia que alguma coisa ocorria.

Papai retornou quinze minutos depois, desta vez sem fazer barulho. Eu rolava na cama, chorando. A dor era tanta que nem me preocupei em disfarçar.

— O que foi, Elza?

— Furei meu tornozelo em um prego enferrujado, naquele terreno lá do fundo — mostrei o pé a meu pai.

Se não houvesse tantas lágrimas embaçando-me a visão, teria visto a palidez dele.

— Meu Deus! Vamos agora mesmo para o médico.

— Não, pai. Vai sarar. Vai sarar. Eu não quero levar pontos...

— Anda, menina. Troca de roupa logo. Nem banho vai dar tempo pra tomar. Já está quase na hora do dr. Cruz fechar o consultório.

Não questionei. Estava vencida pela dor. Além do que, havia uma sensação estranha em minha perna. Sentei na garupa da bicicleta e fomos para o consultório.

Quando o médico começou a me examinar, puxei a perna e adverti que ele "parasse de me espetar com aquela agulha". Mas o doutor mostrou-me as mãos vazias. Pediu que eu o deixasse tocar minha perna apenas com suas mãos. Deitada na maca do consultório, sem ver exatamente o que ele fazia, tornei a reclamar.

O profissional não teve dúvida. Foi até o armário vitrine, não localizou o que procurava. Fez uma rápida limpeza no ferimento. Sentou-se e anotou algo no receituário.

— Rápido para a farmácia, antes que feche. Depois, voltem aqui. Preciso fazer uma limpeza mais caprichada nesse ferimento.

A injeção era enorme e bem dolorida. Eu, ingênua e inutilmente, pedia ao farmacêutico que jogasse um pouco do líquido fora; argumentava que não seria necessário aplicar tudo. Ele me acalmou e assegurou que tudo acabaria em breve.

Retornamos ao consultório, onde a enfermeira nos encaminhou ao médico — apesar do horário, ele ainda nos aguardava.

Dr. Cruz realizou uma limpeza mais profunda e aplicou um curativo. Posteriormente, mostrou a mim e a meu pai fotos horríveis de pessoas com tétano: uma delas tinha o corpo todo enrijecido, e o pescoço, a cabeça e os pés, voltados para trás. Outra pessoa tinha um sorriso estranho. Segundo o médico, tratava-se de um riso sardônico, produzido por espasmos dos músculos da face.

— Isso é tétano! — explicou ele. — A bactéria do tétano está nos mais diversos ambientes. A doença pode ser evitada com a vacina e com alguns cuidados, entre eles a limpeza cuidadosa com água e sabão dos ferimentos, para impedir a penetração da bactéria. O tétano pode levar à morte se a pessoa não for socorrida a tempo — mirou-me firmemente nos olhos.

Machucar-se nunca era o objetivo, entretanto, fazia parte da infância. O que não se podia era esconder dos pais um ferimento. Levei um bom sermão!

— E mantenham o esquema de vacinação em dia!

Apesar do discurso do doutor, meu medo maior continuava a ser de hospitais, médicos e dentistas. Minha tia Abadia tinha me contado uma vez que havia sido atendida por um "açougueiro", que deu pontos em um corte em seu braço sem esperar a anestesia fazer efeito. Outra história que ela contou — e que nunca soube se era verdadeira — foi que, em uma visita ao dentista, este a amarrou à cadeira e lhe extraiu um dente sem *nenhuma* anestesia! Diante de histórias desse tipo, que criança não desenvolve horror de açougueiros da saúde?

Contei a história para Ana, que antes do jantar veio verificar como eu me encontrava. Ela compartilhava de meu medo de injeções, médicos, dentistas e hospitais e, para me consolar, narrou que a mais nova das nove vizinhas irmãs tinha criado inveja da boneca de Jerominha — mais ainda quando esta não permitiu que desfrutasse consigo. Então, a pirralha bateu a mão no brinquedo, que se estilhaçou no chão.

— Para quê? — desalentou-se Ana. — Tia Bernadete voltou da rua Paranaíba com outra boneca embrulhada, duas vezes maior e mais bonita. Era para ter sido presente de aniversário da prima, mesmo assim a tia abriu na hora para a Jerominha parar de chorar.

— Ela pode ser privilegiada, mas nós nos divertimos muito mais! — minha raiva tinha passado.

Alguém incrível, muito inteligente, hipnótico

Nossa casa era de tábua, muito bem conservada e bem cuidada. Não possuía varanda frontal — apenas duas janelas dos quartos que se abriam na parte da frente, com vista para a rua. Os cômodos, distribuídos de dois em dois, iniciavam-se com o quarto dos meus pais e o quarto das meninas, lado a lado. Depois, o quarto dos meninos e a sala, também lado a lado. E seguiam a cozinha e uma pequena varanda. Dispostas como? Lado a lado! Totalizavam, dessa maneira, seis cômodos.

A porta da sala, que dava para a pequena varanda, constituía-se de duas folhas; uma delas se fechava com um grande trinco que se fixava no assoalho, e a outra se fechava com chave — a unir, na grande fechadura, as duas partes. Para maior segurança, pelo lado de dentro havia duas enormes traves fixadas no portal, onde se apoiava uma pesada tranca.

Quando nossos pais iam dormir mais cedo, fechavam a casa. A porta era deixada com o trinco de uma folha fixado, ao passo que a outra folha permanecia apenas encostada; apoiavam nela uma cadeira, de forma que as crianças pudessem entrar sem chave. A tranca, como era praxe, ficava apoiada no portal do lado direito de quem iria fechar a porta — ou seja, era de responsabilidade do último a chegar a pôr nas traves. Pelo lado de fora, tinha-se a impressão de que a porta estava trancada, e as luzes eram todas apagadas. Pela luminosidade do poste da rua era possível caminhar tranquilamente até a pequena varanda. Dali em diante, como se conhecia a planta da casa muito bem, continuava-se até a porta e, abrindo-a, era fácil andar no escuro — fácil para aqueles que não eram medrosos.

Naquele tempo, tudo era mais tranquilo. Sempre havia uma vizinha que ficava até mais tarde a acompanhar os filhos brincando na rua e que se responsabilizava pelos filhos das outras. Isso, nas noites de sábado, nas vésperas de feriados e nas férias, pois no dia seguinte todos dormiriam até mais tarde. Essa vizinha somente se recolhia após todas as crianças terem ido para suas casas.

Nossos pais sempre marcavam um limite de horário — que devia ser cumprido. Mesmo estando dormindo, eles sabiam se todos chegavam até a hora predeterminada. Isso me deixava impressionada: como podiam dormir *e* cuidar da chegada das crianças? Parecia que dormiam sempre com um olho aberto! Disso eu entenderia melhor depois de me tornar mãe.

Na frente de casa, existia um tanque de lavar roupas. As crianças o usavam para jogar água no corpo — removendo, assim, a terra e o suor antes de seguirem para a cama. Caso a mãe já estivesse dormindo, lavavam os pés, as pernas, os braços e o rosto. Pensavam que, por estarem vestidos, o restante estaria limpo. Ao menos, deveria estar.

O último a entrar fechava a porta com a chave e a tranca.

Naquela noite, d. Perolina começou a contar uma história cujo final eu queria conhecer. Isso não era novidade para meus irmãos: muito curiosa, não conseguiria dormir tranquila e esperar o dia seguinte chegar para ouvi-lo. Ocorreu que todos os Fernandes foram dormir e, quando percebi, tinha passado muito de meu horário! A vizinha me levou até o portão. Chegando à porta, respirei fundo: teria que ser silenciosa. Meus pais deviam estar bem cansados ou, ao ouvir os outros filhos chegarem, poderiam ter pensado que eu também já estivesse dentro de casa. Esse era o combinado: que todos viessem ao mesmo tempo. Mas, como dizem, a curiosidade matou o gato — ou teria sido o rato? Não, eu não teria essa sorte!

Empurrei a porta levemente, coloquei a mão por dentro, segurei a cadeira. Olhei para trás: tudo escuro, tudo muito escuro. Arrependi-me rapidamente de não ter voltado com meus irmãos; o escuro era outro de meus terrores. Meu coração estava tão acelerado que, se não fosse o medo maior de acordar meus pais e levar uma bronca, teria empurrado a porta com toda a força e até derrubado a cadeira. Finalmente entrei — felizmente, sem fazer barulho. Havia realizado uma verdadeira proeza, tamanha minha tremedeira devido ao escuridéu. Recostei a cadeira na porta para não tropeçar nela, passei a chave e tateei em busca da tranca. Nada! Continuei tateando e nada! Alguém a tinha movido do lugar costumeiro.

— Que sacanagem! — resmunguei. — Se não fosse esta escuridão...

Estava cansada de tatear em vão e, além do medo danado daquele negrume, temia que meu pai se levantasse e me encontrasse ainda acordada. Resolvi acender a luz por um instante e apagar imediatamente quando avistasse a tranca.

A lâmpada ficava dependurada em um fio enorme que descia da madeira que apoiava as telhas — a casa não era forrada. O fio, por sua vez, permanecia suspenso a menos de um metro do centro da mesa — esta, posicionada bem no meio da sala.

Por aquela época, haviam começado a aparecer ratos em casa. Meus pais, muito higiênicos, fizeram de tudo para se livrar dos animaizinhos que, além de transmitirem doenças, roíam frutas e sacos de alimento. Entretanto, apesar de nossa casa e de nosso quintal serem muito limpos e bem cuidados, existiam no fundo dois terrenos que faziam divisa com o nosso — que, além de conter um matagal imenso, era onde alguns vizinhos possuíam o tal hábito de jogar lixo doméstico. Por esse motivo, os ratos se reproduziam.

Seu Hugo tinha resolvido montar uma armadilha para evitar as ratoeiras — que geravam muita sujeira e que ele entendia serem mais cruéis. Sem que eu soubesse — porque não havia estado em casa —, naquela noite ele tinha lançado mão novamente da armadilha, que vinha dando excelentes resultados. Dessa forma, bem no meio da mesa estava posicionada uma lata de dezoito litros; dentro dela, colocou mais ou menos dois palmos de água; e, dependurado no fio de energia que descia do teto, um grosso barbante com um pedaço de queijo amarrado na ponta — que pendia bem no centro da lata.

Os ratos são mesmo incríveis! O cheiro do queijo os atraía tanto que eles conseguiam subir ao topo da lata, na tentativa de apanhar a comida. Todavia, os roedores — que tanto pavor me causavam — acabavam por cair dentro da água, pois tentavam muito, mas era impossível alcançar o tão sonhado alimento equidistante das bordas da lata.

Tateei mais uma vez, desta feita em busca da mesa. Tendo encontrado esta, como já era costume, passei as mãos pelo ar para alcançar a lâmpada; bati as mãos nela e consegui segurá-la. Levei a mão um pouco mais para cima, firmei o soquete onde a lâmpada era rosqueada e apreendi a chave que servia para acender a luz. Girei a chave.

A claridade permitiu-me uma visão amedrontadora. Bem diante de mim, na mesma direção de meus olhos, um rato se equilibrava na beirada da lata da armadilha — com o rosto voltado para mim. Seus olhos se fixaram de tal maneira nos meus, que fui hipnotizada. Nunca, nunca mesmo alguém tinha me mirado com tanta firmeza nos olhos.

Na tentativa de se apoiar na fina borda da lata, o animal jogava o corpo para frente, em um movimento de vaivém. Seu rabinho estava ereto para ajudar no equilíbrio. A impressão criada nos menos entendidos como eu era de que o rato estava se preparando para, em um impulso, jogar-se sobre mim!

Estava petrificada: a boca aberta da qual não saía som, os olhos arregalados que não piscavam. O pânico foi tanto, que segurei o pequeno animal pelo rabo. Isso fez com que ele se esforçasse para se soltar, retorcendo-se todo em minha mão.

O som começou a sair de minha boca — a princípio, baixo e meio rouco; depois, algo ensurdecedor que se fez ouvir por toda a casa. Nem sequer me lembrei de que não podia fazer barulho por estar desobedecendo às ordens de meus pais, afinal, eu deveria ter chegado havia tempo. Dava pulos no assoalho, girava meu corpo, sacudia a mão para evitar que o rato me mordesse. A cadeira foi a primeira a ir ao chão.

Em instantes, a família toda estava na sala, com um misto de sono e susto estampado em suas faces. Se eu não estivesse tão desesperada, teria um motivo para rir daquelas caras — que mais pareciam pertencer a revistas em quadrinhos. No entanto eu girava, pulava, gritava, sacudia os braços, rodopiava!

Meus gritos impediam que eu escutasse o que todos gritavam ao mesmo tempo:

— Solta o rato, Elza! O rato, Elza, solta! Solta, Elza, o rato!

Por fim, com sua mão firme, meu pai me segurou pelo braço. Com a outra, seu Hugo abriu meus dedos. O rato, ao se ver livre, pelo chão instantaneamente desapareceu. Jamais foi localizado, nem naquela noite, nem na seguinte, nem na outra. Tinha aprendido a ser tão rápido quanto eu em meus rodopios. Por isso, diz-se de alguém que rouba com agilidade e facilidade: "é rato!".

Com relação a meus pais e ao fato de eu ter furado o horário combinado, chegaram à conclusão de que o susto e o medo que eu havia acabado de vivenciar tinham sido tão grandes que nem reprimenda merecia. Meu pai acabou desistindo de colocar armadilhas como aquelas pela casa: o rato havia aprendido bem a evitá-las.

Hoje, ao me recordar do episódio, lembro-me daquele olhar hipnotizante que nunca mais vi em nenhum animal ou ser humano. Por mais que tenha estado apaixonada, aquele olhar foi único. Inimaginável e inesquecível.

"Você me mata de vergonha!"

Volta e meia, eu questionava meus pais sobre um sempre "empurrar", como eu dizia, para o outro a decisão sobre deixar ou não meus irmãos e eu fazermos alguma coisa, especialmente quando ambos estavam reticentes. Foi assim naquela manhã de domingo:

— Papai, posso ir na *matinée* do Cine Santa Helena com a Ana?

— Sua mãe é quem sabe. Pede pra ela.

— Mãe, posso ir na *matinée* com a Ana?

— Seu pai é quem sabe. Pede para ele.

— Eu já perguntei para ele. Ele disse para eu pedir para a senhora...

— Então, ele resolve!

A coisa ia longe. Parecia mais uma tentativa de me fazer desistir. Entretanto, como minha amiga costumava dizer, eu não entregava o jogo com facilidade.

— Você não cansa de ficar pedindo? Se eu insistir muito, meus pais logo me dão uma bronca.

— Os meus também. É que, no final, eu pergunto meio escondida atrás da porta. Aí, dou um tempo e começo tudo de novo.

Era o que eu fazia aquele dia. Estávamos quase para almoçar e eu continuava a insistir.

— Eu não sei por que não decidem nunca! É tão fácil. É só dizer: sim ou não.

— E adianta dizer não para você? Você continua insistindo — interpelou dona Mira.

— Uai, diz sim. Eu não insisto e vocês não se cansam.

Meu pai balançou a cabeça, como se quisesse dizer: "Não tem jeito mesmo".

— Então, papai? O senhor deixa?

— Ufa, Elza. Eu disse: sua mãe é quem sabe.

— Ela diz que o senhor é quem sabe. O senhor diz que é ela. Já que nenhum dos dois sabe, eu vou, tá? Estou indo, hein? Tá bom?

Silêncio.

— Olha: enquanto vocês pensavam, até tomei banho e me troquei. Agora que estou pronta, não tem nada demais. A mãe da Ana vai junto e disse que paga o meu ingresso — era meu último argumento.

Finalmente, seu Hugo reagiu — não para minha sorte:

— Elza, você pediu para a vizinha comprar seu ingresso? Você me mata de vergonha! — pareceu-me inconsolável.

— Eu não pedi. Quando a Ana me convidou pela enésima vez para ir com elas e eu não tinha resposta ainda, disse que o senhor não tinha recebido. Ela pediu para a mãe dela pagar.

— Meu Deus! Tome aqui o dinheiro.

— Não precisa, pai. A mãe da Ana vai pagar.

— Não. Nada disso.

Foi o turno dele de insistir.

Saí chateada com as notas de cruzeiro em minha mão: não era minha intenção desintegrar o orçamento doméstico de papai. Seu Hugo trabalhava a muito custo para juntar aquele dinheiro! E aquilo se desfazia com tanta facilidade... A família de Ana não gastava com remédios; eu somente tinha aceitado o convite porque d. Perolina havia topado a sugestão da filha para que patrocinasse o passeio. Não fazia diferença: nunca mais pedi a meus pais para ir a *matinée* alguma!

Desse dia em diante, apenas insisti para participar das atividades gratuitas.

"O agiota é o pior bicho"

Tio Antônio de Alencar veio com tio Pedro à cidade fazer negócios. Ao chegar em casa do serviço, seu Hugo se encontrou com eles e precisou sair com o irmão para resolver algumas questões da Fazenda Beltrão. O tio Alencar resolveu ficar porque estava cansado da viagem, e sua real intenção era tirar um bom cochilo.

Porém, Genésio sugeriu que ele contasse um causo que nos remetesse às noites na fazenda. A ideia nos instigou. Tanto insistimos, que o tio não teve alternativa senão colocar sua imaginação para funcionar. Fizemos um círculo para ouvir aquela estória que não foi apenas uma lição de matemática:

— Para pôr um boteco, um homem pegou dinheiro emprestado com uma barata, uma galinha, uma raposa, uma onça e um agiota. Juntou 100 contos no total: 20 contos de cada um deles. O boteco começou a funcionar e o negócio foi bem, mas o homem se incomodou porque tinha de pagar 5 contos por mês pra cada um dos investidores: só 1 conto era descontado do empréstimo original; os outros 4 contos eram os juros que ele pagava.

"20% de juros por mês sobre os 20 contos que eu peguei de cada um? Isso é um roubo. É a mesma taxa que eu pago pro mestre da usura! Se eu soubesse disso, tinha pegado todo o dinheiro com o agiota de uma vez. Se bem que eu não tinha garantias e, nesse caso, os juros teriam sido ainda mais altos." E, apesar de o negócio ir bem, no final de cada mês o dinheiro que sobrava era apenas o suficiente pra uma vida confortável. O homem passou os primeiros três meses matutando sobre como resolver seu problema. No quarto mês, a barata chegou para cobrar o dinheiro dela: "Ô, meu sócio! Bota um gole de pinga pra mim". O homem serviu. A barata molhou a boca e comentou: "Pinga gostosa, sô!", e relaxou. O homem viu a galinha vindo cobrar a parte que lhe cabia e comentou: "Olha a comadre galinha vindo ali!". A barata se espantou: "A galinha está vindo? Mas ocê sabe que nós não podemos nos encontrar. Sempre peço pr'ocê marcar dias diferentes". Desesperada, a barata perguntou: "Onde eu me escondo?". O homem apontou para umas caixas e a barata se enfiou lá. A galinha chegou, cumprimentou o sócio, tomou seu gole de pinga e ia pedir o pagamento quando sentiu um cheiro. "É barata! Estou sentindo cheiro de barata. Onde ela está?". "Ali", o homem apontou para as caixas. E a galinha comeu a barata. "Comadre galinha, estou vendo a raposa despontar no caminho!", o homem anunciou. "A raposa? Vindo?", a galinha se desesperou. "Se ela me pega, ela me mata! Compadre, como é que ocê não me avisou que a raposa vinha neste mesmo horário? O que eu faço agora?". O homem sugeriu e a galinha se enfurnou atrás de um saco de arroz. A raposa se sentou, o homem serviu a pinga dela e, antes mesmo que ela perguntasse qualquer coisa, ele foi logo dedurando: "Sabe quem eu vi hoje? A comadre galinha!". A raposa se atiçou: "A galinha? Ocê sabe que eu não resisto a galinhas". A raposa se esgueirou e encontrou a galinha; destroncou o pescoço dela e estava se preparando para almoçar quando apareceu a onça. "Lá vem a onça, raposa. Esconde atrás da porta do paiol". A onça já chegou farejando. Achou a galinha morta e papou. "A desgramada da raposa esteve aqui hoje!" O homem mostrou a direção do paiol com o dedo. A onça, toda silenciosa, foi até lá e, depois de uma briga, matou a raposa. "Agora, quero ver ela comer minhas presas." A onça sentou, pediu seu gole de cachaça e, quando pensou que tinha ouvido algo, direcionou as orelhas e levou um tiro. Era o agiota com sua espingarda. A onça ainda viu o agiota escondido atrás das árvores, na lonjura, e falou: "Ele vai me matar". E se escondeu dentro da tulha de arroz, toda ensanguentada, coitada. Mas o agiota seguiu o rastro de sangue e matou a onça lá mesmo. "Vai dar um belo tapete", falou o agiota. "E se ocê quiser, leva de brinde uma estola de raposa", o sócio homem complementou. Eles tomaram uma pinga, tiveram um dedo de prosa e o homem pagou os 5 contos do agiota, todo alegre. No mês seguinte, o homem pagou o agiota com gosto também, contente de ter se livrado dos outros devedores. O dinheiro sobrava e o homem esbanjava, gastava tudo na boa vida. Não juntou nada. E foi assim no sexto, no sétimo, no oitavo, no nono, no décimo, no 11º no 12º mês. No 13º mês, o homem pagou e comentou: "Ê, agiota! Hoje eu estou feliz da vida. Descontando este mês, faltam só sete meses para eu terminar de pagar ocê". O agiota logo respondeu: "Em que mundo você vive, homem?" E o homem se admirou: "Ué. Eu peguei 20 contos emprestados c'ocê. Pago 5 por mês, 4 contos vão pros juros e 1 vai pra quitar a dívida. No vigésimo mês, ocê vai ter os seus 20 contos de volta. Se acabam os juros e eu toco o meu bar. Todo o dinheiro só pra mim". O agiota chacoalhou a cabeça: "Você está muito enganado! Pensa que só você pegou dinheiro emprestado comigo? A barata, a galinha, a raposa e a onça também pegaram. Cada mês, você pagava pra elas e elas me pagavam. Tiravam 1 conto e me davam 4. Como você tramou para se livrar de todas, faz nove meses que eu não recebo de ninguém. Então, agora a dívida é inteira sua. Só pra quitar o valor do empréstimo, são mais oitenta meses. Isso sem contar os juros, que elas pararam de pagar e foram se acumulando, juros sobre juros. E, como você não juntou nada, não comprou nenhum bem, não tem garantias, os seus juros, ou seja, todos os juros vão subir!". O homem jogou a toalha que usava para lavar os copos. "Eu desisto. Pode ficar com o bar". Mas o agiota já tinha a resposta na ponta da língua: "Você pára de pagar os meus juros e eu te mato!".

— É! O agiota é o pior bicho — exclamou Genésio.

Injustiça

Eu possuía uma técnica especial para despistar meus pais e escapar para a casa da vizinha — sem ter de pedir e, consequentemente, sem ter de insistir e sem os irritar.

Tudo se desenrolava quando todos se sentavam, no final da tarde, à sombra da mangueira, em um banco que ficava na calçada, encostado à cerca. Inicialmente eu me sentava com os outros, aproximadamente por uns dez minutos. Depois me levantava e permanecia em pé ao lado do banco. Sem demora, começava a rebater uma pequena bola de papel ou de meia velha, e ia de um lado para o outro — cada vez mais longe. Chegava em frente ao portão da casa de Ana e voltava... Repetia o percurso duas ou três vezes. Outras vezes, chegava a ir à esquina. Quando meus pais se davam conta, eu estava havia muito tempo na casa da vizinha!

Certa vez, meu pais mandaram me chamar. Eu vim e respondi:

— Não tem nada demais eu dar uma chegadinha na casa da Ana... Ela quase não vem em casa.

— Claro que não. Você não dá tempo para ela vir porque você não sai de lá!

— Eu só vou quando termino todas as minhas tarefas, ou quando já estudei tudo se tenho prova.

— Você termina os seus deveres e vai atrapalhar a Ana e a Célia a fazerem os delas.

— Não, mãe. A d. Perolina até fica feliz quando eu chego! Eu *ajudo* a Ana e a Célia com os deveres delas. Estudo tabuada e muito mais.

— Verdade?

— Eu juro. Pode perguntar para a vizinha. Eu demoro lá porque elas estão estudando. Elas só vêm pra cá quando terminam os deveres. Por isso é que eu fico mais tempo lá do que elas, aqui.

Dias depois, ouvi d. Perolina conversar com minha mãe:

— Olha, Mira, a Elza me disse que você está cismada com as idas dela em casa, de tarde. Pode ficar despreocupada. Ela é muito ajuizada, ajuda as meninas. As notas delas na escola melhoraram muito. Eu fico até agradecida, sobra mais tempo para eu fazer os trabalhos da casa. Só estranhei uma coisa.

— O quê? — minha mãe levantou as orelhas.

— Semana passada, ela ajudou tanto as meninas, que elas tiraram notas excelentes. Como presente, eu me ofereci para pagar a matinée desse domingo para elas todas. A Elza não quis aceitar, disse que não estava com vontade de ir ao cinema.

— Não? — mamãe estranhou, contudo não inteirou d. Perolina acerca da história.

Em seu silêncio, certamente se lembrou do episódio do mês anterior, em que meu pai tinha me corrigido por ter aceitado que a vizinha comprasse meu ingresso. Satisfez-se em complementar:

— Realmente, a Elza é bem mais ajuizada do que pensei!

Sentiu-se tão feliz com minha atitude, que aquela noite comentou sobre o fato com meu pai.

9
MEUS DEZ ANOS

Novembro, 1961

Um copo d'água não se nega a ninguém

Minha mãe sempre dizia:

— Deus nos deu, é de graça. Não custa dar um copo d'água a quem quer que lhe peça.

Pensando nisso, naquela manhã ensolarada em que eu, meus irmãos e minha prima voltávamos do cemitério no Dia de Finados — 2 de novembro —, estava morrendo de sede; não conseguiria chegar em casa. Sempre íamos a pé e, a despeito de a data não ser nada festiva, aquela caminhada era muito divertida para nós, crianças. Passávamos diante de um boteco localizado às margens da Lagoa Maior e faltava outro tanto ainda para caminharmos.

— Eu vou pedir água aqui — não me segurei.

— Já vai você pedir... — contrapôs o Cilo, que não gostava de incomodar ninguém.

No entanto eu era, como diziam, "meio cara de pau":

— A mãe disse que não se nega um copo d'água a ninguém!

— É você quem sabe.

Entrei no ambiente meio temerosa, dada a advertência de meu irmão. Pensei em voltar, porém a sede era muita.

— O que você quer, menina? — perguntou um senhor que deveria ser o dono do local. Talvez por isso tivesse sido tão seco, porque não teria que se explicar com chefe algum.

Se eu fosse um pouco mais amadurecida, teria saído no mesmo instante; entretanto era Elza, a menina meio cara de pau.

— O senhor pode me dar um copo d'água? — pedi timidamente, a forçar a voz para ser ouvida.

— Você quer água? — repetiu o velho de cara amarrada.

— Sim.

— Então, vai beber na lagoa! Lá tem muita água.

Eu me espantei diante da negativa: "Nossa, além de ranzinza e grosseiro, é ridículo".

— Se eu quisesse água da lagoa, já teria bebido. Não te ensinaram que não se nega um copo d'água a ninguém? — deixei escapar, cara de pau uma última vez.

Virei as costas e não observei como o seco dono de boteco recebeu minha resposta. Apesar da vida profundamente mesquinha que parecia levar, deve ter se arrependido por sua falta de cristandade e mínima civilidade aquela manhã.

Guri

Certa tarde, após o almoço, Toninho, colega de Guima, passou em casa e pediu que o amigo o acompanhasse até o posto de gasolina onde trabalhava. Lá, mostrou a meu irmão uma cachorra de rua que tinha dado cria uns dois meses antes, filhotes que os funcionários se encarregaram de distribuir para que não passassem fome.

— Todos têm direito a uma casa, inclusive os animais — argumentou Toninho.

— Vou falar com meu pai — comprometeu-se meu irmão.

Como se poderia prever, não apenas Guima, mas todos insistimos para que nossos pais aceitassem um dos filhotinhos em casa. Fazia mais de um ano que nosso cachorro havia sido morto! Dique tinha deixado tantas saudades, que dona Mira e seu Hugo acharam que seria a hora certa de recebermos outro animal que alegrasse nossa infância. Guima levou o último dos filhotes para casa:

— E a mãe dos cachorrinhos? — perguntei a ele. — Ela vai continuar na rua?

— Não. Um cliente do posto vai levar para a fazenda.

— Que bom que ninguém ficou sem casa! — complementou Genésio.

"Guri" era bem menor do que Dique, e todo pretinho. Era lindo também; tinha o rabinho enrolado. Nós nos apegamos muito a ele.

Realmente, cada animal tem seu carisma — algo que o diferencia dos demais e o torna especial.

Janeiro, 1962

A morte dentro d'água

— Deixa, mãe. Vai, deixa...

Mamãe continuava calada diante de minha insistência: durante toda a semana, aquela frase vinha se repetindo várias e várias vezes ao dia!

Eu havia tomado conhecimento de que a vizinha, d. Tânia — esposa de um militar e mãe de uma de minhas melhores amigas, colega de escola e vizinha Anita —, iria com toda a família passar o domingo à beira do córrego do Palmito, lugar ideal para um piquenique em Três Lagoas. A contrariar um comportamento que sabia que minha mãe esperaria de mim — o de resistir à tentação —, fazia muito tempo que eu tinha pedido para ir junto, tal qual observavam meus irmãos: "cara de pau como só eu sabia ser quando me convinha". De fato, quando queria muito alguma coisa, não havia timidez, nem vergonha, nem ao menos bom senso; em outras ocasiões, era descrita como "muito tímida". Não somente havia feito um pedido à vizinha, também solicitei que ela fosse falar com dona Mira pois, "se minha mãe soubesse que o pedido tinha partido de mim, jamais me deixaria ir". D. Tânia, quando concedeu meus dois pedidos, teve ainda de prometer que cuidaria bem de mim e que não me deixaria entrar na água sozinha.

— Em que fui me meter? Além dos meus três filhos, vou ter mais uma criança para cuidar! — pensou a pobre mulher em voz alta, imediatamente a se arrepender do que tinha feito.

Ouvi, mas não me importei.

Minha mãe havia ficado reticente:

— Não sei, não. A Elza é muito teimosa. Vou pensar.

A vizinha, embora devesse estar torcendo para que minha mãe pensasse muito mesmo — sobretudo depois que dona Mira lhe disse que eu era teimosa —, não parecia convencida de que a resposta seria negativa, ou não teria pensado o que ouvi. Isso, sem tampouco considerar o pior: d. Tânia não tinha noção do quão insistente eu era quando queria algo.

— Deixa, mãe... D. Tânia até prometeu que vai cuidar de mim. Se a senhora não deixar, ela vai ficar magoada porque a senhora não confia nela.

Aquele encadeamento que elaborei foi perfeitamente lógico!

Dois dias após o pedido, minha mãe começou a titubear. Se apenas dona Mira soubesse que a vizinha não estaria nem próximo de se magoar se recebesse uma negativa e que ficaria, pelo contrário, até agradecida se "Elzinha" não tivesse permissão para ir, não titubearia nem um pouco. Como escreveu Cora Coralina, todavia: "Coração é terra que ninguém vê". Continuei meu trabalho de insistência:

— Deixa, mãe. Eu prometo que vou me comportar. A senhora vai ver. Quando voltarmos, pode até perguntar para d. Tânia se eu não me comportei bem. Eu nunca fui a um piquenique e, quando surge uma oportunidade, a senhora não deixa. Vai, mãe, deixa...

— Seu pai está muito certo quando diz que você é uma sarna quando quer alguma coisa! Não aguento mais, já estou com a cabeça cheia...

— Então, deixa eu ir que não peço mais.

“Essa menina é muito esperta para o meu gosto. Claro que, se eu deixar que ela vá, não pedirá mais! Meu Deus, estou sentindo que não devo deixar... Não sei o porquê, sinto que a Elza vai aprontar alguma... E se a Tânia ficar magoada? E se ela achar que eu não confio nela?”, a mãe pensava, balanceava e contrabalanceava. Eu via fumaça sair de seus ouvidos. Até ao marido foi pedir um reforço, no entanto ele se safou muito bem:

— Você é quem sabe!

“Bela resposta. Continuo como antes. Quer saber? Vou acabar de uma vez por todas com este tormento.”

— Tá bom, Elza. Pode ir, mas me prometa que...

Eu de pronto me senti flutuar, de tanta alegria. Nem ouvi o restante; de toda forma, prometi tudo que minha mãe ordenou. Ela não deve ter tido muita confiança em minha mera repetição de palavras, tanto que me fez repetir posteriormente algumas vezes mais: “que me comportaria bem; que obedeceria a vizinha; que não entraria na água sozinha; e que ficaria o tempo todo afastada do córrego, a não ser que algum adulto... me segurasse pela mão”.

— Tantas promessas! Nem vou me lembrar de todas. Minha mãe é muito preocupada.

Fui logo entrando na casa de Anita, toda contente:

— D. Tânia, d. Tânia...

— O que foi, Elza?

— Minha mãe me deixou ir com vocês!

Se ao menos tivesse prestado mais atenção na fisionomia de d. Tânia, teria percebido que ela não ficou tão contente quanto eu.

— Que bom, Elza — a vizinha esboçou um sorriso.

Ela gostava de mim, porém ficou muito preocupada quando minha mãe lhe contou de minha teimosia.

— D. Tânia, minha mãe perguntou o que posso levar para o piquenique.

— Nada, não. Diga a ela para não se preocupar, porque já estou providenciando tudo — e, pelo jeito como me olhou, deve ter pensado: “sua companhia já é o suficiente, no mínimo para eu perder o meu sossego”. Isso eu percebi.

Aquele domingo, levantei bem mais cedo do que o horário marcado pela vizinha. Até coloquei o velho relógio para despertar: não queria que ela pensasse que nós estivéssemos dormindo e, por educação, resolvesse não bater na porta sob o pretexto de não nos acordar. Assim, esperei sentada na pequena varanda dos fundos de minha casa: prontíssima, como eu mesma havia dito que estaria no horário marcado! Uma vez que, naquele tempo, o pão era deixado pelo entregador — que o colocava de madrugada na sacola pendurada na porta da cozinha —, até café da manhã eu tinha tomado.

Minha intuição estava correta: a vizinha apareceu tão silenciosamente, que aparentava não querer acordar ninguém! As casas eram separadas por cerca de balaústres: os terrenos contíguos formavam um L; no ponto onde se encontravam, devido ao vaivém das crianças, duas ou três tábuas eram soltas na parte de baixo — bastava afastá-las para poder passar. Imediatamente, quando d. Tânia apontou em nosso lado da cerca, fui rápida como uma bala a seu encontro.

— Você já levantou? — perguntou, quase espantada.

— Faz tempo. Faz muito tempo que estou esperando.

— Nossa, você é muito pontual. Bem mais do que eu pensava.

Eu frequentemente brincava com as filhas dela, Anita e Lilian. Quase não entrava em sua casa. Sempre tinha me comportado bem. Ela gostava de mim — eu sentia pela maneira como me tratava. Apesar disso, aquela manhã d. Tânia estava estranha. Finalmente, ela se abriu:

— Elza, estou preocupada! Tenho medo de não saber cuidar bem de você, medo de que lhe aconteça algo. Por isso, quero que me prometa que vai ficar sempre perto de mim.

— Eu prometo, d. Tânia — tive certeza do quanto ela gostava de mim.

Mal o marido desligou o carro no Palmito, a mulher pediu às crianças que não se afastassem de perto dela.

— Está ouvindo, Elza?

— Sim, senhora.

Sentada em um grande tecido que d. Tânia estendeu sobre a grama, em um local sob uma boa sombra e afastado até mesmo da areia do córrego, eu observava as pessoas. Havia muita gente. A maioria trajava roupa de banho — achei algumas pessoas bem engraçadas e me distraí por algum tempo. Isso acabou por distrair também a atenção da vizinha, que deve ter me considerado muito bem comportada, o que por fim relaxou sua marcação sobre mim. Ela tratou de curtir o passeio.

Quando tudo e todos que estavam mais acima, na parte da grama, deixaram de ser interessantes para mim, levantei-me e passei a observar os que estavam próximos ao córrego — e os que saíam e os que entravam nele. Algo me chamou mais a atenção.

— O que é aquilo?

Curiosa como só eu sabia ser, fui me chegando à água. Contornei dois grupos de famílias que estavam perto de nós — seria praticamente impossível para a vizinha perceber que eu estava me afastando deles. Aliás, quanto mais próxima do córrego, misturada às dezenas de pessoas espalhadas por ali, mais difícil seria alguém sequer me avistar; ainda mais, quando esse alguém — d. Tânia — pensava que eu continuava sentada junto deles.

Tinha achado incrível aquela mulher praticamente estática sobre a água, sem afundar e sem se apoiar em nada! Entrei no córrego e, apesar de uma leve correnteza mais para longe da margem, com a água à altura do quadril, consegui me aproximar daquela que tanto havia me chamado a atenção.

— Como a senhora consegue ficar assim?

— Você não sabe?

— Não.

— Eu estou boiando. Você nunca tentou?

— Não.

— Você quer experimentar?

— Se a senhora me segurar... — pedi, lembrando-me da promessa feita a minha mãe.

Eu podia tentar, afinal havia um adulto perto de mim e se aquela senhora, com todo aquele peso, conseguia boiar, eu conseguiria também.

— Faz assim. Você é bem leve: dentro d'água, fica mais leve ainda. Deixa que eu te seguro. Pode confiar que eu te seguro. Relaxe. Estique as pernas e os braços. Fique imóvel. Assim... Isso! Você está se saindo muito bem. Olhe, eu vou te soltar. Pode confiar. Não precisa ficar com medo. Isso. Muito bem. Você está boiando! Viu como é fácil? Fique quieta, que vai boiar o tempo todo.

Realmente, eu teria que boiar o tempo todo. Minha mãe havia sido bem clara quando me fez prometer: "entrar na água, somente segurada pelas mãos por adultos... *conhecidos*!", eu me lembrei. Naquele momento, entendi o quanto ter me atentado àquela promessa teria sido importante. Ao contrário do que aquela outra senhora havia dito, eu tinha que ter medo, sim; muito medo porque, tão logo a "confiável" mulher percebeu que eu estava quieta a ponto de boiar, ela me abandonou ali boiando... boiando... boiando.

Notei, apenas com o movimento dos olhos — as únicas coisas que se mexiam em mim eram os olhos, além de meu coração cada vez mais acelerado —, que a correnteza do córrego me levava para cada vez mais longe das pessoas e da margem... A senhora rechonchuda, que havia dito que eu poderia confiar nela, estava simplesmente de costas.

Já ia bem longe quando me lembrei da curva que o córrego fazia, após a velha cerca de arame farpado. Não sabia se a cerca se enroscaria em minhas roupas — a impedir que eu continuasse —, ou se eu atravessaria por ela. Nesse caso, o perigo seria maior porque, passando pela cerca, ninguém mais me veria devido à curva. Se por acaso eu me enroscasse no arame, iria me machucar toda. Ademais, presa ao arame, a dor faria com que me movimentasse e deixasse de boiar. Iria parar no fundo do córrego!

Sem considerar que não sabia nadar, virei-me bruscamente. Sequer imaginava a que distância estaria do fundo do córrego. Por sorte, como dizem os sábios: "Deus protege as crianças". Quando cheguei ao fundo me afogando, atingiu-me o desespero, que então me deu forças. Acabei tomando a direção correta: de um lado, o barranco era reto — o que eu saberia depois; do outro, o lado que eu tomei, o barranco era feito uma rampa. Fui cravando os dedos na areia como em uma escalada, apenas com muito mais rapidez. Dessa maneira fui subindo até que, com o pouco ar ou as forças restantes, voltei à tona. Retornou o ar.

Tossi. Tossi muito. Expeli toda a água. Assim que me recuperei, lavei-me ali mesmo na beirada, onde o córrego não passava da altura de meus tornozelos. Olhei para o lado, onde as pessoas se agrupavam, na melhor parte da água e da grama. Nesse momento, constatei que ninguém, ninguém mesmo tinha testemunhado o que havia acontecido comigo — muito menos, a rechonchuda confiável.

Passei por ela que, novamente de costas, não me viu.

Cheguei até onde se encontrava d. Tânia, que tinha dado por minha ausência e colocava a mão acima dos olhos para enxergar contra o sol, por entre as pessoas. Estava a minha procura.

— Onde você estava? Como saiu sem me avisar?

— Eu fui me refrescar um pouco. Avisei. A senhora não deve ter ouvido — preferi mentir, apesar de saber que era feio. De nada adiantaria contar o que tinha me acontecido.

— Não saia mais de perto de mim.

— Pode deixar, d. Tânia. Eu prometo que não vou mais sair daqui até a hora de irmos embora!

Daquela vez cumpri a promessa. Nem a convite dos conhecidos vizinhos arredei pé do porto seguro que era aquele tecido jogado sobre a grama, à sombra de uma bela e generosa árvore — e longe o suficiente do córrego.

Pelo restante do tempo, refleti sobre o que costumava dizer meu tio Pedro a respeito de a água ser traiçoeira e das pessoas que pagavam caro por cair nas armadilhas dela — por acidente, imprudência ou excesso de confiança em si próprios. As histórias levaram meu pensamento a meu bisavô, Luís Correia Neves Neto, que teria sido engolido pelo turbilhão do salto do Jupiá em uma expedição no ano de 1885, que me parecia tão distante. O fato longínquo não era em proporções nada comparado ao que tinha ocorrido comigo. Contudo, eu também tinha visto a morte de perto dentro d'água — assim encarei aquela experiência. Cheguei em casa bem calada; faltava-me qualquer entusiasmo — minha mãe notou.

— Aqui está a Elzinha, dona Mira. Sã e salva!

"Graças a Deus", pensei.

— A senhora disse que ela é teimosa — continuou d. Tânia. — Eu nunca vi criança mais obediente e quieta!

— Obrigada à senhora, por ter tomado conta dela no passeio — dona Mira já analisava atentamente meu aspecto.

Minha mãe me estranhou mais e mais. Os elogios da vizinha, "Elza, obediente e quieta?", deixaram-na pensativa e fizeram com que me observasse profundamente. Soube, sem demora, que algo tinha se passado.

— O que aconteceu, Elza? Nem parece que acabou de chegar de um passeio a que tanto queria ir!

— Não foi nada, mãe! Estou cansada. É só isso.

A mãe se calou, embora não tivesse acreditado que nada havia ocorrido.

Dias mais tarde, a vizinha me pediu desculpas por ter se demonstrado preocupada com a ideia de me levar ao passeio consigo.

— Eu estava com medo de que lhe acontecesse algo, mas você se comportou tão bem!

— Não se preocupe, não, d. Tânia. Minha mãe é assim também.

Não disse à mãe de minha amiga que ela tinha estado certa por ter sentido toda aquela inquietude; havia sido sua intuição. Contar para quê? Era passado e arriscaria perder os elogios que havia recebido, de "obediente e quieta".

Jamais quis participar de passeios a córregos, rios, praias... E, depois que me tornei mãe, raramente permiti que meus filhos fossem a diversões semelhantes — por mais que a companhia prometesse cuidar bem deles. Crianças são ligeiras demais quando se trata de fazer o que não deve:

acabam por driblar os olhos mais atentos e se metem em cada encrenca! Eu que o diga.

"Êia!"

Talvez por ter me comportado tão bem naquele domingo, minha mãe resolveu que, na terça-feira — quando meu tio Pedro chegasse da fazenda —, ela, dois de meus irmãos e eu iríamos passar os últimos dez dias do mês de janeiro no campo. O tio teria de regressar à cidade no final do mês para resolver uns negócios e nos traria de volta.

— Só vamos porque é por pouco tempo! — disse ela.

Ficamos tão felizes, tão felizes que não teríamos tempo a perder: brincar o máximo que pudéssemos seria a ordem. Pena que seriam apenas dez dias.

Chegando lá, imediatamente saímos inventando brincadeiras. Nós nos deparamos com uns laços que meu tio usava para campear o gado, como colocou Verinha.

— Vamos brincar com eles — pronto, sugeriu Guima.

— Meu pai não vai gostar... — alertou a prima.

— Depois, coloco no lugar. Vou pegar só um; nem vou estragar. O couro dele é forte. Vocês são os bezerros, eu sou o peão. Corram, que vou laçar vocês!

Nós corremos e o Guima correu atrás. Rodava o laço no ar, como tinha visto nosso tio fazer. Já da primeira vez que lançou, capturou Vera. E puxou, para fechar o laço no pescoço da "novilha".

— Êia! Êia! — imitou o tio.

Com força, deu um último puxão.

— Ai, meu pescoço! — reclamou Verinha.

O couro do laço era realmente forte — Vera que o tivesse dito. Quando fomos verificar, havia queimado a pele do pescoço dela: a marca ficou estampada; possuía uns dois dedos de largura e o sinal do couro parecia desenhado, de tão perfeito.

Fevereiro, 1962

"Pode subir"

Machuquei-me inúmeras vezes durante minha infância. Como havia expressado dr. Cruz, isso "fazia parte do crescimento". Ocorria, como agravante, que eu era "muito arteira".

Minhas artes, no entanto, não eram dignas de serem colocadas em molduras. Pois, além de machucar a mim mesma — estabanada como era —, por vezes feria aqueles em volta de mim. Este episódio em particular não foi muito agradável.

Ana e eu estávamos sentadas à sombra. Não tínhamos bulhufas para fazer... Naquelas férias de verão as árvores estavam floridas, realmente adornadas com uma exuberância sem igual. Outras já estavam carregadas de frutos da estação... Olhamos para cima: o pé de jambolão estava abarrotado com suas frutinhas pretas. A árvore tinha "mais de dez metros de altura"; era muito alta mesmo. Os frutos por fora se assemelhavam a azeitonas, e tinham a polpa carnosa e comestível, simultaneamente doce e adstringente: eram muito agradáveis ao paladar... Algo para fazer! Sugerimos juntas:

— Vamos colher uns jambolões?

— Vamos lá. Devem estar docinhos... — apreciei de antemão.

A coloração dos frutos deixava manchas nas mãos, nos tecidos, nas calçadas. Minha amiga lembrou logo que não deveríamos nos sujar, porque sua mãe ficaria brava se encontrasse roupas manchadas.

— A minha também!

Nós nos dirigimos ao portão do vizinho:

— Sr. Salvador, podemos colher alguns jambolões?

— Claro, meninas, claro — assentiu o português. — Mas os galhos estão muito altos. Peguem uma vara e não me subam na árvore! Não quero que caiam de lá.

— Pode deixar — mal ouvi, toda empolgada.

Deslumbramo-nos com os galhos que, de perto, eram enormemente mais altos ainda do que pareciam ser de longe.

Vasculhamos o quintal, cujos donos mantinham sempre limpo. Todas as manhãs, eu observava a paciência dos dois irmãos — sr. Salvador e d. Quitéria, bem mais velhos do que meus pais e vindos de Portugal quando bastante jovens — na manutenção do lugar. Espetavam folha seca por folha seca caída no chão com uma vareta de ferro que, depois de cheia, esvaziavam em um tambor. De fato, o local era tão limpo que não encontramos nenhuma vara que alcançasse os frutos!

— Prometemos que não íamos subir na árvore — queixei-me.

Sabia que aquela árvore para mim seria "fichinha" de ser escalada; todavia, promessa era promessa, conforme eventos recentes tinham me relembrado. Varremos ao redor por ideias: uma escada, que sr. Salvador havia fabricado com toda a sua habilidade — dois caibros nas laterais unidos por grossas ripas de madeira que serviam como degraus —, jazia encostada na cerca.

— Podemos subir na escada. Uma sobe, enquanto a outra segura.

— Eu seguro — voluntariou-se Ana.

— Nada disso! Eu tive a ideia e, além do mais, tenho mais força que você.

Já tinha pensado com meus botões: "Não sou nem boba de subir em uma escada sem nenhum apoio, e com apenas uma pessoa segurando, neste caso uma menina fracote". Analisei novamente o físico de minha amiga: minha falta de confiança não se esvaiu. Não, eu não subiria! Queria muito apanhar as frutinhas — não a qualquer custo.

— Está bem, eu subo. Você promete que vai segurar firme? — tentou assegurar-se Ana.

— Prometer, eu prometo. Mas, quando eu disser para você descer, vê se desce rápido.

— Tá bom.

Senti uma grande admiração pela valentia de Ana: "Imagine, confiar em mim que sou menor, mais magra e mais fraca do que ela".

Levantamos a escada e me preparei para a grande façanha: afastei uma das pernas; a outra usei para apoiar, com o joelho, a escada — a travar o pé por debaixo dela. Segurei firme e, quando estava pronta:

— Pode subir, Ana. Mas, quando eu disser para você descer, vê se desce rápido — repeti, pois Ana era tranquila demais.

— Tá bem.

— Sobe devagar para não balançar a escada — pedi quando ela ainda estava na altura do segundo degrau.

"Que coragem" — estimei ainda mais minha amiga, ao passo que ela escalava os degraus um a um. Hoje, classificaria aquilo como inocência, ou, pior, como uma imprudência — das duas. Com um velho caldeirão de alça pendurado no braço, Ana usava uma mão para se firmar na escada; com a outra, colhia os frutos. Após vários jambolões no caldeirão:

— Desce, Ana — dei um basta, suada pelo esforço e pelo medo que repentinamente tomou conta de mim. Somente quando me senti fisicamente esvaída, avaliei o verdadeiro perigo que minha valente amiga corria — e consequentemente, o grau de nossa conjunta imprudência.

— Espere um pouco. Tem um galho mais acima que está lotado — Ana subiu mais um degrau.

— Desce! Desce logo. Deeeeeeeeeeeeeeeeeeeesce...

A escada foi tombando aos poucos — aos poucos, porque eu fazia um esforço imenso para tentar segurá-la no lugar. Quando Ana se desequilibrou, foi por já estar de fato caindo; percebi que eu não conseguiria segurar mais nada! A escada escorregou por sob mim e à frente, bem abaixo de minha amiga, havia um grande banco de madeira. Estaria ali para amortecer a queda, ou seria para matar a pobre Ana de vez?

Nunca imaginei que Ana fosse tão rápida. Mal ouvi o baque de seu corpo se estatelando no chão, ela já estava em pé, pulando e gritando:

— Minha cabeça! Ai, minha cabeça. Ai... aiai... aiaiai!

O banco realmente havia sido posicionado no lugar certo, pois Ana o acertou em cheio com a cabeça.

Todos sabiam que eu era muito mole, que não conseguia ver ferimentos — muito menos, sangue. Quando olhei para a cabeça da coitada de minha amiga, compreendi o quanto meu pai tinha razão: eu era mesmo uma "moloide", pior ainda do que eu mesma concebia. O sangue já havia molhado o cabelo de Ana e escorria para seu traje — no fim das contas, não foram os jambolões que mancharam as roupas. A visão do talho fez minha cabeça girar — pior que a labirintite de d. Adélia, nossa vizinha que vivia caindo pelos cantos, de que eu tanto ouvia falar. Tive que me segurar para não tombar na sequência. Quase desmaiei.

— Corre! Vai para sua casa e pede para sua mãe te levar para o hospital — consegui apenas dizer isso, ainda assim sem olhar para Ana, que sangrava e chorava. Era de dar dó. Até pensei nos pontos que sem dúvida a pobre levaria, mas não quis adiantar a dura realidade para ela. Cada fato ruim a seu tempo.

Imediatamente após Ana sair em uma desembestada carreira, corri para me esconder em minha casa. Entrei em meu quarto, que não me escondia porque não possuía porta. Achei por bem seguir para o banheiro, localizado do lado de fora; era um tanto afastado da construção, entretanto tinha porta — a qual prontamente fechei. Momentaneamente escondida, olhei para meus braços: não sabia como, estavam cobertos de sangue. Meu coração alcançava mil batimentos por minuto. Tinha certeza de que, antes de mais nada, d. Perolina viria tirar satisfação comigo. Eu tremia. Comecei a me lavar.

"Se minha mãe souber, aí sim vou levar um bom corretivo. Se arrependimento matasse..."

Foi questão de segundos: as batidas na porta me tiraram do transe.

— Estou tomando banho. Quem é? — perguntei, antevendo se tratar de d. Perolina.

— Sou eu — respondeu secamente a mulher, que era geralmente afável. — O que você fez com a minha filha? — continuou em seu tom maternal de defesa, apesar de que Ana e eu não brigávamos.

— Eu não fiz nada. Eu disse para ela descer logo da escada, ela não desceu, a escada escorregou com ela junto...

— Depois eu volto aqui para a gente conversar — advertiu a senhora.

Por motivos irracionais, aquele adiamento do acerto de contas me fez sentir melhor. De toda forma, a vizinha estava correta: o realmente urgente era socorrer a filha. Posteriormente, a mãe poderia entender o que tinha ocorrido.

"Ufa! Ainda bem que ela foi embora. Pelo jeito, *minha* mãe não ouviu nem viu nada".

Por uns três a quatro dias eu, que estava sempre na casa da amiga, por lá não apareci. Algum tempo mais tarde, Ana — autorizada pela mãe, sob a promessa de que não subiria em nada — veio para uma visita. A despeito de seu enorme curativo, não conseguia olhar para ela: a imagem do dia do acidente tinha marcado forte minha lembrança, com todo aquele sangue.

Muito aos poucos, fui novamente me achegando à casa dela. Por sorte, d. Perolina não tocou mais no assunto. Era desnecessário: havia sido um acidente e ambas tínhamos levado um enorme susto — uma, por dor; a outra, por medo.

Março, 1962

O pilar

Naquele princípio de ano letivo, eu estava exultante de alegria. Finalmente tinha chegado à 4ª série! Apenas uma coisa embaçava minha alegria: a antiga e querida diretora Ana Rosa havia sido substituída. Entre outros, o moralista e já então *ex*-presidente Jânio Quadros também tinha proibido o uso do maiô e do biquíni nos concursos de miss...

O novo diretor, sr. Luiz, parecia bastante severo. Ao menos extremamente carrancudo ele era — já havia se passado um mês desde o início das aulas e jamais o tinha visto sorrir. Estava sempre sério perante os alunos, a observar o processo que iniciava a entrada nas salas de aula. Não se ouvia um som.

Quando batia o sino, todos os estudantes formavam fila, por série e em ordem crescente de tamanho. Um exatamente atrás do outro. O aluno de trás deveria fixar o olhar na nuca daquele da frente; dessa maneira, a fila se alinhava perfeitamente.

Eram três os corredores que os estudantes formavam: os dois laterais se posicionavam paralelos às salas de aula; o central e mais curto se estabelecia na direção do salão nobre — local onde aconteciam os eventos da escola. Era nesse corredor central que se encontrava minha turma. Como a menor da turma, eu ficava na frente de todos.

Foi assim que, descuidadamente, naquela tarde apoiei-me no pilar que estava rente a mim, a descansar uma das pernas. Era quase imperceptível, porém os olhos de águia do diretor pousaram sobre mim. Ao perceber minha má postura, o homem disse em tom alto o suficiente para que todos ouvissem:

— A senhora pode se afastar do pilar porque ele não vai cair. Nem ele, nem a escola. Mantenha a postura na fila!

Bem discretamente me apoiei nos dois pés, ereta como nunca.

Nesse momento, os alunos começaram a procurar — a princípio, com os olhos — a estudante que tinha levado uma bronca na frente de todos.

Depois, a curiosidade tomou forma de um espicha-espicha de pescoços para detectar quem tinha sido a infeliz, aquela que bravamente e com uma força hercúlea sustentava o tal pilar a evitar que toda a escola viesse abaixo. Afinal, tinha sido isso o que o diretor havia dado a entender que estivesse acontecendo.

Eu me mantive discreta. Apenas abaixei levemente a cabeça na tentativa de que meus cabelos tapassem o rosto, que estava em brasas — quem descobrisse minha face saberia instantaneamente e sem sombra de dúvidas que tinha sido eu quem havia sido corrigida.

Após o espicha-espicha de pescoços, a curiosidade persistiu e levou os alunos a cochicharem sobre quem teria sido a tal estudante.

A fila toda se desarranjou então, o que veio a calhar para mim. A bronca foi geral:

— Os senhores deixem de ser curiosos, fiquem calados e arrumem essa fila para começarem a cantar o hino!

Todos os dias, somente depois do hino cantado, era permitida a entrada dos estudantes nas salas. Então, tomava lugar o verdadeiro pilar que não permitia que a escola brasileira desmoronasse: a educação em si — ao menos esperávamos que fosse esse o caso.

Ossinho por ossinho

Meu pai ficou bastante nervoso aquela tarde. Um colega de meu irmão tinha chegado em casa com uma mensagem do diretor da escola, sr. Luiz: o Guima estava na diretoria por falta de respeito com o dirigente e fazia-se necessário que meu pai fosse até lá.

Na volta para casa, Guima teve a oportunidade de se explicar para papai. Por ele não saber a tabuada, a professora o havia mandado de castigo para a diretoria. Uma vez lá, recebeu uma ameaça do diretor: se não soubesse a tabuada no dia seguinte, sr. Luiz o trancaria na sala junto à "caveira" — que se tratava de um esqueleto enorme que usávamos nas aulas de ciências. Ao ouvir que seria forçado a passar a noite toda abraçado a ela, Guima perguntou:

— O senhor tem cola aí?

— Por quê?

— Porque o senhor pode conseguir me trancar amarrado com a caveira, mas no dia seguinte vai ter que recolher todos os pedacinhos dela. E colar! Pois eu vou quebrar tudo: ossinho por ossinho.

Abril, 1962

Francesinho

Impossível esquecer o Bernardo! Foi um marco de gentileza e ternura em minha infância. Mudou-se de Ponta Porã para uma casa do outro lado da Avenida Capitão Olyntho Mancini, em frente a minha casa, com o pai — dentista, viúvo —, a avó paterna e o irmão, Marco. Os dois irmãos foram rapidamente apelidados de "os francesinhos", por irem para lá e para cá com seu "*Oui, papa*", "*Oui, mamie*".

Quando vi Marco, achei a coisa mais linda: cabelos e olhos pretos — bem pretos —, boca desenhada e vermelhinha; parecia um artista! Jamais havia visto um menino tão bonito. Eu tinha apenas dez anos, mas quem disse que criança não se apaixona? Era uma coisa ainda incipiente, mais relacionada a ternura, no entanto já era paixão. Marco, mais velho, não deu a mínima para mim.

Quanto a Bernardo: o mesmo sentimento que Marco havia despertado em mim, eu tinha despertado em Bernardo. Bernardo era tão doce, gentil e querido, que Marco logo deixou de existir em meu mundo. Hoje me recordo de como apontam os sentimentos de amor das crianças.

Nem tudo eram flores: mesmo com tão pouca idade, eu era responsável pela louça do almoço. "Louça" era modo de dizer — era cada panela grande e bastante suja! O fogão era a lenha, e a fuligem se prendia ao vapor que escorria do cozimento e grudava nas panelas — que minha mãe fazia questão de que ficassem brilhando. Nossas panelas eram muito mais limpas do que qualquer coisa que chegasse perto de um fogão a gás.

Ainda assim, eu não entendia o porquê de ter de diariamente remover a fundo aquela sujeira imensa se, no primeiro retorno ao fogão, estaria tudo imundo de novo. Sempre contava: eram no mínimo cinco panelas, fora a chaleira, a leiteira. Naquela tarde, estavam todas amontoadas na tábua que ficava sobre o tanque — indolente, eu nem tinha contado ainda todos os talheres, os pratos, os copos da "louça" em si.

O tanque ficava próximo de uma árvore — não o suficiente, haja vista que o sol ardia em cheio nele. A sombra da planta só alcançava o local aproximadamente às três da tarde. Eu fiquei ali, com o tanque e as panelas sujas acumuladas, aguardando a sombra enquanto pensava na morte da bezerra.

Nuvens cruzavam o céu vagarosamente. Bernardo, *meu anjo* salvador, desceu de uma delas e trouxe consigo meu pensamento de volta ao mundo real. Na primeira vez que me viu diante daquele amontoado, falou:

— Oi, Elza. Muita louça hoje? Você parece triste.

Justamente, como se a preguiça tivesse mudado de nome.

— Louça? Olha só o tanto de panela que eu tenho para ariar! O mesmo de ontem, de anteontem... o de sempre. Isso não acaba.

— Se eu soubesse como, lavaria para você...

Apesar de francês, ele não tinha nenhum sotaque. Senti pena, porque eu nem poderia usar a desculpa de que a língua tinha sido uma barreira para que eu não dissesse que não precisaria. Minha letargia me impedia até de me fazer de rogada.

— Eu posso te ensinar.

Dessa forma, desde que ele havia se tornado meu vizinho, Bernardo passou a ariar as panelas para mim. Após o almoço, a avó recolhia os dois irmãos para seu sono da tarde e também se deitava. Bernardo fugia lá para casa para lavar as panelas e conversar comigo, é claro. Eu, sentada na sombra — ele, a trabalhar no sol quente.

Sua pele branquinha logo ficava vermelha e bastante emporcalhada, pois a água encardida de fuligem das panelas escorria por seus braços e respingava em suas roupas, ainda mais quando ele abria de uma vez a torneira para enxaguar a primeira camada de sujeira.

Nunca soube o que Bernardo dizia para a avó a respeito daquele desasseio, como se explicava. Talvez ela nem notasse: era provável que ele se trocasse assim que chegava em casa. Três mulheres eram pagas para fazer o pouco serviço na residência deles — duvido que reclamassem de esfregar as roupas cheias de sabão e fuligem do francesinho.

Bernardo não evoluiu para lavar a louça em si, os itens mais delicados — o irmão sempre vinha reclamar que a avó estava a chamar por ele. Marco enxugava o suor de Bernardo e dizia que ele não podia ficar naquele sol, que ele estava muito suado, que a pele dele estava vermelha.

"Por que ele não pode tomar sol e eu posso?", aquilo me intrigava.

Mida, por sua vez, ficava mais intrigada acerca do que eu fazia para que Bernardo ariasse todas aquelas panelas, todos os dias. À época, eu não sabia responder.

Hoje, sei que se tratou de meu primeiro amor. Mesmo diante de todas aquelas panelas sujas e debaixo daquele sol ardido, Bernardo era feliz.

Maio, 1962

Combustão interna

Sempre fui uma criança muito ativa e bastante inquieta, mas quando me distraía... "viajava", "saía de cena". Meus pensamentos me levavam para bem longe, e eu me ausentava do presente e das pessoas — desde pequena, nesses sonhos acordada, realizava o impossível. E isso acontecia mesmo quando eu estava no meio de uma atividade.

Em um desses dias em que realizava coisas impossíveis, minha mãe me pediu que acendesse a boca do fogão, onde estava a vasilha com o leite para ser fervido...

De repente, comecei a pular e a gritar. Meus pais correram até a cozinha.

— Ai, meu nariz! Ai, meu nariz!

— O que aconteceu, Elza? — quis saber meu pai, que me segurava.

— Por que você está chorando? — minha mãe interrogou.

Passou-se algum tempo até eu conseguir responder:

— Queimei o meu nariz.

— Como é que você fez isso?

— Ia apagar o fósforo e, em vez de assoprar o palito, eu levei até o nariz.

Mostrei.

— Está bem vermelho na ponta. Por dentro, os pelinhos estão todos queimados — disse seu Hugo ao levantar minha cabeça para analisar, ao passo que explodia em uma boa gargalhada.

— Só você mesmo, Elza! Aspirar o palito de fósforo aceso ao invés de assoprá-lo. Aposto que estava no mundo da lua — dona Mira, por sua vez, segurava seu riso.

— É. Só que não estou achando graça nenhuma — resmunguei.

Estava brava comigo mesma pela besteira que tinha feito.

Vermelho

Um episódio difícil de esquecer — e uma cena mais difícil ainda.

Um menino com quem brincávamos, morador da outra quadra, de uns doze anos de idade, havia trepado no cajueiro (a árvore era gigantesca, por sinal). Ele queria colher o delicioso fruto para sua irmã. Entretanto, caiu do galho altíssimo e foi varado pelo balaústre.

Um senhor, que trabalhava no posto de gasolina ao lado, foi quem o removeu.

A notícia correu rapidamente. Nós, as crianças da vizinhança, fomos até a casa dele.

Eu me arrependi de ter entrado no quarto onde ele tinha sido colocado. Jamais me saiu da cabeça o que vi: na cama, o menino deitado gritava de dor; quando respirava, sangue saía do buraco aberto em seu peito pela pontiaguda madeira da cerca; na cabeceira da cama, o vermelho caju de que ele só tinha aberto mão já no quarto.

O garoto precisou ser removido para São Paulo e lá foi mantido por um longo período.

Nós o vimos novamente quando regressou: estava magérrimo, andava devagar.

Logo, sua família se mudou. Os pais queriam distância do lugar onde seu filho quase teve de abrir mão de seu coração.

Junho, 1962

Estória

Naquele finalzinho de tarde, meus amigos e eu contávamos estórias na casa de Ana. Eu nem tinha terminado de relatar meu causo, quando uma forte voz ecoou:

— Mas que grande mentira, Elzinha!

— O quê? — não entendi.

— O que você acabou de contar é uma grande mentira.

— Não é não, senhor. É a pura verdade! Foi o meu tio que me contou.

O tio de Ana, sr. Eduardo, achava graça ao tempo que dizia:

— E você continua insistindo!

— O que foi? — o pai de Ana, sr. Carlos, chegou a questionar.

— A mentira que a Elza está contando...

— Não é mentira. Foi meu tio Pedro quem contou. Ele não mente.

— Conte de novo, para o Carlos ouvir.

Eu recontei, desde o princípio:

— Existia um homem, acho que era amigo do meu tio... — tio Pedro havia contado aquilo com tanta propriedade que entendi ter se tratado de um amigo dele. — O homem nunca tinha estado em uma fazenda antes. Decidiu ir para a fazenda vizinha a pé. Não tinha ninguém para o acompanhar e foi sozinho. Na mesma trilha em que ele estava, surgiu um tamanduá, vindo no sentido contrário. Mal o bicho viu o homem, ficou em pé nas duas patas traseiras e abriu os braços. Caminhou como se fosse dar um grande abraço. "Mas que cordial! Nunca me viu e já quer um abraço!". O homem abriu também os braços, seguindo na direção do tamanduá que, pela posição em que estava, ficou da mesma altura do homem. E os dois se abraçaram. O tamanduá foi apertando cada vez mais o homem, que pedia: "Me solta, me solta. Suas unhas estão me furando! Você está me machucando, não precisa apertar tanto. Me solta!". Começou a gritar: "Socorro! Alguém me ajude. Socorro". Não apareceu ninguém para ajudar e o tamanduá não soltava. O homem precisava fazer alguma coisa. Estava com os braços presos pelo abraço do tamanduá, então começou a roer a cabeça do bicho. Quando já tinha roído um bocado, o tamanduá o soltou e fugiu. "Tá louco? Um abraço desses não quero nunca mais!". O homem saiu correndo, de volta para a fazenda onde estava hospedado, e jamais saiu desacompanhado enquanto esteve por lá.

— Seu tio Pedro foi quem contou? – perguntou sr. Carlos.

— Sim!

— Está explicado: é mais um dos causos do Pedro! — sr. Carlos se retirou rindo, com o irmão.

Depois de tanto contar as estórias de meu tio e as pessoas dizerem que se tratava de mentiras, entendi a diferença entre causos e casos, entre ficção e fato, entre estória e história, e entre mentira e verdade.

Tio Pedro, de fato, não mentia. Porém, era um contador de estórias nato.

"Queio papá"

Minhas irmãs mais velhas começaram desde muito cedo a executar os afazeres domésticos, inclusive cozinhar. Eram crianças, não haviam tido tempo ou oportunidade de aprender nem com quem. Sequer deveriam ser responsáveis por tais funções; entretanto, a conjuntura era longe de ideal.

Na realidade, não possuíam noções básicas. Botavam no fogo as porções que nosso pai deixava pré-separadas antes de sair para o trabalho: o arroz, a água, o sal, o feijão, a carne, a cebola, o tempero e tudo o mais. Quanto ao momento de se adicionar a água, ou de se passar as panelas para um fogo mais baixo — nas últimas bocas da parte de trás do fogão a lenha, com a pesada tampa de ferro sobre elas —, a questão se complicava: ou passavam tarde demais [e a comida queimava], ou cedo demais [e o arroz virava um grude só; e o feijão, a carne e os legumes permaneciam crus].

Se, por ser mais nova, escapei de tais obrigações por muito tempo, por outro lado, era esfomeada. Assim que Hercy começava a cozinhar, eu colocava um banquinho próximo ao fogão, pegava uma pequena cumbuca que chamava de "toi-toi" e, com o garfo, batia nela para ganhar a atenção de minha irmã a dizer sem parar: "Ci, queio papá. Queio, Ci, papá. Queio papá, Ci". Ela despejava o arroz que tinha começado a ferver e o feijão meio bruto em minha vasilha, e eu simplesmente devorava aquilo!

À medida em que fui crescendo, mais e mais se aproximava o momento de minha introdução aos afazeres domésticos e de minha apresentação ao fogão. Eu sempre protelava meu estágio na cozinha, pois minhas irmãs — principalmente Mida — iam se saindo tão bem...

Pobre frangote

No final daquela tarde em que tudo parecia estar bem, meu pai me convocou:

— Amanhã, você vai fazer, ali pelas 9h30, uma canja para sua mãe. Ela tem remédios fortes para tomar às 11h30 e não pode ser de estômago vazio.

— Eu?!!! — choquei-me. A angústia me dominou.

— Sim. Suas irmãs vão cedo para o curso de corte e costura, e o almoço vai sair meio tarde.

Era o período de férias escolares. Minhas irmãs haviam aproveitado para fazer um curso extra, sugestão de minha mãe. Em seu turno, meus irmãos varriam ou rastelavam os grandes quintais das vizinhas, para garantir o dinheiro da matinée de domingo.

— Qual o frango que vai matar? — perguntei disfarçadamente; uma terceira pessoa indefinida porque certamente não seria eu a executar a tarefa; não tinha coragem para tanto.

Meus pais possuíam em casa várias galinhas poedeiras. Os pintinhos cresciam e, aos poucos, já grandes, iam sendo consumidos. Além de ovos, tínhamos carne em abundância a qualquer horário. Era mais barato e prático esse costume, à época. Havia aves de todas as idades em casa, e sempre um bom número pronto para o abate. Quando algumas delas ficavam "velhas demais", os machos viravam galos e minha mãe os repassava para nossa tia, que os levava para a fazenda; as fêmeas, prontas para botar os ovos, eram preservadas para essa função.

— Aquele ali — seu Hugo apontou para um frangote grande, bonito, que na certa teria se tornado um lindo galo. Teria se tornado se tivesse tido tempo para tal: foi marcado para morrer.

— Aquele? Mas ele é tão bonito!

— Qual você escolhe?

— Eu? — respondi com toda a sinceridade: — Nenhum. Não escolho nenhum — repeti.

"Bonito" havia sido a desculpa que arrumei. Nem feio nem bonito merecia morrer. Todos deveriam chegar à idade adulta e empacotar de velhice. Quando minha mãe "sacrificava" algum para o almoço, não tinha coragem de assistir. Eu ficava a observar — como era o costume dela falar, para "no caso de alguma necessidade" precisar imitar —, todavia fechava os olhos na hora execrável. Nem feio nem bonito deveria matar.

Pelo jeito de meu pai, ou queria me introduzir de surpresa aos afazeres domésticos ou apostava em meus dotes culinários, a apelar para o ditado "A necessidade faz o sapo pular". Nas poucas vezes que minha mãe, melhor da saúde, chefiou a cozinha para tirar o peso de sobre as filhas, chamava-me para compartilhar suas técnicas. Eu sempre carecia de estudar para uma prova, ou tinha um trabalho escolar difícil para entregar. Na preparação de alimentos, continuava a não possuir habilidade nenhuma.

"É canja", costumam se referir a algo fácil — eu acreditava. Mesmo quando minhas amigas me convidavam para nos divertir e começavam a brincar de casinha, comidinha, lavar, passar... eu logo apelava: "Se vocês não tiverem brincadeira melhor, eu vou para casa. Que coisa chata essa de casinha, comidinha!". Eu não era sapo, mas, diante da difícil situação, teria de dar meus pulos.

— Então, vai ser aquele mesmo — papai bateu o martelo sobre os dois frangotes (o que teria sido galo e eu) diante de minha relutância em matar qualquer outro. Ele tampouco tinha coragem de matar. E no dia seguinte saiu para o trabalho antes de o sol raiar.

De manhã, levantei-me tranquila. Fui até a sala, onde ficava a geladeira, e procurei pelo bicho. Supus, na certa e melhor das hipóteses, que estivesse lá, cortado, pronto para ir ao fogo. Nada! "Quem sabe, não deu tempo de o meu pai cortar? Deve estar na tábua sobre o tanque, mortinho da silva." Não o encontrei. Fui até a cozinha: nada. Fui até o quintal.

— Oh, não! Coitado. Ainda está vivo — balbuciei.

Para o frango, ainda estar vivo era uma sorte. Para mim...

— Ai, meu Deus! Ai, meu Deus! — gemi, bastante aflita, com efeito desesperada. — Se não fosse por minha mãe, que não pode passar sem a canja...

Olhei para o relógio, tive um ânimo. Corri para o quintal, olhei através da cerca: a casa da vizinha estava fechada, sinal de que ela já havia saído para as compras que fazia todo dia sete. "Ê, mulher pontual. Não podia ter deixado para fazer essas compras amanhã?". A vizinha do outro lado estava viajando.

— Se ao menos eu sonhasse que papai não ia matar, teria levantado bem cedo, e d. Catarina ainda estaria em casa — ainda hoje tenho o costume de pensar em voz alta.

Desanimada, olhei para o frangote que ciscava em busca de alguma coisa na terra. Suspirei fundo. Chamei pelo nosso cachorro:

— Guri! Guri! Aqui, Guri.

Corri atrás da ave, separando-a das outras, e Guri, acostumado com esse tipo de caça, investiu com toda a sua agilidade. Ele e eu perseguimos o animal, que usou de várias táticas para escapar. Pulou, cocoricou, tentou bater as asas para voar — mas todas as aves tinham as asas aparadas, técnica de meus pais para evitar que fossem para os quintais dos vizinhos ou mesmo para a rua, e que sumissem. Conseguimos.

Cansada, segurei o frango e me sentei um pouco. Precisava respirar. Fechei os olhos e puxei pela memória... A imagem da técnica usada por dona Mira me veio claramente: ela segurava os pés com uma das mãos e a apoiava o corpo da ave na coxa, para facilitar que o pescoço fosse destroncado com a outra mão. Arrepiei-me toda.

Tentei livrar o animal. Fui até o quarto de meus pais — se minha mãe estivesse melhor, ofereceria a ela uma "sopa" de pão ou de farinha de mandioca com leite... Deixaria o pão embebido bastante tempo no leite, ficaria pastoso. Talvez um desses dois tipos de preparos de última hora pudesse cobrir o estômago de dona Mira, para que o tal remédio forte não lhe causasse dor.

Eu estava toda esperançosa, já a antever a cena: soltaria o frangote, que continuaria a ciscar em sua busca de antes. Contudo, minha mãe estava tão pálida, que sua tez parecia desbotada; seus olhos, fechados; parecia muito fraca. Pé ante pé, voltei com a ave nas mãos. O sacrifício se fazia necessário.

Respirei fundo, fechei os olhos e fiz o que minha mãe costumava fazer. Chorava muito e conversava com o animal:

— Você me desculpe, franguinho. Eu não queria fazer isso. Tenho que fazer a tal da canja.

Era como se tivesse de convencê-lo:

— Você viu, franguinho. Minha mãe precisa da canja. Você viu... Nós fomos até o quarto.

Concebi ter colocado força mais do que suficiente nas mãos. Com os olhos ainda fechados, depositei o animal no chão. Sentia minhas mãos arderem. Certamente haveria de ser o remorso, o mal-estar produzido pela morte da ave. "Bem, vou ter que encarar" — abri os olhos: o lugar onde deveria estar o frango estava vazio. Olhei em volta: ao longe avistei a ave, que corria meio tonta.

— Não é possível. Guri! Aqui, Guri...

Foi uma nova perseguição nossa ao pobre do frangote, que deveria ter certeza do que o esperava.

— Bom, agora vou tentar de outro jeito — já o segurava. Com os olhos fechados como da primeira tentativa, a chorar muito, girei por algum tempo a pobre ave pelo pescoço. Sentia um horror tão grande que inúmeras vezes pensei em desistir. — Pronto — abri os olhos a tentar ser forte e depositei o ex-quase-futuro-galo no chão.

Para minha surpresa, ele saiu todo desengonçado. Parecia bêbado, caía aqui, caía acolá...

— Meu Deus! — chorava mais de dó, ao ver o sofrimento de minha vítima.

O que eu não cogitava era que, quanto mais pena eu tinha, mais o frango sofria, pois eu não colocava a força necessária para o matar.

— Prefiro comer arroz puro! Não mato mais nada para comer.

Aos soluços, peguei o animal pela terceira vez. Fui até a cozinha. Coloquei a ave sobre uma tábua no tanque, fechei os olhos e, com uma faca cega...

— Agora, vou até o fim. Tenho que acabar com o sofrimento deste coitado.

Serrei. Quando terminei, abri os olhos: sua cabeça em minha mão, seus olhos abertos. Joguei fora a cabeça, passei a mão por meu rosto para limpar as lágrimas.

Dona Mira, esforçando-se para se manter em pé, encostada na parede da cozinha, gritou, assustada:

— Elza, o que aconteceu? Que sangue é esse? No seu rosto, nas suas mãos, na sua roupa... Meu Deus, o que aconteceu?

— É o frangote, mãe. Ele não queria morrer. Então, usei a faca.

— Eu imagino o quanto ele sofreu! Você nunca matou nada. Por que foi fazer isso?

— Papai falou para fazer uma canja para a senhora.

— Só o seu pai mesmo. Eu comeria qualquer outra coisa.

— É, mas tem o seu remédio... — somente então percebi que o tempo tinha se passado. — E agora, o que faço?

— Coloque uma cadeira aqui para eu me sentar. Vou te ensinar.

Ajudei minha mãe a se acomodar enquanto ela ia se adiantando na explicação.

— Você colocou a água para ferver?

— Não.

— Você tinha que ter feito isso antes de ter matado.

E continuava, conforme eu ia fazendo:

— Arranque as penas assim que jogar a água: elas saem com mais facilidade. Vai jogando aos poucos...

— Ai, minhas mãos. Está muito quente. Vou esperar esfriar.

— Se esfriar, as penas não soltam.

Meu pai dizia que eu era "mole", "um angu". Enrolei uma das mãos em um pano de prato e, protegida, puxava as penas. Com a outra mão, jogava a água quente.

— Pegue pelos pés com uma das mãos. Com a outra, pegue pela ca... pegue pelo pescoço para sapecar, e bote bem próximo do fogo, bem alto. Vá virando ele, conforme as penugens vão sendo queimadas. Antes, me ajude a chegar até a cama. Não estou conseguindo mais.

Levei-a para se deitar.

O cheiro forte das penugens queimadas era o mesmo dos meus braços, cujos *pêlos* clarinhos estavam todos chamuscados. Meus braços e mãos ardiam. Não se fala dessas dores e queimaduras quando se ensina culinária. Eu cheirava à frangote que era, constatei, incrédula.

Retirei as entranhas do bicho. O que se escapou pela ponta do intestino que cortei tinha um cheiro muito forte...

— Eco!

A canja pronta, minha mãe até que comeu bem. Sinal de que não estava tão ruim assim, nem ela em seus piores momentos.

Na pressa para fazer a canja, escolhi apenas os pedaços fáceis. O restante ficou em uma pequena bacia, que depositei na geladeira para uma "das meninas" — como nos referíamos a minhas irmãs — cortar.

Quando Cilo chegou e se deparou com aquilo que sobrou do bicho (sem coxas, sem peito), com as costas para cima, alarmou-se e fechou a geladeira:

— Ainda bem que a Elza não preparou o frango todo. Vejam só o que ela deixou para trás! Como é que você conseguiu tirar as tripas sem cortar fora o final, por onde a galinha bota o ovo?

Todos agradeceram por eu ter dado um basta a minha desastrosa estreia na cozinha na hora certa. Foi evitado que um pedaço nunca antes servido estrelasse no prato de alguém!

Com relação a papai, ao ser eventualmente questionado sobre não ter realizado o execrável serviço, seu pensamento havia sido: "Se a Elza não conseguir matar o frango, ela pede ajuda para a vizinha. Já eu, um marmanjão desses, não fica nem bem pedir!".

Agosto, 1962

A verruga na sua língua

Em meu pulso direito, na parte externa, surgiu uma verruga e, quanto mais eu me incomodava, mais o estranho corpo crescia. A criançada desenvolveu um novo bullying: "Olha o relógio da Elza!".

O assédio se baseava em ignorância. Não existia compreensão de que as verrugas cutâneas são causadas pelo vírus do papiloma humano (VPH na sigla em português, ou HPV na sigla em inglês). A descoberta inicial se deu em 1907; 174 tipos desses vírus são atualmente conhecidos e o número não *pára* de crescer. Quanto às verrugas cutâneas, a infecção ocorre por microlacerações na pele e a transmissão se dá pelo contato entre uma pele e outra ou com superfícies contaminadas (o HPV sobrevive por meses nessas superfícies e é resistente aos mais potentes desinfetantes, como o glutaraldeído — que é eficaz contra várias bactérias, fungos e até os vírus da hepatite B e do HIV). Entre outros tipos da família do vírus do papiloma humano estão os que causam praticamente todos os casos de câncer do colo do útero, além de cânceres de pele, pescoço, cabeça, pênis, ânus, reto, laringe, faringe, vagina, vulva e pulmão. Diz-se, inclusive, que, sem o HPV, não há câncer de colo do útero — para isso servem as vacinas!

A verruga cutânea tende a desaparecer no curso de algumas semanas a meses em crianças. O vírus é vencido ou se torna latente, entretanto a exposição a um tipo não significa imunidade às dezenas de outros tipos.

Era algo que me constrangia muito. Portanto, estava resolvida a pôr um ponto final naquilo. O congelamento é extremamente eficiente na remoção de verrugas. Eu, aos meus dez anos, não sabia disso.

Em uma tarde de sexta-feira, após muito bullying na escola, voltei para casa determinada a eliminar aquela marca. Passei algum tempo encarando, examinando, beliscando e tomei a decisão.

— É isso mesmo que vou fazer!

Peguei uma grande bacia que havia em casa, a maior delas, onde minha mãe e irmãs costumavam colocar os lençóis para quarar. Coloquei a bacia próxima ao tanque, enchi-a de água. Sentei-me no chão, bem perto dela.

"Sou muito mole, não posso ver sangue. Caso passe mal, é só deitar aqui mesmo."

Respirei fundo, levei o pulso à boca e, com toda a força e sem pensar muito para não perder a coragem, mordi a verruga, bem rente à pele. Queria eliminar aquele corpo estranho sem deixar vestígio. Cuspi-o no chão.

Lavei bem a boca com a mão esquerda, ao tempo em que mergulhei o braço direito na bacia. Não acreditava que tinha tido tanta coragem! Algumas semanas depois, olhei para o pulso com alegria e satisfação: nem marca havia restado.

As crianças pareceram ter se esquecido de que eu algum dia tinha tido alguma verruga. Nem ao menos perguntaram como eu havia me livrado dela. No entanto, eu cria que seria injusto passar por tanta humilhação e deixar por isso mesmo.

Um dia, fui inspirada para que meu grande esforço em me livrar do "relógio" não passasse em branco. Aproveitei que as três gurias que mais me perturbaram estavam reunidas no pátio, na hora do recreio, e me aproximei, como não querendo nada:

— Minha prima uma hora dessas já deve ter chegado em casa. Que horas são?

— Consulte seu relógio! — Roseli soltou sua peçonha.

— Que relógio? — fui cara de pau. — Eu não tenho relógio.

— Esse aqui — Mirian segurou minha mão direita, virando-a para que a antiga verruga viesse à luz.

As três olharam com deboche para mim.

— Ué! — Roseli pegou minha outra mão e fez o mesmo.

— O que vocês estão procurando? Não falei que não tenho relógio? Aliás, jamais tive!

— Cadê a... — iniciou Heralda, a terceira delas, a segurar minhas duas mãos simultaneamente, analisando meus braços.

— Ah! Vocês estão procurando a verruga?

Aproveitei de uma antiga estória para me vingar:

— Fui ver uma benzedeira, conhecida de meu tio. Ela benzeu para que a verruga desaparecesse do meu braço e fosse parar na língua da pessoa que mais me torturou por causa dela!

As três arregalaram os olhos e instintivamente levaram as mãos às bocas, a procurar. Tive certeza, naquele momento, de que a amizade delas não era tão sincera assim: olhavam-se entre si e torciam para que a outra fosse a nova dona da verruga. Com 174 tipos de vírus do papiloma humano e contando, não era uma noção tão distante da verdade!

"Namorinho de portão"

Naquela noite, meu pai estava no serviço — sairia às 22 horas. Por ser sábado, poderíamos ir dormir mais tarde e minhas irmãs Hercy e Mida cortejavam os respectivos namorados, Nilo e Ademar, ao portão. Dona Mira achou sensato autorizar os rapazes a entrarem. No dia seguinte, explicaria a papai suas motivações.

Por sua vez, os moços acovardavam-se em temer o talvez sogro e pediram ao Guima que se posicionasse na esquina: a ideia era, tão logo meu pai despontasse no horizonte em sua bicicleta, meu irmão viria correndo avisar; se não houvesse tempo, que ele gritasse. Dessa maneira, os imberbes iriam embora tranquilamente. Eles não usavam seus relógios — essa foi a desculpa que arranjaram, caso não percebessem o aproximar das 22 horas.

Guima interpretou aquilo como muita folga da parte dos moçoilos, afinal, poderiam se situar pelo relógio despertador que existia na sala bem diante deles, e lidou com o tema como não sendo de real responsabilidade própria. Seguiu para o posto de observação e ali, cansado de esperar, recostou no poste e cochilou. Acordou assustado: meu pai, perto demais. Sem muita alternativa, resolveu gritar para os príncipes encantados não se transformarem em abóboras.

O grito foi estridente, sinal de que seu Hugo já estava bem mais próximo do que o esperado. Na sala os moçoilos se apavoraram, correram para a porta errada; encontraram-se dentro de um quarto, pularam a janela; no escuro, caíram sobre a lata de lixo, um sobre o outro. Levantaram-se e mancaram até o portão, porém meu pai já estava a menos de dois metros deles.

Ficaram tão pávidos que não sabiam que direção tomar. Iam para lados opostos um do outro, e ali ficaram num vaivém. Seu Hugo, sentado na bicicleta, esperava que se decidissem para que pudesse entrar...

A situação foi tão risível que não houve corretivo aquela noite, nem um sermão que fosse: antes de se tornarem genros, os rapazotes teriam de criar — no mínimo — coragem.

10

MEUS ONZE ANOS

Novembro, 1962

"Meu carrinho"

A prima Vera, meu irmão mais novo Genésio e eu inventamos uma brincadeira que tinha de tudo para dar errado. Precisávamos estar sempre atentos porque, quando nos distraíssemos, um empurraria o outro pelas costas com força a dizer: "Meu carrinho". Aquele que era empurrado saía embalado: várias vezes, caía — no mesmo ponto em que achávamos a graça, residia o perigo.

No Dia de Finados, fomos a pé visitar os túmulos de nossos entes queridos no cemitério. Próximo ao local, o movimento era intenso: pessoas a pé, pessoas em bicicletas, vendedores de velas, vendedores de flores... Devido à multidão, caminhávamos um atrás do outro.

Minha prima me empurrou. Distraída, fui ao chão. Uma bicicleta passava e a senhora ciclista, que mal conseguia se equilibrar no veículo sozinha, não foi capaz de parar; passou por cima de minhas pernas:

— Ai, ai, ai, minhas pernas!

A mulher também caiu e ralhou comigo:

— Está doida, menina? Não respeita as pessoas que estão passando?

— Ai, ai, ai, minhas pernas! — continuei a rolar, como jogador que faz cena no futebol.

Somente então, a senhora se deu conta de que poderia ter quebrado minhas pernas. Preocupada, veio até mim.

— Desculpe, minha filha. Você se machucou?

Inúmeros curiosos tinham se acumulado ao meu redor. Pus-me sobre meus pés e me esforcei para não mancar, a andar o mais ereta possível. Engoli o choro e, de forma a devolver à altura a bronca que havia levado em público, respondi clara e pausadamente:

— Não te interessa. Não é da tua conta!

Não se tinham passado nem três dias do episódio da visita ao cemitério e lá estávamos nós, com a mesma brincadeira.

Voltávamos, as crianças, de um armarinho na rua Paranaíba, onde compramos aviamentos para dona Mira realizar uma pequena alteração em um vestido meu para a primeira comunhão. O bazar Dib Zaguir vendia "fazendas, armarinhos, chapéus, calçados, gaiolas, peças de bicicletas, fumos e secos e molhados em geral". Paramos no caminho de casa a pedido de Hercy, que queria conversar com uma amiga.

Todos se distraíram. Empurrei o Genésio, que estava concentrado em um gibi, e ele saiu catando cavaco até se estatelar no chão. Ao cair de cara na calçada rústica, meu irmão ralou o rosto inteiro; o sangue minou da lateral esquerda do lábio superior.

Eu me esforcei, desta vez, para consolar meu irmão de maneira que parasse de chorar. Temia que minha mãe me castigasse: se era verdade o que meus irmãos diziam sobre eu ser a queridinha de papai, Genésio era o mesmo de minha mãe. Com muito custo, ele se calou e demos prosseguimento a nosso trajeto.

Ao chegarmos em casa, seu Hugo foi quem o avistou primeiro. Meu irmão narrou o acontecido e papai fez piada, muito brincalhão como sempre:

— Pronto! Agora, quando você crescer, vai nascer bigode só de um lado.

Genésio arregalou os olhos e, a se imaginar com bigode apenas do lado direito, deve ter se achado muito estranho. Chorou mais do que quando se machucou!

Malícia

Primeira comunhão. Dia de festa para mim, pois pela primeira vez receberia a hóstia: na tradição religiosa, o corpo de Cristo em pão!

O padre havia feito seu aviso nas escolas de que todas as crianças deveriam estar trajadas "decentemente" e com roupas brancas. Busquei no melhor de meu armário, em minhas roupas de passeio, algo que fosse "decente". Possuía somente dois ou três vestidos, contudo não precisava de muito mais — quase não passeávamos no sentido formal do verbo. O traje branco que minha mãe tinha encomendado à costureira para o casamento de uma prima parecia perfeito e tinha um ano.

Não era uma criança que crescia muito, de ano para ano quase não se percebia. E era magra, portanto o vestido continuava perfeito. Dona Mira havia apenas descido uns dedos a barra — de fato, fez a reforma com tanto capricho, e com o mesmo cuidado apagou a marca da barra antiga, que nem se notava.

Minha mãe analisou e analisou. Provei com antecedência — ansiosa como era (sou), nunca, ou quase nunca, deixava as coisas para a última hora. Reparei no único detalhe que me saltava aos olhos: não existia gola. Parecia um sinal de alerta. Em contrapartida, dona Mira considerou a roupa à altura da ocasião porque, além das mangas que o padre exigia, ela possuía uma gola canoa bastante rasa: tanto a parte da frente quanto a de trás alcançavam o pescoço.

Não fosse por uns cinco centímetros de ombros que o vestido deixava à mostra, nada se expunha de meu corpo, sobretudo porque estaria com os cabelos soltos. Dessa forma, dona Mira concluiu que eu estava, sim, vestida "decentemente".

No momento de receber a hóstia, uma linha se formou e me posicionei mais ou menos no meio dela. As crianças iam saindo dos bancos onde se encontravam e na mesma ordem se enfileiravam e retornavam para seus lugares, conforme recebiam "o Corpo de Cristo". Era tudo muito ensaiado.

Francamente, ainda assim eu estava nervosa, preocupada com a possibilidade de cometer alguma gafe e de chamar atenção sobre mim, uma vez que as regras rígidas e a ocasião não me eram familiares. Dei um passo logo que a companheira da frente saiu. Ajoelhei-me perante o sacerdote, abri a boca e esperei por uma hóstia que não chegou...

O padre olhava bem para mim. O erguer de minha boca tinha feito com que meus cabelos deslizassem para trás, a revelar um tico de pescoço e ombros não cobertos pela gola canoa. O que ouvi me deixou estarrecida:

— A roupa da senhora está escandalosa demais. Estamos numa igreja!

Mirei seus olhos, fechei os meus, respirei fundo. Não podia ser humilhada daquele jeito diante da catedral lotada. Felizmente, alcancei serenidade para enfrentar a situação sem alardes e sem vexame. De olhos fechados, fiz o nome do pai como todos, levantei-me, saí com a cabeça baixa e, de acordo com o ensaio, fui me ajoelhar em meu banco.

Demorei um pouco mais que os colegas para me pôr em pé novamente. As lágrimas teimavam em pingar de meus olhos, e caíam em minhas mãos unidas sobre o encosto do banco da frente, a escorrer até o chão. Prendi o choro. Ninguém iria perceber que eu não realizara a primeira comunhão!

Posteriormente, eu compreenderia que a malícia está nos olhos de alguns que mais deveriam combatê-la. É perturbador que a maldade de um adulto lhe permita se sentir "provocado" por uma criança. Meu vestido não possuía nada de "escandaloso", simplesmente uma gola canoa em vez de uma gola fechada.

Meus pais ficaram profundamente entristecidos.

— Se tivesse encomendado um vestido — o pai se lamentava, culpado —, se eu trabalhasse um pouco mais…

"Como se já não trabalhasse muito mais do que humanamente possível", completavam os filhos mentalmente, pois testemunhavam seu Hugo regressar para casa do trabalho diariamente, tão cansado e consumido, sem folgas nem feriados.

Não me deixaria abater facilmente:

— No final do ano que vem, realizo a primeira comunhão. Nem necessita mandar fazer roupa — afirmei ao meu pai. Trajaria algo em que o padre não poderia ver nada de "escandaloso" ou "indecente".

30 de novembro, 1962

Despedida

Último dia de aula. Encerrei o ano letivo com nota 10,00! Ganhei da professora Wilma uma bolsa.

E assim, naquele domingo, 2 de dezembro, fomos à matinée: meus irmãos, Bernardo e eu.

Foi minha despedida do francesinho. Infelizmente, a família do menino se mudou de Três Lagoas após menos de um ano. Nunca mais o vi. Lembro-me de seus cabelos loiros, de seus lábios vermelhos, de seus olhos azuis. Bernardo carregava sempre um sorriso.

Por onde andará "o francesinho sorridente"?

Fevereiro, 1963

Mimado

O tempo havia curado e as travessuras tinham parecido mais amenas. Estava de volta à fazenda nas férias escolares daquele início de ano!

Genésio, os primos Vera e Jurandir e eu fomos brincar na mangueira. Esbarramo-nos com um galho alto do chão, quase três vezes o nosso tamanho (apesar de eu ser a mais velha da turma, éramos praticamente da mesma altura). Subimos pelo tronco, atingimos o galho, e a peraltice consistia de nos pendurarmos e balançarmos o corpo, a saltar o mais longe possível.

Jurandir, depois de muito insistirmos, resolveu vencer o medo e se jogar. Pendurado no galho, hesitou no entanto:

— Estou com medo. Vou voltar.

— Como? Você ia ter que se enroscar no galho novamente. Vamos te ajudar — dei a ideia.

Começamos a pular para agarrar as pernas dele, que tentava nos acertar com chutes ao mesmo tempo que gritava:

— Mãeeee! Mããããeeee! Socorro, mãe!

— Será que a mãe dele vai escutar? — indaguei.

— Vai nada! — Vera, localizada, continuou: — Daqui até a casa dele deve ter mais de um quilômetro.

Continuamos. E conseguimos nos prender nas pernas de Jurandir que, exausto, desabou de lá de cima. Com ele, fomos todos ao chão: o primo sobre nós. Amortecemos sua queda. De todo modo, mal chegou ao chão, Jurandir já estava de pé, a se esgoelar:

— Vou contar para minha mãe o que vocês fizeram!

— Agora a mãe dele vai escutar — Verinha constatou.

Tentamos desesperadamente convencê-lo a não ir.

— Ele é muito mimado — reclamou a prima. — A tia Josefa vai contar para minha mãe. Aí, já viram, né?

Apreensivos, assistimos a nosso primo se afastar aos prantos, em busca da mãe. Torcíamos para que, ao menos, tia Lúcia não pousasse os olhos nele no percurso de Jurandir para sua fazenda. Isso adiaria nossa punição.

Por fim, pelo jeito tia Josefa acalmou o filho. Ela não nos repreendeu nem tocou no assunto com tia Lúcia. Havíamos feito por merecer o ralho que não veio! Que sorte tivemos.

Maio, 1963

Amor

Diz o ditado: "Quem muito ajuda às vezes atrapalha". Seu significado, em respeito ao episódio em questão, eu somente iria entender anos mais tarde. Tudo, por meu hábito de tentar proteger seu Hugo.

Naquele dia, ele tinha batido ponto às seis da manhã e encerrado às três da tarde — a se descontar uma hora do almoço, haviam sido oito horas bem trabalhadas. Dedicou-se a suas locomotivas e chegou extenuado. Tomou um bom banho e foi imediatamente para a cama. Nossa mãe nos pediu que não fizéssemos barulho porque nosso pai estava sugado, precisava dormir um pouco.

Eu atendi ao pé da letra sua recomendação: ouvi as palmas ao portão e sem demora corri a atender para que não acordassem meu pai. Tratava-se de um colega da N.O.B.

— O Hugo está? Um trem descarrilou perto de Água Clara e estamos precisando com urgência de alguns funcionários.

Calculei rápido: "Do jeito que é, mesmo cansado como está, é bem capaz de papai ir ajudar, a 135 km de distância. Tenho certeza de que a primeira casa a que eles vão é a do meu pai".

— Não. O meu pai saiu.

— Aonde ele foi?

— Não sei.

— Ele vai demorar?

— Disse que ia.

— Então, acho melhor ir atrás de outros funcionários logo...

— É mesmo.

Após o funcionário partir, senti-me realizada. "Da próxima vez, vão primeiro nas outras casas. Pensam que meu pai é o quê? Acabou de chegar do serviço e já querem que ele vá trabalhar!". Estava indignada. Era uma falta de consideração.

Mais tarde, quando seu Hugo se levantou, parecia outro. O sono tinha lhe feito bem. "Ainda bem que não o chamei", pensei, toda feliz. Todavia, fui franca:

— Papai, veio um colega seu aqui.

— O que ele queria?

— Veio chamar o senhor para um "socorro" — este termo usavam para se referir a emergências, trens descarrilados.

— Faz tempo que ele veio? — meu pai se aprontava para se apresentar ao serviço.

— Foi assim que o senhor se deitou.

— O que você disse a ele? — estranhou não ter sido acordado.

— Eu disse que o senhor tinha saído.

— Mas por que você disse isso?

— O senhor estava cansado demais, precisava descansar...

— Eu preciso demais das horas extras, você não sabe o quanto elas ajudam — lastimou meu pai.

Realmente, eu não concebia como trabalhar fora do horário, sob frio e chuva, iria ajudá-lo em alguma coisa. Meu pai voltava para casa, como ele mesmo dizia, "um bagaço"! As roupas que levava, limpas, secas e passadas, chegavam todas encharcadas, emboladas dentro da sacola.

Depois, entendi que as tais horas extras eram religiosamente pagas pela Estrada de Ferro, e por um preço acima das horas comuns no serviço. Isso arredondava o salário de seu Hugo no final do mês e bancava as contas da farmácia, do quarto particular do hospital, dos honorários do médico (geralmente chamado às pressas para atendimento em residência, o que encarecia a consulta). Enfim, dessa maneira ele arcava com os gastos "adicionais" — apesar de infelizmente esperados — que tão amorosamente fazia questão de pagar, para tornar menos penoso o calvário da esposa. Sacrificava-se frequentemente para dar a ela o conforto que podia. Não se vangloriava nem reclamava; eram verdadeiros gestos de amor.

"O amor é paciente, o amor é bondoso. Não inveja, não se vangloria, não se orgulha. Não maltrata, não procura seus interesses, não se ira facilmente, não guarda rancor. O amor não se alegra com a injustiça, mas se alegra com a verdade. Tudo sofre, tudo crê, tudo espera, tudo suporta. O amor nunca perece." (1 Co 13:4).

Ferro quente em cabra mole

As pessoas jamais devem consentir ser governadas pela ira ou pelo ódio. São impulsivamente cruéis e acabam por se arrepender de seus atos. Tive uma reação às provocações de um colega de meus irmãos da qual me envergonho até hoje.

Tratava-se de um dia letivo. Em cima da hora para me encaminhar para a escola, fui me trocar. Notei que minha saia do uniforme não havia sido passada.

Forrei a mesa. Liguei o ferro. Mirei o relógio.

— Nossa. Se não for rápida, vou perder a aula.

Quando se chegava atrasado na escola, não se podia entrar. O portão era fechado rigorosamente cinco minutos antes do horário de início das aulas.

Era uma saia de pregas fêmeas, toda aberta em sua lateral. Estendi a peça sobre a mesa e passei o ferro nela inteira para que ficasse lisa entre as frisas. Coloquei o ferro em seu apoio, para evitar que queimasse o forro da mesa, enquanto eu marcava cada prega e passava o instrumento sobre ela em seguida. Uma a uma. Totalizavam cerca de vinte. No instante em que lancei mão do ferro para finalizar a próxima frisa, o tal colega de meus irmãos se aproveitou e, ao bater a mão na saia, desmanchou todo o meu trabalho. Riu de minha expressão frustrada.

— Pare com isso, Edinho. Já estou atrasada. Que brincadeira de mau gosto.

Ele puxou a cadeira e se sentou próximo da mesa, ainda orgulhoso de seu desserviço.

— Não estou achando graça nenhuma — retomei a tarefa da primeira prega, mais apressada.

Apanhei o ferro. Novamente o menino bateu a mão em sentido contrário às frisas na roupa, a desfazer minha empreitada e me deixar mais irritada. Edson conchegou-se mais, apoiou os braços na mesa e sobre eles, a cabeça. O garoto ria tanto que seu corpo se chacoalhava todo.

— Deve estar me achando uma palhaça. Rir tanto de algo tão sem graça! *Pára* com isso. Se eu chegar atrasada, não vão me permitir entrar.

Pela terceira vez, mal-humorada, refiz o trabalho. Entretanto, ao levar a mão em busca do ferro...

— Edinho, não estou achando graça!

Reclamei bastante, pois foi necessário repassar a saia do princípio, aberta — estava completamente amassada devido à brincadeira.

— Se você fizer isso de novo, vou colocar o ferro quente nos seus braços. Aí, eu vou rir, porque também não vai ter a menor graça.

Olhei para o relógio e concluí que não chegaria a tempo, que teria que ir correndo, ao passo que reiniciava, automaticamente, aquela tarefa pela quarta vez. "Se ele repetir, vou cumprir a ameaça. Que moleque chato."

Edson teve a audácia de mais uma vez arruinar meu trabalho. Desta vez, ao descansar os braços sobre a mesa, jogando a cabeça para trás de tanto rir, experimentou uma dor intensa que o fez se colocar em pé a gritar:

— Ai, meu braço! Ai, meu braço!

No momento de fúria, agi com violência.

— Eu não falei para você parar? — segurei o ferro, que apenas não foi ao chão pelo fato de a mesa estar encostada na parede.

O menino se retirou em disparada. Eu me arrependi instantaneamente, contudo não sobrava tempo para ir atrás dele. Os gritos de Edson a ecoar em minha memória me ensinavam que, a despeito de suas provocações, minha reação cruel havia sido pior. Deveria ter pedido auxílio a minha mãe: a mera presença dela teria imposto respeito.

Terminei com a saia, peguei meu material escolar e saí correndo, preocupada em encontrar o portão da escola ainda aberto. "Quando eu voltar, peço perdão a ele." Voltei, porém Edinho, não. Passou-se a manhã, passou-se a tarde. Passou-se um dia, passaram-se dois. Passou um mês, passaram-se dois...

Meus irmãos se admiraram de o colega não ter aparecido mais em casa. Eu não me pronunciei sobre o ocorrido. "Quando ele voltar, peço perdão."

Esperei, esperei. Edson nunca mais pisou em casa. Além da dor, deve ter ficado muito magoado. Jamais o vi.

Junho, 1963

"Nós vamos jogar fora mesmo..."

Com meu jeito infantil único de resolver as coisas, continuava a "acertar" em outras situações. Naquele começo de noite de terça-feira, aprontei mais uma das minhas. Tínhamos acabado de jantar e eu seguia ordens de minha mãe para retirar a louça. Meu pai havia ido ao portão atender a pessoa que batia palmas.

Eu tinha recolhido a toalha da mesa, o último item, quando seu Hugo retornou acompanhado de Aluízio Rezende, cunhado de tio Pedro. O rapaz vinha da fazenda, a trazer uma carta que o tio havia enviado a papai, que a leu.

— Amanhã, eu providencio tudo isso. Quando você volta para a fazenda?

— Depois de amanhã.

Assim como eu, meu pai calculava que, devido à distância da fazenda e às péssimas condições da estrada, o tempo mínimo que se tinha gastado para percorrer o trecho até a cidade havia sido de três horas e meia. O visitante deveria estar de estômago vazio. Seu Hugo, muito hospitaleiro, convidou o moço para jantar. O rapaz agradeceu:

— Não, seu Hugo. Obrigado.

— Janta, Aluízio — insistiu papai, informalmente.

O moço, acanhado, rejeitou novamente o convite. Supus que ele cria que — por não contarmos com uma cabeça a mais — alguém ficaria sem comer, ou que teríamos todos que comer menos caso aceitasse. Afinal, visitava sem aviso. Rápida em meu tino, aguardei papai repetir e o rapaz negar pela terceira vez:

— Obrigado, seu Hugo. Eu já vou indo.

Aluízio iria dormir em uma pensão e, na certa, àquele horário dormiria faminto.

— Fila a boia, seu bobo. Sobrou bastante e nós vamos jogar fora mesmo...

— Elza, o que é isso? Você me mata de vergonha! — meu pai corou.

— Bom, se é assim, eu vou aceitar o convite! — Aluízio inesperadamente acedeu.

— Viu? — retruquei, toda convencida. — Ele estava com vergonha, pensando que iria deixar alguém sem comida.

Aluízio jantou bastante. Repetiu três vezes — contei. Estava realmente faminto e, graças a minha forma direta, não foi dormir de estômago vazio. Não que minha mãe fosse jogar fora a comida, ela era muito econômica. O importante era que ele soubesse que sempre existiria, naquele lar, um belo prato de comida para alguém que estivesse com fome, pois a boa hospitalidade era uma característica dos Fernandes.

"Como o brilho do sol revela a beleza de um vitral, a hospitalidade permite que a luz brilhe no coração das pessoas generosas."

Julho, 1963

Atrás da porta

Aquele ano, o mês de julho foi gélido. Meus tios tinham vindo da fazenda para o casamento do primo Salvador, filho da tia Luísa Batista Parreira e do tio Martins José Fernandes (a filha do primeiro casamento de minha avó Zulmira e o irmão de meu avô Jovino, respectivamente).

Nós, da casa de seu Hugo, não iríamos porque, segundo dona Mira, "ninguém possuía roupa adequada para a cerimônia". Verinha nem sequer deu as caras em Três Lagoas, pois provavelmente tampouco "possuía roupa adequada para a cerimônia". Tio Pedro e tia Lúcia já se vestiam quando eu, toda eufórica, refutei o tal argumento:

— Eu tenho roupa! Claro que tenho roupa para ir ao casamento — afobada, corri para o quarto.

De banho tomado, ressurgi em um vestido rosa, leve, de alcinha, bonito mesmo. Tanto a cor quanto o tecido e o modelo eram ideais para a ocasião... se fizesse calor. Em um dia de tanto frio...

— Não, senhora! — dona Mira se opôs. — Você vai morrer de frio.

— Que frio? Nem estou com frio.

Não sei se minha tia Lúcia acreditou em mim, ou se não tinha como negar. Fui à cerimônia com eles, que estavam bem agasalhados. Seguimos à recepção. Ventava tanto, era tão frio, que apenas não "morri" — como era a previsão de minha mãe —, pois topei com um artifício:

— Tia, vou brincar com minhas amigas.

— Não saia daqui de dentro, Elza.

— Pode deixar.

Nunca fui tão obediente em minha vida. Que brincar, que nada! Puxei a porta da sala, quase encostando-a na parede — somente não encostei porque me escondi entre ambas: protegi-me do vento e do gelado. Agachei-me, a cobrir as pernas com o rodado do vestido, cruzei os braços e permaneci sem comer, sem beber, sem participar da festa. De onde estava, podia observar tia Lúcia. Ela principiava a esticar o pescoço em minha procura, eu me apresentava, para que não saísse atrás de mim.

— Oi, tia. A brincadeira está boa. Vou brincar mais um pouco — e voltava a me esconder.

Toda encolhida, rezava para que meus tios resolvessem ir embora. "Eu nem estava com frio"; não podia chamá-los para ir. Atrás da porta, tive de admitir calada que eu "não possuía roupa adequada para a cerimônia"

Agosto, 1963

O tombo

O rapaz irrompe na casa dos pais da namorada meio tímido, com um sorriso amarelo. É bonzinho para com a cunhadinha que, de tão traquina, incomoda; e aceita com um sorriso meio torto todas as peripécias que ela arma para ele. Em meu caso e de meu cunhado Irineu, foi exatamente assim.

Ele prestava o serviço militar e, em uma das manobras, tinha caído e quebrado o braço. Estava sob licença médica. Às dezoito horas de uma noite cheia de nuvens escuras que, além da chuva, anunciava outros perigos, Irineu — em seu gesso — bateu a nossa porta. Vinha aproveitar algumas horas ao lado da amada Mida.

O tempo para namorar era rigorosamente cronometrado: nos dias de semana, os encontros eram autorizados no período noturno e havia hora certa para o chamego se encerrar. Para o casal era uma pena. Para mim, um alívio. Caso contrário, os dois passariam a licença médica inteira dele lado a lado e eu, dia e noite "segurando vela".

Na sala, a mesa estava posicionada bem rente à janela, que consistia de duas folhas de madeira como as portas e janelas do restante da construção. Irineu e Mida sentavam-se em cadeiras coladas uma na outra; eu sentava mais afastada.

Em meio ao clima de romance, a chuva despencou de uma vez do céu e o vento forte que veio com ela fez com que a água entrasse pela janela. O futuro cunhado se levantou e, apesar do braço imobilizado e de estar meio debruçado sobre a mesa, conseguiu fechar as duas partes da janela.

Mal ele havia se levantado, tive uma ideia que, igual a todas as outras, não foi pensada em termos de suas consequências. Quando terminou de unir as duas folhas da janela, o rapaz soltou o corpo para se sentar. Mas não foi de encontro à cadeira — ao notar que ele não se atentava ao objeto, eu tinha puxado este rapidamente. Irineu desceu com todo o seu peso; a única preocupação que teve foi com o braço: o pobre levantou ao máximo o gesso e caiu de costas. Bateu com força a cabeça na porta, que restava aberta como a esperar para lhe quebrar, desta vez, o crânio.

O barulho foi grande. A namorada, muito embaraçada, emitiu um gritinho de susto, abafado pela mão que cobriu a boca. Irineu foi rápido, pois em um segundo estava em pé. Seus olhos arregalados demonstravam que não atinava para o que lhe havia acontecido. Empalideceu — não se soube se pela vergonha de levar um tombo diante da namorada, se pelo medo de machucar mais uma vez o braço, se pela dor no corpo (ao se chocar com o piso), ou se pela dor na cabeça (ao atingir a porta). Sem demora, o rapaz entendeu o que tinha se passado porque minha mãe gritou alto o nome da responsável por tudo.

— Elza, olha o que você fez! Onde já se viu, puxar a cadeira?

Pelo olhar de meu futuro cunhado, existia uma vontade enorme de puxar minhas orelhas. Todavia, era recém-chegado em casa e continuou a interpretar o príncipe. Impediu que dona Mira desse um merecido corretivo em mim, que toda arrependida me explicava para a mãe, que já me segurava:

— Eu não pensei que ele fosse cair. Desculpe, Irineu.

— Não foi nada, não. Pode deixar, dona Mira. Ela não fez por mal.

Aquela noite, Irineu subiu um ponto, talvez dois, em meu conceito. Não tive tempo nem coragem para perguntar quantos pontos eu desci no conceito dele.

Setembro, 1963

Presente de grego

Aquele dia, cheguei feliz em casa. Tinha ganhado um presente de minha colega de classe. Ainda era sexta-feira, dia 20; meu aniversário seria na quarta, dia 25. Eufórica, apreciei tanto o potinho: a embalagem era linda e o conteúdo, um talco, muito cheiroso! Naquele mesmo dia, usei meu mimo após o banho. Empoei-me toda. Todos concordavam que era "bom, muito bom" o perfume do talco.

Quando na segunda-feira, dia 23, cumprimentei Vilma pelo seu aniversário de mãos vazias, ela me pareceu um pouco estranha. Não mencionou nada. Na terça-feira, no entanto, ao deixar a escola, comentou diante de várias colegas:

— Eu dei um presente de aniversário para a Elza. Fiz aniversário ontem e ela não me deu nada!

Calada, envergonhada, fui para casa — não sem antes peregrinar pela vitrine da loja onde Vilma havia comprado meu regalo. Mais tarde, a muito refletir sobre o ocorrido, abordei meu pai:

— Papai, o senhor tem um dinheiro sobrando?

— Depende. Para que você quer?

Em casa, não tínhamos o costume de receber coisas de aniversário; papai levava em conta o que era prioridade. Em meu turno, não achava justo presentear uma pessoa que significava para mim menos que alguém da família. Dado o comportamento decepcionante daquela que eu considerava uma amiga, não via outra saída senão:

— Sabe o talco que ganhei? Meu aniversário vai ser amanhã e o da Vilma foi ontem, antes do meu. Ela me agradou na sexta-feira para me obrigar a comprar alguma coisa para ela na segunda. Só pode ser, porque hoje na escola ela cobrou por não ter entregado nada para ela ontem. Fez isso na frente das minhas amigas.

Papai concordou comigo. Manuseou o papel-moeda, vazio de significado:

— É justo você devolver para ela.

Na quarta-feira, dia de meu aniversário, fui eu que presenteei. Aproveitei a presença de várias colegas, ao estilo de Vilma:

— Trouxe o seu presente. Comprei na mesma loja. É igual ao que você me deu. Só mudei a cor para você não dizer que eu devolvi o que ganhei. Aliás, só não devolvi porque já tinha aberto e usado. Quando a gente presenteia, não deve fazer interessado em receber. Tem que ser espontâneo, de coração. Caso contrário, não é presente. Não quero mais nenhum presente seu, obrigada.

11
MEUS DOZE ANOS

Novembro, 1963

Guavira

Estava toda serelepe! Minha alegria era transparente desde a semana anterior, quando meus pais e vizinhos fretaram o caminhão de um amigo para a ida à chácara de um primo de sr. Carlos — o vizinho mais próximo da família e pai de Ana, uma de minhas amigas mais queridas. As mulheres haviam se programado e cada uma levaria as refeições e bebidas para seus familiares. Passearíamos no domingo: iríamos catar guavira!

Eu apreciava bem a frutinha gostosa, típica do cerrado.

Previ, em minha fértil imaginação, o que nos aguardava: árvores enormes, juntas ao caudaloso rio e com sombras vastas que nos abrigariam do sol, e um almoço saboroso. O caminhão para mim era novidade; nunca tinha estado em um.

Meu pai não possuía automóvel. Eu e todos de casa, quando precisávamos ir a algum lugar distante ou com urgência, íamos sentados na garupa da bicicleta de seu Hugo. De fato, esse era o caso da maioria dos treslagoenses: à época, apenas os fazendeiros que rotineiramente iam e vinham de suas fazendas para a cidade eram donos de automóveis. Papai até possuía fazenda, entretanto não tinha carro ainda.

Pena que tudo havia sido arquitetado para o entretenimento de uma visita inesperada do vizinho, "para que não ficasse *por demais* entediada". Essa foi a expressão usada por sr. Carlos ao mencionar o enfado de d. Bernadete — a irmã de sua esposa, d. Perolina —, que vinha de São Paulo acompanhar o marido, a serviço, e desfrutar de "uns dias no interior" com sua filha Jerominha. D. Bernadete falava da cidade paulista como se fosse a melhor do mundo e, de minha cidade como se fosse um nada: "muito pacata, *por demais monótona*, sem lugares para se divertir".

— "Cidadezinha do interior...". Se Três Lagoas é tão ruim assim, por que ela não vai embora?

— Fique quieta, Elza — disse dona Mira, sem jeito.

— O que é guavira? — Jerominha perguntou ao tio com sua inconfundível voz anasalada, a fingir não ter ouvido minha reclamação.

— Guavira é parecida com uma goiabinha. É bem docinha — sr. Carlos respondeu.

— As árvores são grandes? — preciosa, Jerominha soltou sua própria pérola.

— Não são árvores, são arbustos. Não passam de um metro e meio de altura — continuou ele.

Eu ri. "Santa ignorância! Tal mãe, tal filha: tão espertas, tão sabidas, moradoras *da capital*." Nem me dei conta de que, igualmente, as frondosas árvores de minha imaginação corriam risco real. Para assustar as esnobes visitantes, resolvi interferir na conversa, a repetir o que havia ouvido meu tio contar:

— Dizem que, em época de guavira, dá muita cobra!

— Meu Deus! Eu é que não vou a um lugar desses — apavorou-se d. Bernadete. — Ficamos nós duas, Jerominha, e você brinca com sua nova boneca.

— Uhum.

— Dizem! As cobras podem se alimentar dos pássaros que vão comer as frutas. Também ouvi dizer que isso é estória de maridos ciumentos que não querem que suas mulheres vão sozinhas catar as frutinhas.

O rosto de d. Bernadete se tranquilizou. Frustrei-me com a atitude de sr. Carlos — eu tinha conjecturado que, se as afetadas visitantes se amedrontassem, iriam manter as bocas fechadas durante o trajeto; quiçá, com um pouco mais de sorte, desistissem de ir em absoluto.

— Vê se não toca mais nesse assunto — ralhou minha mãe.

— Tá bom, tá bom...

Se ao menos d. Bernadete tivesse desistido do passeio com a filha, o corretivo teria valido a pena. Quanto à nova boneca de Jerominha, era maior do que ela e perfeita como a dona: pele, cabelos, vestido, laços, sapatos impecáveis. Ambas eram como que recém-saídas de caixas de uma luxuosa loja de brinquedos. Também como a boneca, a guria aparentava estar suspensa no tempo, e não crescia nem altura nem em maturidade. A diferença era que Jerominha respirava.

O domingo finalmente chegou. Ansiosa como sempre, levantei-me muito cedo.

Tão logo o caminhão estacionou, todos organizaram a comida, os galões de água, os copos. Haviam acomodado bem as refeições em matulas, cobriram tudo com lona e amarraram para que nada se deslocasse durante a viagem. Depois, as pessoas começaram a subir na carroceria. Os pais foram aninhando seus filhos perto deles, tornando-se mais fácil cuidar de tanta criança. Como disse um engraçadinho, existia “mais menino do que gente”.

A partida foi dada.

Nos primeiros trinta minutos, eu me esclareci: não era nada agradável uma jornada de caminhão. A estrada era de terra e a carroceria gingava para lá e para cá a cada buraco, a fazer com que as pessoas se jogassem umas contra as outras, mesmo sentadas no assoalho. Havia outros inconvenientes: a poeira, o sol quente e o vento, que embaraçava meus cabelos em todas as direções possíveis. Tive vontade enorme de descer — sabia que não seria possível.

— Falta muito para chegar?

— A gente nem percorreu a metade da viagem. Falta mais ou menos uma hora.

— Uma hora?!!!

Recebi a resposta de meu pai como um suplício. Tinha certeza de que nunca mais iria querer fazer outro passeio do tipo. Uma hora mais sob aquele sol e naquele calor insuportável, somados ao balanço horrível do caminhão? E ainda haveria a volta. Para me distrair daquelas condições desagradáveis, avancei minha imaginação para as sombras enormes e para as margens do rio fresquinho que nos aguardavam.

O caminhão simplesmente parou.

— O que foi? — indaguei.

— Chegamos — responderam alguns simultaneamente.

Surpresa, olhei ao redor: algumas árvores retorcidas, a baixa vegetação do cerrado, a terra, o sol e... nada mais.

— Cadê o rio? As árvores com sombra?

— Quem falou em rio? E guavira não dá na sombra! — seu Hugo apontou para os arbustos, carregados de frutas.

"Os pés de guavira eu sabia como são. Estou perguntado das grandes árvores que deveriam existir... perto do rio que nem existe."

— Anda, Elza. Para de pensar na morte da bezerra. Desce logo — apressou-me meu pai.

Olhei novamente a minha volta. Restava sozinha em cima do caminhão, incrédula, desejosa de retornar. Desci e papai me entregou um pequeno balde para colocar as guaviras que catasse. Todos encheriam seus vasilhames e depositariam as frutas em latas maiores sob a sombra do pequizeiro que, no contexto, era uma grande corpulenta.

Pisquei e lá Jerominha, sua boneca e d. Bernadete estavam, resplandecentes sob o sol. Não as tinha visto no caminhão. Talvez viajassem na cabine, pois suas aparências eram primorosas, ao passo que eu aparentava derrota. "Uma cobra podia..."

Mosquitos rodearam-me a cabeça, picaram minhas pernas e braços. Eu batia nos membros, abanava as mãos em frente ao rosto a tentar espantá-los. Era açoitada por toda parte, porque havia o sol quente a me queimar e o mato a arranhar minhas pernas. Tinha caminhado não mais que dez metros e chorava:

— Eu quero ir embora!

— Ir embora? — minha mãe expôs sua braveza. — Você tem que esperar os outros. Mal chegamos. Nós vamos embora à tardinha...

"Eu não acredito. Sair do conforto do meu lar para ficar no meio deste mato, sob este sol, neste calor e sendo picada por estes mosquitos!", encontrei-me desiludida.

— Saiam, pernilongos chatos!

— Não são pernilongos. Essas são as famosas muriçocas — sr. Carlos me corrigiu.

— Muito pior. Não vou entregar meu sangue. E não vou catar guaviras, não! Essas muriçocas, esse sol...

— Mas, é um angu essa menina! — chateou-se meu pai. — Vá lá para a sombra e espere lá.

Sob o pequizeiro permaneci em pé — pois não existia um lugar para sentar —, a espantar as indesejáveis companhias e jurar para mim mesma que passeio igual não faria jamais. D. Bernadete não perdeu a oportunidade de tripudiar sobre mim:

— Amo muito tudo isso — declarou, sob a sombra do imenso chapéu que havia comprado na loja mais cara da cidade, Tetéia Boutique (de d. Teíca, madrinha de minha futura sogra).

A mulher era bem mais esperta do que tinha aparentado. Não soube, por aquele momento, discernir se de fato apreciava o domingo ou se fazia tipo.

— Apesar de sermos da cidade grande, somos mais resistentes do que as mulheres do interior! Não é, filha?

— Uhum.

“Só podia ser mãe da Jerominha. Como a gente boa da Ana tem parentas tão sofríveis? Tem razão. Sou mesmo muito mole”, refleti.

A guria mal mexeu um músculo o dia inteiro. Também possuía um belo chapéu amarrado por um laço ao queixo e, parada no mesmo lugar com a boneca, nem à sombra do pequizeiro Jerominha se dirigiu. D. Bernadete levava balde após balde transbordando de frutas até a menina e entregava uma guavira em sua mão, que a filha então jogava na lata maior com desleixo, sem nem olhar para o que fazia.

Pisquei: repentinamente, ouvi d. Bernadete gritar e o passeio havia chegado ao fim.

— Ê!!! Jerominha é a vencedora da colheita! Encheu dezessete baldes, não é, filha?

— 22. Uhum — limitou-se a responder a guria, com o mesmo esforço que tinha feito para encher os baldes.

“Eu nem sabia que isso era uma competição...”

A paulistana gargalhou horrores, sozinha. Os vizinhos acharam bizarro. Mesmo sua irmã, d. Perolina, torceu o nariz. Em sua expressão, minha mãe desaprovou a estranha — tampouco havia ido com a cara dela.

— Jerominha veste azul-celeste porque esse é meu segundo nome. Bernadete Celeste, não é, filha?

— Uhum.

Invadiam meus pensamentos.

No retorno, fui uma das primeiras a subir no caminhão. Meu pai se queixou de uma dor de cabeça muito forte. Eu não havia colhido nem dez guaviras, contudo acabei por me fazer útil naquele passeio. Recostei-me na cabine do veículo, catei algumas das toalhas que trouxéramos para cobrir a comida, dobrei-as, acomodei-as em minhas pernas e recomendei ao meu pai que se deitasse um pouco. Com um pequeno galho que possuía nas mãos para afastar as muriçocas, cobri-lhe a cabeça para proteger do sol quente que nos atingia em cheio. A todo instante, questionava se ele se sentia melhor. Seu Hugo afirmava que, daquela forma, a cabeça doía menos.

Fiquei contente em poder ajudar meu pai. Tinha sido um "angu", no entanto me sentia bastante valente porque, além de manter o corpo firme, suportava aquela horrível dor nas costas, devido à má postura e às ripas de madeira que, no vaivém da carroceria, feriam-me as costelas. Minha vinda não havia sido em vão. Pessoas para catar as frutinhas vi aos montes; para aliviar as dores de meu pai, somente eu: com bravura, fiz todo o percurso sem uma única reclamação.

Por sua vez, d. Bernadete Celeste reclamava incessantemente. As picadas das muriçocas causaram enormes caroços vermelhos, que ela coçava sem parar.

— Isso coça *por demais*, meu Deus do céu! — a mulher se lamentava.

Tampouco avistei Jerominha no caminho de volta.

Pisquei na chegada: lá estavam a guria e sua boneca na calçada de Ana. Não existia nenhuma picada de inseto, nem em Jerominha nem no brinquedo, diferentemente do que era o caso com sua mãe.

Hoje, se não forem desenvolvidos trabalhos de conscientização e replantio de mudas, a guavira pode ser extinta do Cerrado. Basta plantar algumas sementinhas em seu próprio quintal e depois enviar as mudas para algum sítio ou fazenda. As frutinhas podem ser compradas em "feiras das cidades do interior", como diria d. Bernadete.

Sabor de vitória

Como planejado desde novembro do ano anterior, estava eu novamente a tentar realizar minha primeira comunhão. Algo que um ano antes trazia alegria e parecia tão positivo, então se transformava em um duelo entre o padre e eu. Desta vez, eu alcançaria o que almejava.

Desde que a direção do Colégio Afonso Pena tinha sofrido uma intervenção e o sr. Luiz havia ocupado o cargo de diretor, as balizas tinham sido banidas dos desfiles. Eu meramente separava os pelotões: era um cerra-filas. Meu uniforme era constituído de blusa que possuía gola fechada e era de cor branca, e de saia, também de cor branca, que se estendia até abaixo dos joelhos.

Para a *segunda* primeira comunhão, simplesmente vesti esse novo uniforme, por mais antiquado. Apostava para ver se o padre me dispensaria uma segunda vez, sem me entregar o Corpo de Cristo!

No momento de receber a hóstia, levantei minha gola e enganchei, nas extremidades, um alfinete para a fechar ainda mais — tampava-me todo o pescoço. Se o sacerdote notou que eu era o mesmo rosto de um ano atrás, não soube dizer, mas meu pescoço ou ombros ele certamente não pôde reconhecer! A malícia do ano anterior em seus olhos não encontrei, não com relação a mim.

Eu quase sufocava, pois a gola apertava, todavia fui até o fim. Encarei o padre e perguntei mentalmente: "Estou escandalosa agora?". O homem me entregou a hóstia na boca, e "o Corpo de Cristo" teve sabor de vitória.

Havia realizado a primeira comunhão como tinha me decidido a fazer. Meu pai não precisou gastar um tostão para comprar um vestido que satisfizesse as exigências pravas daquele sacerdote. Afinal, a despeito da gola, era o mirar do homem que havia tornado minha roupa menos "decente".

Janeiro, 1964

Sela ensaboada

Depois de bastante insistência, tia Lúcia permitiu que fôssemos sozinhos a cavalo, Vera, Jurandir, a amiga Vanda e eu, à casa de tia Silvana. Irmã de minha mãe, ela residia em uma fazenda um bom pedaço distante da Beltrão.

Por ordem da tia, Verinha selou dois dos mais mansos cavalos. Eu, sem prática alguma, segui no mesmo animal que a prima que, com muita maestria, conduzia-nos pela trilha. O que Vera também fazia muito bem, e não tinha feito tão bem assim aquele dia, era selar cavalos.

A sela escolhida para nós era lisa ao extremo e não existia nada em que me firmar. Sentada nas ancas enormes do animal, eu atravessava dificuldades: o equino balançava o corpo e, com o remexer de sua traseira, eu ia junto. A deslizar para lá e para cá, afinquei-me no lugar até nos depararmos com um pequeno morro.

Ali, quanto mais o cavalo se esforçava para subir, mais eu me esforçava para não cair. Não resisti por muito tempo. Em um desespero danado, joguei o corpo para frente. Porém, fui escorregando...

— Estou caindo...

E, a escorregar, segurei-me na cauda do animal para não me estatelar com força. Sem muito esperar, acertei o chão.

Não é que caí do cavalo em pé? Verinha não se maravilhou com isso; ficou mais impressionada por eu não ter tomado um coice.

Fevereiro, 1964

Coices

Com meu jeito direto e reto de resolver meus problemas, acabava por ensinar a determinados adultos que criança também merecia respeito. Dr. Cruz teve o privilégio de ser "reeducado" por mim.

Todo início de ano letivo, os alunos necessitavam atualizar seus atestados de saúde física e mental para se matricularem na escola. Para tanto, deviam se dirigir ao posto de saúde. Certas coisas no Brasil não mudam: no local, enfrentavam uma longa fila.

Os estudantes iam muito cedo. Aqueles, cujos pais ou mães podiam os acompanhar, formavam alinhamento ainda durante a madrugada. Ao raiar do sol, a linha virava a esquina da quadra do posto e se espichava pela rua. Eram várias escolas, cada qual com centenas de alunos, concentradas em um único posto de saúde, onde havia um único médico.

Dr. Cruz vivia estressado. Como diziam os que o conheciam melhor, ele já tinha nascido "com a pá virada". Era considerado o médico mais ríspido da cidade. Era grosso, incivil de verdade.

Aquele ano, consegui um "bom lugar" na fila — seria atendida antes das onze horas da manhã. [Bom lugar porque quem não lograva o atendimento até o meio-dia teria que enfrentar nova fila no dia seguinte.] Finalmente na sala, o médico me abordou boçalmente:

— Pra onde a senhora vai?

A pergunta mal formulada me pegou de surpresa. Dr. Cruz deveria ter inquirido "Em que escola você vai estudar?" em vez de "Pra onde a senhora vai?":

— Pra onde eu vou? Pra lugar nenhum...

— Pro infeeeeeeeerno eu sei que a senhora não vai! — o doutor berrou, colérico.

A porta continuava aberta e as crianças próximas se amontoaram para espiar o que acontecia. Fiquei roxa de vergonha. Se ao menos ninguém houvesse testemunhado a maneira injuriosa como fui tratada...

Dizem que um bicho xucro somente se comporta melhor ao encontrar outro pior que ele:

— O senhor não sabe! O senhor vai estar lá me esperando pra saber?

Depois que falei, temi ser botada porta afora — sem meu atestado. Nunca tinha ouvido de alguém que tivesse destratado dr. Cavalo. Esperei pelo pior.

— Em qual escola a senhora vai estudar, pra eu constar no atestado? — formulou ele a pergunta correta e gentilmente.

As pessoas são imprevisíveis. Quando se espera uma reação, elas nos surpreendem. Algumas são enigmáticas. O médico subitamente riu, riu alto e gostoso. Removeu os óculos e secou a face. Relaxou diante daquele pedacinho de gente que o enfrentou como ninguém antes.

Eu, toda cheia da razão, sustentei a compostura:

— Ah, sim. Em qual escola vou estudar? Vou estudar no Colégio 2 de Julho, iniciarei o ginásio.

Desfilei com meu atestado nas mãos pelo corredor, através dos estudantes que a tudo assistiram e que, boquiabertos, não criam que eu havia saído ilesa da sala do doutor que em todos metia medo.

"Que menina corajosa!", pensei ouvir murmurar a atendente, que detrás da escrivaninha sorria por dentro, a eludir a percepção do bronco do posto de saúde sobre o quanto ela se sentia vingada pelos anos de humilhação que certamente tinha sofrido.

Março, 1964

"Bota água nisso!"

A exaustiva aula de educação física ia das 14 h às 15 h, em uma quadra que não era coberta, e eu não havia notado minha sede antes de ter deixado a escola.

Talvez por ter me esquecido de um episódio anterior, talvez por ter fé que as pessoas não fossem iguais, ao passar por um bar, em uma esquina a cem metros de meu colégio, distingui um senhor atrás do balcão. Titubeei. Olhei em volta, olhei dentro do bar. Dispus-me a arriscar, pois não havia ninguém por perto.

O atendente lavava uns copos. Aguardei que completasse a tarefa — não quis interromper, portanto burlava uma bronca.

— O que você quer, menina?

Naquele instante eu me lembrei de um tom de voz, seco e rude, de alguns anos no passado. Deveria ter virado para trás, entretanto mentem que raios não caem duas vezes no mesmo lugar. Seria impossível que me negassem água uma segunda vez!

— O senhor pode me dar um copo d'água?

— Você quer água?

— Sim.

— Você quer água? Toma água! — o atendente encheu um copo com água da torneira e botou no balcão. — Você quer água? Toma água! — encheu mais um copo com água da torneira e botou no balcão. — Você quer água? Toma água! — o barulho dos copos a acertar o balcão só era abafado pela voz nada suave do sujeito. — Você quer água? Toma água!

Raios caem duas vezes no mesmo lugar! — apenas não da mesma forma. Aquele homem avinagrado não negou água para mim, pelo contrário, deu-me muito mais água do que eu seria capaz de tomar. "Bota água nisso!"

Mirei assustada o atendente enfezado que, quiçá devido a minha falta de reação, quiçá porque tinha descontado a ira em mim, por fim, cessou. Escorri os olhos pela fileira de copos cheios sobre o balcão e bridei a sede:

— Muito obrigada. Fique com a sua água. Não quero mais. Nem estava com tanta sede assim.

E jamais pedi água a ninguém. Enfim aprendi a lição: de fato, existiam pessoas que negavam um copo d'água até para uma criança. Infelizmente, o ditame de minha mãe estava errado.

Ao menos a mim ela semeou com seu ensinamento: nunca neguei um copo d'água a ninguém. Sempre haverá um copo d'água fresquinha em minha casa para quem tiver sede.

1º de abril, 1964

O Golpe

Naquela quarta-feira nós nos apresentamos à escola como de costume. No entanto, mandaram todos embora para casa. Fecharam-se as portas da instituição de ensino.

Soldados rodearam o Colégio 2 de Julho. Tentamos nos inteirar do que se passava. Ouvíamos as pessoas dizerem:

— É uma guerra...

— É uma guerra!

— É uma guerra.

Os pequenos estudantes não entendiam do que tratava a guerra, ou onde ela era travada. Meramente existia um comentário geral de que havia uma guerra.

Era o Dia da Mentira. Tal guerra nunca houve. Jornais golpistas estamparam "Ressurge a Democracia" e publicaram sobre o "retorno da lei e da ordem" (*Jornal do Brasil*, *Correio da Manhã*, *Folha de S. Paulo*, *O Globo*, *Tribuna da Imprensa* e *O Estado de S. Paulo*). Éramos muito jovens e não indagamos mais. Papai tampouco se aprofundou conosco no que ocorria — não se falava de política com crianças.

"Segundo autores como Octavio Ianni e Francisco Weffort, o populismo existente desde a Era Vargas entrou em colapso à medida que os trabalhadores passaram a agir de forma autônoma, enquanto os empresários ligados ao capital internacional abandonaram o sistema populista.[7] As greves constantes foram 'interpretadas como sinais positivos do avanço da consciência política dos trabalhadores', mas também desgastavam o governo, incomodavam a população durante a suspensão dos serviços e alarmavam os empresários. A direita afirmava a iminência de uma 'república sindicalista'."[8]

Viríamos a entender que naquele 1º de abril se iniciou a ditadura militar no Brasil. Às 2 h, o governador Ademar de Barros tinha anunciado em uma transmissão de rádio que seis estados se encontravam rebelados contra o Governo Federal (São Paulo, Paraná, Minas Gerais, Goiás, o antigo estado da Guanabara e o então estado de Mato Grosso).

Na madrugada seguinte, "em uma rápida sessão do Congresso, o presidente do Senado Auro de Moura Andrade declarou vago o cargo do presidente João Goulart". Movimentos das Forças Armadas, que tinham se iniciado com a Revolta dos Marinheiros em 25 de março, anunciaram lealdade ao autodeclarado ministro da Guerra, Costa e Silva, e tomaram

---

7. DEMIER, Felipe Abranches (2012). O longo bonapartismo brasileiro (1930-1964): autonomização relativa do Estado, populismo, historiografia e movimento operário (Tese de Doutorado). Niterói: UFF. Consultado em 26 de novembro de 2022.

8. FERREIRA, Jorge; GOMES, Angela de Castro (2014). 1964: O golpe que derrubou um presidente, pôs fim ao regime democrático e instituiu a ditadura no Brasil 1ª. ed. Rio de Janeiro: Civilização Brasileira.

pleno controle no dia 2 de abril, quando se realizou a Marcha da Vitória no Rio de Janeiro.

O primeiro presidente da ditadura seria Castello Branco.

Abril, 1964

Meninas prendadas

Era um misto de revolta e alarme o que eu sentia. Restavam apenas cinco dias para finalizar o trabalho de educação artística, cuja avaliação acadêmica contaria de zero a dez — nota esta que seria somada à da prova; a média representaria a nota final que constaria em nossa caderneta escolar. "Como podem obrigar as alunas a tomarem aulas de trabalhos manuais, se algumas nem têm talento para isso? Porque somos meninas, devemos ser prendadas? Veja só o monte de retalho que gastei e não consigo costurar!"

O dever consistia de um tapete de duas faces construído a partir de dezenas de pequenos hexágonos, recortados e costurados através do uso de um molde em papelão. Antes de ser fechada a última borda de cada hexágono, a se completar a emenda da dupla face com linha e agulha, o papelão deveria ser retirado, e só então se costurava o lado final, a se criar, dessa forma, uma a uma as figuras. Depois de prontos, os pequenos polígonos eram costurados uns aos outros. Os tecidos eram de cores e padrões variados: além dos estampados, havia os listrados, os de bolinhas, os xadrezes, e acompanhava uma diversidade de cores e tipos de tecidos.

— Vai ser bonito — animava-me minha mãe.

— É. É bonito, sim. Eu vi o da Anita. Ela está quase terminando o dela. Mas…

— Mas, o quê? — quis saber a mãe.

— Quando eu tiro o papelão de dentro fica repuxado, perde toda a beleza.

— Se a professora ensinou assim…

— Acontece que, quando chego no décimo, de tão repuxado, não dá para emendar mais nenhum! Horrível — tentei consertar a forma do quase tapete à força. Puxei tanto que rasgou. — Não tem jeito de acertar. Mãe, vou até o armazém. Já volto.

Trouxe uma imensidade de caixas de papelão desmontadas e perdi duas tardes a recortá-las, de acordo com o molde fornecido pela instrutora. Recortei também os tecidos e caprichei na costura. No final da tarde, prazo final para se encerrar o dever:

— Pronto! Finalmente terminei — admirei minha obra, satisfeita.

Procurei a enorme folha que tinha comprado. Embrulhei o tapete e amarrei com um cordão.

— Muito bem, Elza! Ficou perfeito o seu tapete — minha professora desdobrava-se em elogios.

Ela, desde o princípio, havia percebido que eu não gostava de suas aulas. Fui franca quando questionada sobre o porquê:

— Não é pela senhora. Não gosto muito... para ser sincera, não gosto nada, nadinha mesmo de trabalhos manuais.

— Merece a nota máxima, Elza. Merece um dez! Como você conseguiu que ficasse tão firme?

Apalpou melhor o tapete e compreendeu:

— Você deixou os moldes de papelão dentro dos hexágonos?

— É claro. Foi o único jeito que encontrei para não deformar. Estava ficando muito repuxado.

Minha professora não sabia como retirar totalmente sua palavra, em particular a respeito da nota. Tentou argumentar que, apesar de lindo, minha obra não era funcional.

— Com todos esses pedaços de papelão, como é que você vai lavar?

Talvez quisesse me tirar um ponto, dois ao demonstrar que o dever não podia ser simplesmente belo, que deveria ter funcionalidade; caso contrário, seus ensinamentos de "trabalhos manuais" seriam inúteis. Era uma prova de que, na realidade, em vez de educação artística, ensinava trabalhos domésticos. Não me conhecia muito bem. Por isso, a redução da nota se limitou à intenção:

— É como a senhora disse: "ficou perfeito". Utilizei essa técnica para o tapete ser bonito. Não vou usar, muito menos lavar. Fiz pela obrigação da nota. O que importa é o dez que já ganhei.

[O fim da] Era do Rádio

Meu pai tinha um rádio antigo. Cuidadoso como ninguém, por ser consciente do custo das coisas, tudo que pertencia a seu Hugo durava uma eternidade. Logo, suas coisas eram únicas, e esse era o contexto do rádio.

Papai, contudo, não era o único a manusear o objeto. Durante as tardes, no horário em que minha mãe repousava, que minhas irmãs saíam para as aulas de bordado e que meus irmãos prestavam serviços às vizinhas para garantir o dinheiro da matinée, eu ouvia com prazer os meus próprios programas de rádio.

Ajustava o volume baixo para não despertar a atenção de dona Mira e acompanhava estorinhas, um ou outro musical e os famosos programas de música. Sabia muitas canções de cor, no entanto não ousava cantá-las por me considerar desafinada. Curiosa como eu só, simultaneamente mexia em tudo que era botão, para saber a utilidade de cada um!

Seu Hugo, quando trabalhava no turno das seis da manhã, ao regressar do serviço enfiava a cabeça debaixo da água fria de seu banho e, ainda antes da refeição, escutava alguns de seus programas favoritos. Às 18h30 se iniciava o seriado *As aventuras do herói do sertão*, cuja canção-tema eu também havia decorado. O famoso noticiário *Repórter Esso* vinha na sequência.

Após o jantar, meu pai ouvia o humorístico da Rádio Nacional *Balança mas não cai*, que trazia o dia a dia de moradores de um edifício na interpretação dos comediantes Paulo Gracindo, Brandão Filho, Wellington

Botelho, Consuelo Leandro, entre outros. Papai gargalhava, divertia-se demais.

Mais tarde, escutava música caipira — cantores como Cascatinha e Inhana, Tibagi e Miltinho, Tonico e Tinoco, Teixeirinha, Zé Fortuna e Pitangueira, Zico e Zeca, Tião Carreiro e Pardinho, Zilo e Zalo, Moreno e Moreninho, Pedro Bento e Zé da Estrada, Irmãs Castro, Irmãs Galvão e Inezita Barroso. A canção *Pretinho aleijado*[9], interpretada pelo trio Luizinho, Limeira e Zezinha, tratava da Igreja Santo Antônio e de Três Lagoas:

Com mil e oitocentos bois
Eu saí de Rancharia
Na praça de Três Lagoas
Cheguei no morrer do dia
O sino de uma igrejinha
Numa estranha melodia
Anunciava tristemente
A hora da Ave Maria
Eu entrei igreja adentro
Pra fazer minha oração
Assisti um quadro triste
Que cortou meu coração
Um pretinho aleijado
Somente com uma das mãos
Puxava a corda do sino
Cantando triste canção
Aaaaai ai

Aquela alma feliz
Era um espelho a muita gente
Que tendo tudo no mundo

9. AZEVEDO, Teddy Vieira de; RAYMUNDO, Luiz. "Pretinho aleijado", 1955.

Da vida vive descrente
Meu negro coração
Transformou-se de repente
Ao terminar minha prece
Era um homem diferente
Noutro dia com a boiada
Saí de madrugadinha
Muitas léguas de distância
Esta notícia me vinha
Um malvado desordeiro
Assaltou a igrejinha
E matou o Aleijadinho
Pra roubar tudo o que tinha
Aaaaai ai

O sino de Três Lagoas
Vivia silenciado
E eu com meu Parabelo
Andava atrás do malvado
Voltando nesta cidade
Vi um povo assustado
Diz que o sino à meia-noite
Sozinho tinha tocado
Quando entrei na igrejinha
Uma voz pra mim falou:
"Jogue fora esta arma
Não se torne um pecador
Tirar a vida de um Cristão
Compete a Nosso Senhor"
Conheci a voz do Pretinho
O meu ódio se acabou
Aaaaai ai

As novas e interessantes canções que despontavam eram assunto de animadas conversas entre papai e tio Pedro. Eu dormia embalada por essas melodias, porque a cabeceira de minha cama era encostada na parede de tábua que separava meu quarto da sala — onde, bem juntinho, era posicionada a cristaleira. Nesse móvel, em que dona Mira guardava seus melhores utensílios, roupas de mesa e louças, seu Hugo também mantinha seu rádio. Aliás, inúmeras noites eu me empenhava para não dormir, pois, ao ouvir uma canção diferente, queria escutá-la até o final.

Um belo dia, em meu fuça-fuça, a máquina apresentou problemas. Puxei um dos fios a tentar arrumá-lo e o defeito somente piorou. Aquela noite, quando papai foi ouvir seus programas, o som do rádio ameaçou sumir. Na verdade, o aparelho chiou tanto que não se discernia o que era dito. Quanto mais alto o volume, mais alta a chiadeira. Meu pai bronqueou feio:

— Alguém andou mexendo neste rádio. Não dá para entender nada nesta porcaria! Ele não estava assim.

Falou, falou e falou. Deu um sermão em todos e, muito irritado, foi dormir.

No outro dia, em nova tentativa de sanar a questão, dei mais uma puxada no fio e uma nova mexida na antena. O defeito se complicou: o rádio ficou mudo! Eu provavelmente havia arrebentado alguma peça importante. Ao chegar, seu Hugo teve certeza do que tinha afirmado na noite anterior:

— Não falei que tem alguém mexendo onde não deve? Agora o danado não presta mesmo!

Reclamou, reclamou e reclamou. Fiquei muito chateada porque havia acabado com a única diversão dele. Trabalhava tanto e, ao ouvir aquelas transmissões, ria muito e se distraía das adversidades.

Senti-me mal pelo que tinha feito. Por outro lado, se confessasse ter causado o dano, seria mais doído ver nos olhos de papai a decepção para comigo. Fui covarde. Preferi arranjar uma solução alternativa.

Primeiramente, esperei alguns dias. A observar meu pai mais calmo, vi se acender a lâmpada de uma ideia sensata: aconselhá-lo.

— Papai, por que o senhor não leva o rádio para consertar? Às vezes, pode ser uma coisinha à toa...

— Eu? Eu é que não vou gastar dinheiro à toa! Manda consertar, vocês mexem e estragam. Deixa essa porcaria aí. Não ponho mais a mão nesse traste! Vou jogar isso no mato.

Meu pai foi retomado pela raiva. Arrependi-me da ideia sensata. Mas não tinha entregado os pontos nem ia me dar por vencida. Tudo se simplificaria em tempo e oportunidade — oportunidade que surgiu uma semana depois.

Seu Hugo havia recebido o salário e foi com dona Mira fazer a compra do mês. Eles se dirigiriam à Cooperativa dos Ferroviários, iriam ao mercado, aos armazéns...

Haveria muito tempo para eu consertar a máquina *se* o problema fosse o fio. Já tinha visto várias vezes meu pai emendar fios do ferro de passar, de lâmpadas... Seria moleza. Se fosse outro defeito, eu iria descobrir.

Subi em uma cadeira para pegar o aparelho de cima da cristaleira. O rádio era mais pesado do que eu supunha. Balancei. Fui para frente, fui para trás. Consegui me equilibrar — por um triz, não caí da cadeira com o difusor no chão. Minhas pernas tremiam sem parar. O susto, somado a minha autorrefação, tomou tempo.

Tão logo me refiz, fui em busca da caixa de ferramentas de meu pai. Outro detalhe de que não poderia me esquecer: deixar tudo como estava, extremamente arrumado.

Testei uma chave, testei outra. Com a chave certa, removi os parafusos que prendiam a tampa, na parte detrás do equipamento. Coloquei as pequenas peças no canto da mesa, para não as misturar. Desmontei o rádio: eram tantas peças mais!

As engenhocas eram estranhas. Fizeram-me lembrar das entranhas do pobre frangote. Retirei um a um os componentes e os espalhei sobre a mesa — por sorte, ela era grande o suficiente para comportar todo o material, que eu espaçava para localizar com mais facilidade.

Alguém bateu palmas.

Era uma vendedora, que se demorou uma eternidade. Primeiro, pediu água. "Um copo d'água não se nega a ninguém." Segundo, afirmou que conhecia minha mãe e conversou, conversou e conversou mais. Não me preocupava em interagir, pois a tal Luzia — como se apresentou a moça — monologava. Minha preocupação era com o rádio que ainda tinha para montar. "Não vai dar tempo nem de verificar o defeito! Poderia entrar e deixá-la aí falando sozinha. Nem vai perceber". Terceiro...

— Tchau — Luzia repentinamente se despediu.

— Ufa!

Ao entrar, chequei o relógio. "Nossa! Como as horas passaram depressa. Tenho que enfiar as peças dentro do rádio. Não vai dar nem para procurar os lugares certos para encaixar".

Comecei a arquitetar um bom plano para que meu pai abrisse e inspecionasse a máquina. Recordei-me de algo que o amigo de meu irmão tinha mencionado sobre o dispositivo dele. "Eu comento assim, como quem não quer nada."

Para um mecânico tão bom, que fazia maravilhas com as máquinas que puxam os vagões do trem de ferro, o conserto de uma coisa pequena não seria nada. "Aí ele vai falar... Eu insisto. Por que o senhor não dá uma olhadinha? Não custa. Veja se não saiu alguma coisa do lugar lá dentro... Esperto e inteligente como ele é... É, eu acho que vai dar certo... Até que enfim, guardei tudo."

Na hora certa! Meus pais abriram o portão. Fui ao encontro deles. As compras seriam entregues pelos caminhões dos armazéns, como de costume.

— Ah, papai! O Toninho disse que tem um rádio igualzinho ao nosso, igualzinho mesmo. Deu o mesmo defeito que o nosso. Quando ele levou na oficina, o rapaz informou que eram as válvulas. Trocaram as válvulas e o rádio ficou como novo.

— Ah, é? — meu pai não demonstrou interesse.

Entrou, bebeu água, pegou a bicicleta e saiu.

"Ah, é? Agora, sim, esse rádio nunca mais vai funcionar."

Já escurecia quando meu pai reapareceu, com um pacote nas mãos.

— O que é isso?

— As válvulas do rádio!

— As válvulas?

— Você não disse que o defeito do rádio são as válvulas, que estão queimadas?

Ávido por mais uma vez ter acesso a sua música, a suas aventuras, a sua comédia e a suas notícias diárias, seu Hugo nem moveu o rádio do lugar. Muito alto, realizaria as trocas ali mesmo — em cima do móvel de minha mãe.

Já estava escuro. "Tudo solto lá dentro! Não era para acreditar cegamente no que falei... Não vai inspecionar? Meu Deus!"

A lâmpada, fraca e afastada do lugar onde se encontrava o aparelho, não ajudava. Não enxergar não foi empecilho para meu pai trocar as válvulas hipoteticamente defeituosas. Foi direto aos pontos. Não enxergar foi empecilho para meu pai não descobrir a montoeira de peças fora de lugar, escondidas atrás de tudo.

Muito apreensiva, espiava pela fresta da porta que separava a sala da pequena varanda, de onde não poderia ser notada por ele. "Realmente, papai é um grande mestre em consertos." Fechou a tampa, recolocou o último parafuso, religou o aparelho na tomada. O botão já deveria estar ligado porque eu havia, como costumava dizer meu pai, "fuçado em tudo".

O barulho foi imenso! Um verdadeiro estrondo. Uma fumaceira se espalhou pela pequena sala.

— *Fela* da puta!

Minha mãe entrou correndo, assustada.

— O que foi isso?

— O que foi isso? O tal rádio que eu não queria colocar a mão. Mas é uma encheção: é a válvula, é a válvula, é a válvula. Aí, o que virou!

Tratei de ir para a casa de Ana para aguardar que a raiva dele se dissipasse. Jamais havia apanhado de papai, nem mesmo levado um tapa. Como para tudo há uma primeira vez, tive medo de que aquela vez tivesse chegado.

Voltei toda desconfiada. Passei bem longe de seu Hugo, e por muitos dias continuei receosa. O rádio? Nunca mais falei sobre ele. Foi como se nunca houvesse existido. O aparelho restou lá, encostado por muito tempo sobre a cristaleira.

Nem soube que destino teve. Nem perguntar perguntei, afinal: eu não era curiosa nem gostava tanto assim de rádio. Em breve, viria a televisão.

"Peguei o Guri no colo"

Minha prova mensal havia sido agendada para aquela manhã e eu tinha saído de casa mais tarde do que o ideal. Para agravar as coisas, nosso cachorro escapou e me seguiu até a escola. Eu o espantava para que ele desse a meia-volta, sem sucesso. Conferi o horário com outra estudante. Calculei que possuía quinze minutos para o acompanhar a minha casa e retornar.

De acordo com as regras rígidas impostas pelo capitão reformado do Exército que atuava como diretor da instituição, o Colégio 2 de Julho impedia a entrada de estudantes cinco minutos antes das 7 h, quando se iniciavam efetivamente as aulas. Após as 6h55, o aluno necessitaria se encaminhar à diretoria e ter uma explicação plausível para o atraso. Quase ninguém se atrasava, justamente para evitar essa experiência.

Sem tempo para pensar e temendo que o cãozinho se perdesse, entreguei meus cadernos a uma colega, peguei o animal no colo e corri como louca pela rua. Em casa, pus o cachorro para dentro do quintal seguro, travei a fechadura e volvi às pressas. Jamais havia tido relógio e não imaginava quantos minutos faltavam para 6h55.

Ao me reaproximar da escola, reparei que a inspetora de alunos ocupava seu posto, mais pontual do que nunca. Ela era responsável pelo fechamento do portão. De fato, a funcionária já o estava a cerrar. A uns dez metros de distância, gritei:

— Espera! Espera! Espera!

Espantada, ela me encarou: eu vinha sem materiais, suada, descabelada e a quase desabar de canseira. O assombro da inspetora chamou a atenção de capitão Botelho, que se achava por perto e veio conferir a história mais de perto ainda. A curiosidade dele falou mais alto do que a responsabilidade a ser cumprida:

— O que aconteceu? — indagou o diretor.

— Peguei o Guri no colo — quase não conseguia falar, de tão ofegante.

O capitão se chocou em falso pudor.

— Guri, meu cachorro. Fui devolver meu cãozinho em casa. Ele tinha me seguido até aqui — desfiz o duplo sentido malicioso.

O diretor balançou a cabeça, em desaprovação.

— Tudo isso por causa de um cachorro!

— O cachorro merece tudo isso. Já o senhor... — reclamei baixinho.

— O quê?

— O cachorro é muito querido.

Maio, 1964

O Exército dentro da Escola

Apesar de errado, seria perdoável como agi? Fiz o que fiz para salvar a pele de meu irmão, que tinha sido acusado falsamente de associação a um grupo. A 3ª série do ginásio (hoje 8º ano do fundamental), da qual Cilo fazia parte, tomou uma advertência devido à “anarquia dos estudantes”, nas palavras do severo capitão Botelho.

Cilo alegava que não havia participado da tal “anarquia” e eu acreditava nele. Em casa, era um palhaço, de tão divertido, o meu irmão. Todavia, em público — inclusive na sala de aula —, era bem comportado. Por esse motivo, nossos pais nunca compareceram à escola por algo que Cilo tivesse feito de errado. Ainda assim, a advertência que tomou foi registrada em sua caderneta.

A caderneta era um pequeno livro de brochura onde constavam o nome da instituição de ensino, a foto do estudante, sua série e seus dados. As primeiras folhas eram lotadas de regulamentos, hinos e similares. Da metade em diante, eram diariamente registrados — sob os meses, os dias do mês e da semana — as férias, os feriados, os comparecimentos e as faltas. Se algum aluno esquecesse o livrete em casa, não recebia permissão para assistir às aulas. O documento era recolhido na entrada e devolvido na saída da escola, criteriosamente carimbado. Havia aula aos sábados e não se emendava feriados com fins de semana.

— E agora? Para entrar amanhã no colégio, tenho que levar a caderneta com a assinatura do papai. Vou levar a maior bronca! Ele não vai entender que é desse jeito na escola, que lá a gente leva a culpa mesmo não tendo feito nada.

Embora aquele fosse o primeiro caso de Cilo, seria muito difícil explicar como tinha recebido uma advertência sendo inocente. O diretor possuía um costume: depois do sermão, exigia que os culpados de algo supostamente errado se levantassem a se entregar, sob a ameaça de impor o castigo igualmente a todos. Aquele velho ditado, "um por todos e todos por um", aplicava-se a seu regime escolar às avessas. Para "o capitão", o importante era não abrir mão de vigiar e de punir — o medo era sua forma de não perder a autoridade sobre os estudantes.

— Isso é muito injusto! — eu morri de pena de meu irmão. — A não ser...

Cilo esteve bastante apreensivo enquanto explanei o que me veio à mente. Eu era mais nova do que ele e cheia de ideias... Ele era sério, apesar das brincadeiras, ajuizado e bastante confiável.

— Não estamos roubando nem matando. Se o papai souber do que aconteceu no colégio, vai ficar chateado. Você não fez nada de errado. Errado está o diretor em querer te castigar por algo que você não fez! Então, que seja o capitão o enganado para aprender a respeitar os outros.

Meu irmão ficou pensativo. Sob o ângulo que eu havia exposto...

— Está bem — entregou-me a caderneta.

— Pega um pedaço de papel e uma caneta para eu treinar.

Depois de muito treino, comparei a assinatura que existia de nosso pai na caderneta, a ganhar ciência das notas mensais de Cilo, com minhas últimas práticas de imitações dela.

— Parecem iguaizinhas! — meu irmão constatou.

— Agora, vou assinar a caderneta.

Aprimorei a falsificação mais ainda.

— Pronto! Veja como ficou.

Cilo virou a folha várias vezes, a comparar a assinatura forjada à original: estavam idênticas. Eu tentava fazer as pazes com minha consciência; ele, com a dele. Ambos nos sentíamos mal por nossa falsidade ideológica.

No dia seguinte, meu irmão regressou da escola no horário de sempre, sinal de que "a assinatura de papai" tinha sido aceita. Pena que o assunto voltou à tona três dias depois:

— Os meninos bagunçaram tanto hoje na aula de história, que o capitão Botelho suspendeu a sala toda e reteve as cadernetas — iniciou Cilo, quase chorando. — Três dias de suspensão, e ele disse: "Quero falar com o pai ou o responsável dos senhores. E quero falar com um de cada vez". Marcou para amanhã às quatro e meia, porque o papai sai às três horas do serviço. Agora, não vou levar só uma bronca, eu vou é apanhar! Além da suspensão, tem a assinatura falsificada na caderneta.

— É, seremos dois! Fui eu que assinei, esqueceu?

Acabei por colocar meu irmão numa enrascada maior ainda.

— Bem que dizem que "de boas intenções o inferno está cheio". E agora? — colocou-me em uma posição difícil.

Pensei, pensei e pensei. Teria de ajudá-lo de qualquer forma. Seria injusto permitir que meu irmão fosse castigado por outro erro que não tinha sido originalmente dele. A ideia havia sido minha e até tive de insistir, na verdade. Cilo, embora fosse cúmplice, não queria aceitar inicialmente.

Em casa, o "dono da arte" sempre se entregava para proteger os irmãos, apesar de esperarmos até o último instante para que minha mãe mudasse de ideia a respeito da punição, ou se esquecesse dela por inteiro. Eu estava disposta a me entregar pela falsificação, todavia a esperança era a última a morrer.

— Faz assim: conta para o papai que a sua turma foi toda suspensa e que o diretor quer falar com os pais. A advertência e a assinatura na caderneta você deixa para depois.

Novamente, convenci Cilo.

— O quê? Suspenso? — perguntou meu pai, assustado e meio nervoso.

— Foi a sala toda, papai. Uns três ou quatro fizeram a bagunça e, como eles não se entregaram, a sala toda levou a suspensão. Eu não fiz nada, eu juro. O capitão quer falar com o senhor amanhã, às quatro e meia — informou meu irmão.

— Mais essa!

Seu Hugo sabia que o filho não tinha culpa, também acreditava nele. Cilo não mentia. Porém, papai não iria passar a mão na cabeça do menino sem antes conversar com a direção da escola.

Uma das funcionárias da secretaria se tornaria minha amiga anos mais tarde e me contaria o que se passou entre meu pai e o capitão. Por algum motivo, aquilo havia ficado na memória dela. Pude completar as lacunas.

— Bom dia. Sou o Hugo, pai do Ercílio, da 3ª série.

— Bom dia, seu Hugo.

O diretor prosseguiu, a sua maneira seca, ao se sentarem:

— Como o senhor pôde ver, o seu filho e toda a sala foram suspensos por mau comportamento. Não adiantou de nada a advertência. Esses pais de hoje!

— Que advertência?

— Antes da suspensão, a turma toda foi advertida de que, se não melhorasse o comportamento, seria suspensa.

— Eu não sabia.

— Como não sabia? Os alunos levaram a caderneta com a anotação e só pisaram no colégio com a ciência do pai ou do responsável — o capitão buscava na caixa onde mantinha apreendidas as cadernetas, em ordem alfabética e em subordem numérica. — Aqui está a caderneta do Ercílio. Está assinada pelo senhor!

— Por mim?

— Esta não é a sua assinatura? — perguntou o diretor-capitão, repassando ao pai a pequena brochura.

— É, sim. Não me lembro de ter assinado…

O diretor o interrompeu, incivil, como se lidasse com um subordinado do Exército:

— Como não se lembra? O senhor precisa prestar mais atenção ao que assina, ou ler o que está assinando!

Seu Hugo ouviu calado o sermão de Botelho. Ao chegar em casa:

— Quem aquela mula pensa que é, estúpido daquele jeito? Como pode esse capitão esperar que os alunos sejam civilizados?

Tudo o que gostaria de ter dito ao diretor guardou para si, polido como era e para não prejudicar o filho mais ainda, talvez até com uma expulsão.

— Agora, sim, eu tenho certeza de que você não fez nada! — passou a mão na cabeça de Cilo.

Meu irmão e eu não tínhamos a intenção de desrespeitar nosso pai, muito menos de dar oportunidade para capitão Botelho subjugá-lo. Nossa maneira torta de contornar o problema acabou por fazer com que seu Hugo visse a realidade daquela [des]educação. Concluímos que papai sabia que, se não tinha sido obra de Cilo, o falsário era um de nós outros. Passar a mão na cabeça de meu irmão, a calar e consentir com o malfeito, foi seu protesto e sua subversão.

Água fervente

Eu tinha uma prima de segundo grau cujo marido era abusado, no sentido de ser quase um abusador — vou chamá-lo de Augusto. As mulheres da família achavam-no desagradável, diziam que era muito "entrão" — no mínimo. Costumava se engraçar com qualquer rabo de saia.

Fazíamos piada entre nós que, se um homem vestisse saia, Augusto nem repararia na diferença antes de lançar mão de seus assédios costumeiros. Para sorte dele, nós, moças e mulheres, nunca relatávamos suas baixezas para nossos respectivos pais e maridos, para driblar desavenças. Tampouco mencionávamos tais sujeiras para a prima, por crermos que ela já sabia e que, no fundo, era impotente perante o comportamento do esposo.

Certo dia, Augusto visitou minha casa. Chamou e foi logo entrando, como sempre sem sequer aguardar ser recepcionado... Nessa ocasião, nem papai nem um irmão meu respondeu ou o interrompeu em seu trajeto mal-intencionado, cujo modo era vulgarmente calculado de forma a constranger mulheres em seus momentos íntimos. Ao escutar sons vindos da cozinha, ele adentrou.

Eram cinco horas da tarde; eu estava só. Minha mãe havia pedido que adiantasse o jantar com o que fosse mais fácil para mim. O mais fácil era o arroz. Tinha colocado a água para ferver, no fogão a lenha.

Augusto me cumprimentou ao entrar. Sem demora, perguntou:

— Você está sozinha?

Inocentemente, respondi:

— Sim.

— O que você faria se eu te desse um beijo?

Pensei por umas frações de segundo.

— Não faria nada porque isso não vai acontecer. Sabe por quê? Porque, se você tentar, eu jogo esta água fervendo na sua cara — segurei a leiteira onde fervia a água para juntar ao arroz. — Aliás, eu vou jogar agora se você não sair daqui!

— Calma, Elzinha. Tudo isso por causa de nada?

— Nada para você, que não tem vergonha na cara. Vai logo!

Augusto saiu. Fechei a porta e passei o cadeado.

Nesse dia, desenvolvi o costume de fechar portas e janelas, para evitar visitantes indesejáveis.

Junho, 1964

O vexame

Permiti que nosso cachorrinho Guri aprontasse uma com Augusto, que merecia passar por um vexame público para sentir na pele constrangimento similar ao que submetia as mulheres da família.

Naquela tarde fresca, estávamos sentados no banco da calçada, próximo ao portão. O homem chegou, manso e educado — assim se portava na presença de maridos e pais. Por ali permaneceu. Seu Hugo o convidou a entrar. Augusto recusou, alegando que passava rapidamente para cumprimentar a todos.

Papo foi, papo veio, o indivíduo — que era muito alto — agachou-se, para evitar que as pessoas tivessem que olhar para cima enquanto conversavam consigo. Papai, demasiado gentil, solicitou que um dos meninos buscasse uma cadeira.

— Não precisa, seu Hugo. Eu estou bem.

Se Augusto pudesse adivinhar o que estava por suceder, teria aceitado a cadeira. Guri se aproximou e, sem encostar no sujeito, preparou-se para fazer seu xixi. Apenas eu percebi, pois estava em pé ao portão. O cão levantou a perninha e torci para que ninguém visse: a estragar os planos do animal de se aliviar, e os meus, de testemunhar aquele elemento se embaraçar.

O grosso tecido da calça de uniforme que o tipo trajava permitiu que Guri esvaziasse completamente a bexiga antes que o desavergonhado marido da prima percebesse o que se dava. Somente após o líquido amarelo transpor o pano, Augusto sentiu que estava molhado. Deu um pulo:

— O que é isso?

Nosso cachorro tinha saído de fininho, sem ser avistado pela vítima da peça que pregou. Papai tentou segurar o riso, não conseguiu. Todos o acompanharam na gargalhada. Augusto torceu o pescoço, a tentar enxergar a parte de trás de sua calça, toda molhada.

— Tenho que ir embora. Daqui a pouco, vou começar a cheirar mal — disse encafifado, com um sorriso meio torto. Supôs que tivesse molhado as próprias calças, única maneira de sentir vergonha.

O importunador se mudaria com minha prima para outra cidade. Quando ele partiu, comemorei:

— Boa, Guri. Você merece um prêmio! — bati palmas para o cãozinho, que balançou o rabinho de alegria, a entender que havia realizado uma grande façanha.

Meus irmãos e eu brincamos bastante com nosso cachorro aquela tarde.

Adeus, Guri

Infelizmente, Guri morreu alguns anos depois, envenenado. O assassino, cruel, não tinha empatia pelos animais; não identificava que sentem dor, fome, sede; não julgava que merecem viver. Talvez racionalizasse tudo isso e matasse por sádico prazer de toda forma.

A dor pela qual o cachorrinho passou fez com que, em casa, todos chorássemos. O veneno foi muito forte. Veio rastejando, a uivar de dor. Foram dez minutos que pareceram dez horas.

Ao assistir a tanto sofrimento, todos rezavam para que ele se fosse logo — era uma dor que ninguém podia fazer sumir, que apenas a morte poderia atenuar. Através de seu olhar, Guri pedia que trouxéssemos um bálsamo. O mais difícil era reconhecer que o cãozinho não compreendia o porquê de seus donos e amigos não poderem fazer nada por si. Aquele olhar de súplica, de socorro, de ajuda doía tanto quanto a dor que o pequeno Guri atravessava.

Ao fim dos agonizantes dez minutos, papai se manifestou, com voz trêmula:

— Não quero saber de mais nenhum cachorro nesta casa. É muito triste tudo isso.

Nunca mais tivemos um cão.

Julho, 1964

Sopa

Sempre disse que cozinhar é para quem pode, para quem entende ou, melhor ainda, para quem gosta. É um dom, e esse dom eu nunca tive.

Em uma tarde de inverno, em que o frio sugeria uma sopa quente acompanhada de pão, meu pai deve ter pensado: "Se a gente insistir hoje, insistir outra vez amanhã, devagar, quem sabe a Elza não passa a gostar de cozinhar?". E, com muito tato, soltou:

— Hoje à noite, bem que podia ter uma sopinha...

Calei-me. Mida estava por perto. "Quem sabe, a indireta não foi para ela?". Êta irmã esperta:

— Por que o senhor não manda a Elza fazer? Ela nunca cozinha!

Seu Hugo se utilizou da deixa:

— Elza, prepara uma sopa para nós hoje.

"Ai, meu Deus."

Meu pai raramente me demandava qualquer coisa. Fui para a cozinha.

Piquei todos os legumes, mirei a carne que minha irmã havia preparado para o almoço: a quantidade seria suficiente para enriquecer e salvar a sopa, cuja cozinheira não se garantia. Resolvi que acrescentaria uns pedaços da carne, deliciosa.

"Mida sim, tem uma mão boa para o tempero, para a cozinha."

Adicionei água aos legumes. Busquei uma cebola na geladeira e ouvi minha irmã mexer na panela. Mida tinha degustado meu preparo.

— Nossa, que sopa sem graça! Nada de tempero. Nem doente é capaz de engolir — condenou ela e seguiu com seus afazeres.

— Vixe, esqueci o sal. Vou botar um pouco de pimenta para ficar mais saborosa.

Experimentei a sopa. Tomei um pouco de água para apurar o paladar. Pus mais sal, um pouco mais de pimenta. Experimentei de novo. Mais um gole d'água, mais sal, mais pimenta. Continuei até considerar estar — como dizia minha vó Filhinha, madrasta da mãe — "no ponto. Está batuta!".

Bateram palmas ao portão. Curiosa, saí para atender. Informei o que perguntaram e voltei para a cozinha. Mida novamente mexia na panela.

— E aí? Está bem temperada?

— Está faltando tudo — Mida afirmou.

— Tudo? — espantei-me.

— Pode colocar umas cinco vezes mais de tempero. Não tem gosto de nada.

"Devo estar ruim de boca. Para mim, já estava boa. Minha irmã sabe cozinhar, sabe o que está faltando. Não vou nem experimentar. Se eu achava que estava boa e não está... Estou com o estômago enjoado de tanto tomar água para provar essa sopa."

O jantar ficou pronto quase sete da noite. "Nossa, sou lerda."

— Papai, a sopa está na mesa!

— Pelo cheiro, deve estar muito boa.

O aroma era ótimo, de fato. Meu pai se serviu com duas conchas, o suficiente para degustar e acalmar a fome até todos se sentarem para a refeição. Eu não tirava os olhos dele, ansiosa pelos elogios.

Botou a sopa na boca, engoliu sem demora. Fechou os olhos e os apertou. "Nossa, será que está assim, tão deliciosa?"

Seu Hugo permaneceu algum tempo de olhos fechados. Então, arregalou-os e correu para o tanque. Enxaguou a boca. Engoliu de três a quatro goles de água de torneira.

— O que foi? — eu tinha ido atrás dele, que não reagiu de imediato. — A sopa não está boa?

— Você chama aquilo de sopa? Parece mais uma salmoura apimentada. Tem mais sal e pimenta do que legumes, carne e caldo.

— Como pode? Para mim está boa...

— Boa? Vem provar — me conduziu até a mesa. — Senta e aproveita.

Levei uma colherada à boca. Nem consegui engolir. Corri ao tanque e ali despejei o conteúdo. Meu pai, infelizmente, estava certo.

— Que desperdício! Tudo isso vai pro lixo — lamentou.

— Posso jogar o caldo fora, pôr mais água e cozinhar mais um pouco — tentei salvar a sopa e melhorar o humor de papai.

— Você vai ter que cozinhar e trocar a água pelo menos umas cinco vezes. Até lá, os legumes já derreteram e perderam o gosto — seu Hugo retrucou.

— Cinco vezes... — repeti, a me virar para Mida: — Você disse que estava sem graça!

— E estava mesmo. Quando você estava pegando a cebola na geladeira, eu experimentei.

— Quando eu peguei a cebola, não tinha colocado tempero nenhum.

— Foi quando eu experimentei.

— E da segunda vez?

— Que segunda vez? — Mida estranhou.

— Quando eu fui ver quem estava batendo palmas.

— Aquela hora, só destampei a panela um pouco, para que não derramasse a sopa.

— Eu pensei que você estivesse provando a sopa.

— Está explicado! — meu pai balançou a cabeça em reprovação. — Curiosa demais, em vez de cuidar da sopa foi atender o portão!

Todos tivemos que nos contentar em comer pão com chá aquela noite, porque era tarde demais para cozinhar outra opção para o jantar.

Até hoje, das poucas vezes em que cozinho, quando estou indecisa quanto ao tempero, degusto e peço uma segunda opinião:

— Experimenta, por favor. Vê o tempero, o que está faltando ou o que está passando.

Aprendi um truque: se tiver exagerado no sal, adiciono batatas, cruas e cortadas, para que o legume absorva o excesso.

Quanto à pimenta, aquela noite meu pai jogou fora e nunca mais comprou.

Agosto, 1964

Dona da situação

Eu me vangloriava de, já com doze anos, nunca ter apanhado de meu pai. Considerava-o meu camarada, meu cúmplice, meu defensor, pois — além de nunca ter me dado um corretivo —, quando por perto, papai me livrava de umas chineladas de minha mãe.

Meus irmãos e eu não guardamos mágoa dessas punições, haja vista que éramos "terríveis" e os pais educavam seus filhos como os pais deles os tinham educado. Pelo que se narrava, os bisavós, os avós e os pais de nossos pais haviam sido bem mais castigados, com mais severidade e com métodos piores, do que nós. Eu comparava o que meus irmãos e eu recebíamos às punições recebidas por minhas amigas — elas levavam surras com cintas de couro, cordas de amarrar animal e outros instrumentos, e seus corpos às vezes sangravam e ficavam marcados por dois meses ou mais.

Naquela noite de domingo, meu irmão Guima e eu chegamos do cinema e começamos a discutir. Acordamos seu Hugo, irritado:

— Parem com essa briga e vão dormir! Preciso levantar de madrugada amanhã — falou da cama.

Mas nossa discussão se acirrou e o volume de nossas vozes aumentou. Nem ouvíamos papai, que reclamava pela terceira ou quarta vez. Provavelmente reclamara mais vezes, porque apareceu na sala superirritado de cueca samba-canção — tamanha a zanga, tinha esquecido de se vestir.

Meu pai alcançou uma toalha de rosto que alguém havia esquecido sobre a cadeira. Não acreditei quando ele me pegou pelo braço: meu primeiro corretivo tinha chegado. Foram duas toalhadas nas nádegas. Nem doer doeu — o que doeu foi o fato de ter sido a primeira vez que ele batia em mim. Gritei e chorei tanto que me largou e seguiu para meu irmão. Deu-lhe umas boas chineladas. Guima, um dos mais arteiros da turma e o que mais levava chineladas, nem chorar chorou — não soube se porque estava enfurecido comigo, se porque mais acostumado, ou se porque não havia doído mesmo.

— Agora vão dormir. Não quero ouvir mais nem um pio.

Na cama, eu chorava como nunca. Nem quando havia apanhado de minha mãe eu tinha chorado daquele jeito — as chineladas dela doíam fisicamente; quando essa dor passava, eu me calava. Naquela noite, no entanto, a dor era outra — era como se algo houvesse se quebrado dentro de mim. Temia ter perdido a cumplicidade que possuía com papai. Talvez ele não mais me defendesse dos castigos que a mãe tentasse me aplicar, pois ele mesmo tinha tido a coragem...

"Ele me bateu hoje. De leve, mas me bateu."

Por um longo tempo chorei, sentida. Então, chorei pelo fato de meu pai nem ter vindo pedir perdão. Depois, chorei por manha.

Chorava, parava, ouvia... Silêncio. Chorava, parava, ouvia... Nenhum sinal de papai. Chorava... Dormi já de madrugadinha, soluçando de tanto chorar.

Anos mais tarde, crescida, escutei de dona Mira que papai nem conseguiu dormir aquela noite. Somente não foi me confortar porque ela não deixou. Ele dizia:

— Coitadinha da Elza... Vou lá.

— Não vai não, Hugo. Se você for, essa menina, além de manhosa, vai se sentir dona da situação. Você vai perder sua autoridade.

Minha mãe argumentava que eu necessitaria apenas chorar um pouco mais alto, fazer uma birra, gerar mais rebuliço para obter tudo o que quisesse. E, quanto mais meus pais cedessem, menos limite eu teria.

Por várias vezes aquela noite, dona Mira precisou ser firme com seu Hugo para que ele não cedesse a meu choro. Eu estava quase a me tornar, de fato, "dona da situação". Se papai tivesse ido a minha cama, como a mãe havia previsto, teria estragado a menina.

Sem ter pregado os olhos um minuto sequer, naquela madrugada seu Hugo foi para o trabalho. Ao passar por meu quarto, eu dormia. Em meu sono, suspirei. Era um suspiro de quando se chora muito, de quando se dorme a chorar. O suspiro doeu na alma de papai e por muitos dias o deixou arrasado.

Por essas e outras, eu, ao me tornar mãe, corrigi meus filhos com poucas chineladas leves. Mais fazia barulho e falava do que batia. Ia para o quarto e chorava. Para não me sentir pior, logo procurava meus filhos e pedia perdão. Eles são hoje meus grandes, amados e melhores amigos.

Agosto, 1964

Vocação

Olhei para o relógio pela décima vez.

— Nossa, esses ponteiros parecem voar! Essa batata não frita. Daqui a pouco, o papai chega para almoçar e ainda não terminei.

— O que você está fazendo, Elza? — perguntou Mida, vinda da aula de corte e costura, que ela aproveitava as férias para cursar.

Mida, propriamente, não aproveitava: minha mãe havia resolvido desenvolver as aptidões das filhas mais velhas, ao mesmo tempo que tentava descobrir em mim vocação para a cozinha.

— Não tem jeito, Mira. A Elza não gosta de cozinhar.

— Não custa tentar — redarguia minha mãe.

Eu teria gostado se dona Mira tivesse sido menos persistente.

— Elza? — insistiu minha irmã.

— O que foi?

— Está no mundo da lua. O que você está fazendo?

— Fritando batata-doce.

— Fritando? Você colocou tanta água que mais parece estar cozinhando.

— Falaram que tem que colocar água para a batata-doce não ficar crua por dentro...

— É um pouco de água, Elza. Você quase encheu a frigideira! A batata está desmanchando. Tem tanta água para secar, que eu acho que nem vai fritar.

"Não é que está desmanchando mesmo?", refleti enquanto observava a batata continuar a desmanchar.

Meu pai preferia que, além da carne, do arroz, do feijão e da salada, houvesse algum legume. Do arroz eu tinha me safado porque requentei o que havia sobrado da janta. Estava perfeito. A carne era o bife que minha mãe tinha temperado. A salada, eu somente lavaria e cortaria. O feijão estava cozido, apenas temperei. A única coisa que eu havia me proposto a fazer, justamente por imaginar que fosse fácil, estava desandando, a se desmanchar?

— Pronto. A água secou e a batata parece mais uma farinha, de tão... Já sei! — tenho o costume de pensar alto.

Desliguei o fogo. Empunhei uma peneira sobre uma panela. Despejei tudo na peneira e esperei que o óleo escorresse para a panela. Amassei a batata para que toda a gordura se fosse. Provei aquela massa que restava. Estava gostosa! Fiz bolinhas com a massa. Pus o óleo para esquentar uma segunda vez.

— Agora, quando o óleo estiver bem quente, eu frito. Sem água desta feita.

A família se sentou à mesa. Eu estava ansiosa, como de costume. Quando seu Hugo levou a pequena invenção circular gastronômica à boca, eu... eu esperei pelo pior.

— O que é isto? — já levava uma segunda à boca.

— Bolinhas de batata-doce, fritas — coloquei-me como se houvesse seguido uma receita.

— Bolinhas de batata-doce fritas? — questionou Mida, que tinha presenciado minha tentativa frustrada de fritar *rodelas* de batata-doce.

— Estão deliciosas. Nunca tinha comido — interrompeu papai.

— Nunca? Nossa... — espantei-me por crer que fosse uma ideia simples.

— Nunca comi e nunca vi — minha mãe, em seu turno, espantou-se por ver a filha se interessar por culinária.

— Nem eu.... — iam dizendo os irmãos, à medida que se serviam de minha iguaria.

"Nem eu! Que bom que insisti em refritar a batata. Acabei inventando um novo modo de comer um ingrediente comum. Depois destas bolinhas de batata-doce fritas, acho que vou ser inventora!" — concluí toda contente em pensamento, a acreditar que havia descoberto minha vocação.

Último domingo de agosto

Horror

Almoçávamos quando sr. Carlos entrou atordoado. Tinham-no avisado de um atropelamento ocorrido perto do quartel. Corremos para lá.

Do outro lado da cerca de arame, os soldados gritavam suas canções violentas enquanto praticavam seus exercícios, como se nada ocorresse no mundo real. Rente ao portão, três lavavam uma viatura verde. A água que escorria possuía um tom vermelho. Ocasionalmente, um sujeito ou outro perdia a sisudez para a curiosidade e espiava para fora.

Nós nos aproximamos mais do ponto do acidente. O pai de Ana estava em choque — a vítima era sua parente. Quiçá houvesse requisitado nossa companhia por receio de comparecer ao local sozinho. Não sabia como agir.

O que vi me deixou horrorizada: debaixo do céu azul e daquele sol forte, d. Bernadete estava sentada no asfalto quente, com a cabeça da filha no colo. Jerominha agonizava; aguardavam por socorro. Ao lado delas, apenas pó e cacos da boneca de porcelana que um dia tinha sido perfeita — o vestido rolava ao vento e estava longe já.

Jerominha pediu água.

Alguém objetou, alto e de longe: "Não!". Não soube quem, nem entendi o porquê — era uma voz masculina.

Mirian, aquela da verruga na língua, morava por ali e trouxe de casa o copo d'água, que levou à boca da menina. Seu lábios trêmulos continham um quase sorriso.

— Está fresquinha, filha? — d. Bernadete era terna.

— Uhum.

Jerominha sorvia com dificuldade; a água escorria de dentro de si. Estava esfacelada, como a boneca. As vísceras haviam-lhe escapado pelo imenso corte. Não obstante isso, a criança se saciou e Mirian pôs a palma da mão sob o copo meio cheio. Mirou o pai da guria.

Meus olhos também se voltaram para o homem. Ele tinha se estabelecido de vez na cidade recentemente, com a família. Lá estava, pálido, a metros de distância. Os olhos, fixos na cria. Parecia ter entrado em transe.

D. Bernadete se esgoelou:

— Alguém, acode minha filha!

... sem nenhuma afetação, diferente da "mulher da capital" que havia sido até algumas semanas antes, quando da mudança da família. Sr. Carlos corria de um lado para o outro, diante do desespero da cunhada e da paralisia do concunhado. Ainda assim, o socorro não vinha.

A menina era irmã de Júlio, que se tornaria colega de Genésio.

Mais tarde fiquei sabendo que Jerominha não resistiu e que foi enterrada no cemitério municipal, com sua roupa azul-celeste e laços de fita, recheada de algodão onde as vísceras lhe tinham faltado. Seu corpo foi fixado no mesmo campo santo que os de Pretinho Aleijado; Camisa de Couro; Zé da Camisola; Filomena Vasques; Joanna Soares do Couto; Parafuso; Olympio Azambuja; *padre* José Silvério Borges; e das amigas Edmeire Lopes Domingos e Orides Aparecida Cunha Silva (Mirian), cujo túmulo possui atrás de si o sinal da desavença.

Todas as vezes que reencontrei o senhor, pai da guria, ele possuía a mesma aparência daquele trágico dia: pálida e infeliz. O horror tinha se impregnado nele. Não durou muito: secou em vida ao passo que Jerominha mumificou no jazigo.

A infelicidade similarmente tomou conta de d. Bernadete Celeste. Perdeu toda a viveza e, com ela, sua vaidade. Nunca mais ouvi seu riso histriônico: existiu muda ou calada, a se esgueirar pelas sombras da cidade vestida em tons escuros, para disfarçar a obesidade.

12
MEUS TREZE ANOS

Outubro, 1964

Vela

Passei a manhã inteira daquele sábado a me arrumar para a viagem que faria logo após o almoço — almoço que foi servido cedo aquele dia.

Iria, na condição de "vela" de minha irmã Mida e seu namorado Irineu, a um casamento de uma prima dele, que aconteceria na noite daquele sábado em Aparecida do Taboado — cidade do leste sulmatogrossense, a 130 km de distância de Três Lagoas. Sairíamos às 12 h. Os motoristas geralmente dirigiam em baixa velocidade pelo trecho, devido à enorme quantidade de areia que tomava a estrada não asfaltada em consequência do fluxo intenso de veículos e de gado em comitivas. Viajaríamos na caminhonete do pai de Irineu. Apesar de moleca, eu não gostava do vento exagerado da carroceria, por isso Mida havia me prometido que seguiríamos juntas na cabine.

"Pronto." Meus cabelos — com o que eu mais me importava — estavam praticamente feitos, perfeitos! Eu somente precisaria jogar uma água no corpo.

O namorado se atrasou um bocado, quarenta minutos. Embarquei. Contente, pensei em fechar o vidro da cabine quando iniciássemos a viagem, para que não se desarrumassem as lindas madeixas que havia gastado a manhã inteira a escovar. Doce ilusão.

Passamos pela casa de Irineu para pegar dois irmãos e "alguns" amigos. Sua irmã e outra amiga resolveram nos acompanhar de última hora, o que significou mais atraso. Filó, na qualidade de primogênito, encarregou-se de dirigir. Três moças mais velhas (Mida, a cunhada e a amiga) somadas ao motorista: a cabine lotou. Fui parceira, pois poderia ter desistido — mas Mida não poderia ir sem mim. Rebaixei-me à carroceria.

Bastante emburrada, ocupei a posição que considerei ser a menos pior — encostada na cabine, equidistante das laterais da carroceria —, na esperança de que me protegesse do vento excessivo o restante da turma (*dez* rapazes *mais um* garoto de oito anos). Outra ilusão. Mal deixamos a cidade para trás, Filó — que deveria ser ajuizado por ser mais velho — pisou fundo no acelerador. Vento, sol e poeira foram o que sobrou para mim.

Sentada sobre um pneu, debrucei-me sobre as pernas a segurar os cabelos, na tentativa de os preservar. Iríamos a um casamento e chegaríamos em cima da hora por conta dos atrasos! Sequer teríamos tempo adequado para o banho, e minha irmã e eu necessitaríamos repassar os vestidos, que tinham sido prensados em uma bolsa junto aos calçados — a carroceria era pequena e os convidados amontoados, inúmeros. Tampouco pudemos carregar certos itens (como ferramentas de cabelo, o qual rapidamente se convertia em minha maior preocupação).

Não imaginava que poderia haver mais problemas!

Contudo, os rapazes danaram a provocar o garoto, que metralhou palavrões — nunca tinha escutado tanta palavra de baixo calão sair da boca de uma criança. Para os mancebos ali, aquilo era o máximo do divertimento. Para mim, não. Meu rosto ardia, de tanto acanhamento. Em dado momento, levantei-me a me acomodar melhor e eles se depararam com minha face quase roxa e minha expressão constrangida. Isso atiçou os jovens para que exasperassem o menino. Gargalharam mais.

“Se arrependimento matasse, eu cairia dura agora. Deveria ter desistido da viagem na hora que me mandaram subir nesta porcaria de carroceria. A Mida que se entendesse com nossos pais! Que vontade de enfiar um pano na boca desse guri...” A viagem para mim foi uma lástima e para os outros, hilária.

Encaminhamo-nos para a casa de uma prima de Irineu. A fila para o banho era quilométrica. Os rapazes exibiram mínimo cavalheirismo ao ceder os primeiros lugares para o sexo feminino. Quando me olhei no espelho, senti vontade de chorar: meu cabelo estava horrível, duro e grudado de poeira e armado pelo vento. Fui obrigada a lavá-lo com sabão; não havia carregado xampu.

Não bastasse todos esses desvios nos planos, minha irmã e Irineu resolveram não ir à celebração. Eu, margarida, achei melhor não aparecer mesmo, após a tragédia que se abateu sobre meus cabelos. Resolveram ir ao cinema!

“O quê?” Não acreditei no que ouvi. Em nenhum momento tinham planejado ir ao tal casamento! Queriam apenas “liberdade para passear”. Eu havia dedicado horas à preparação das madeixas e passado por um dia de preocupação, tormentos e decepção narcísica à toa.

“Tudo isso para assistir a um filme qualquer, num cinema pior do que o Cine Santa Helena. Vai entender. Coisas de namorados e sofrimentos de vela”.

Fevereiro, 1965

Pescarias paradoxalmente emocionantes

Dizem que crianças são todas iguais, que só mudam de endereço. Quando os pais pedem que façam algo, acedem: “tá bom”, “ouvi”, “estou ouvindo”, “já vou”, “estou indo” sem se mover. Eu era exatamente assim.

Durante toda a semana, meu pai solicitou que eu costurasse a alça de seu embornal de pescaria. Tratava-se de uma pequena sacola com faixa comprida, que seu Hugo vestia atravessada no ombro, sobre o peito. Dentro dela, guardava as iscas, anzóis — além de manter as mãos livres para a atividade, não carecia se deslocar de onde estavam os bons peixes para buscar apetrechos.

Na segunda-feira, cedo:

— Elza, costura a alça do meu embornal. Vou pescar no domingo e vou sair de madrugada.

— Tá bom. Ouvi.

Na terça-feira:

— Elza, já costurou a alça?

— Estou ouvindo. Ainda não. Já vou costurar.

Na quarta-feira:

— Elza?

— Estou indo.

Na quinta, na sexta e no sábado pela manhã, pedidos e evasivas idênticos. A peça permanecia intocada.

— O papai é puxa-saco da Elza. Se fosse com a gente... — um de meus irmãos comentou.

Sábado quase à noitinha, pronta para ir ao cinema com minha irmã, cruzei com meu pai:

— E meu embornal?

— Eu costuro quando voltar do cinema.

— Quando voltar, não. Você vai acabar esquecendo. Esqueceu a semana inteira!

— Mas, pai... Vou atrasar.

— Problema seu.

Fui rápida — rápida demais para papai, que havia esperado tanto tempo.

— Pronto.

— Já? Vamos ver se ficou bom.

— Não puxa. Não puxa — supliquei.

Quando repeti pela terceira vez, a alça simplesmente tinha se soltado.

— Está vendo? O senhor puxou, arrebentou.

— Toma vergonha, Elza. Nem coloquei força. Você costurou tão mal, que parece que emendou com cuspe. Com certeza ia soltar quando eu colocasse o material aí dentro.

— Vou costurar de novo.

Da segunda feita, passei tantas vezes a agulha com a linha dobrada em quatro que meu pai, ao verificar o serviço, elogiou:

— Muito bom. Agora está perfeito.

Nem escutei o elogio. Estava tão confiante no trabalho que, quando ele fez o comentário, eu estava quase na esquina, numa correria para alcançar minha irmã. Ela havia ido na frente para marcar lugar na longa fila que se formava para a compra dos ingressos.

“Nunca mais deixo nada para depois. Se tivesse costurado a tal alça na segunda-feira, quando meu pai me pediu, não estaria que nem louca correndo pela rua”, prometi comigo. Dessa promessa me esqueci em minutos e tudo prosseguiu do jeito que era.

Ainda dentro do cinema, lembrei-me da pescaria de papai: teria que estar em pé de madrugada naquele domingo. Calculei que não iria dormir nem duas horas, porque o filme era um longa-metragem e acabaria mais tarde do que de costume. Havia também o fato de a Mida estar com o namorado.

A volta para casa nessas circunstâncias era um verdadeiro suplício [para mim]. Mida e Irineu vinham abraçadinhos, beijando-se, a dar três passos para frente e um para trás. Andavam tão devagar que eu às vezes procurava um lugar para me sentar até que se aproximassem. Não podia deixá-los para trás nem pisar em casa sem minha irmã, porque naquela noite eu era novamente a vela do casal. A marcação tinha que ser cerrada, caso contrário, eu necessitaria prestar contas a dona Mira.

Ademais, ao chegar em casa, a despedida dos namorados parecia a de pessoas que partiam em longa viagem. Quando esticavam os braços, a tocar somente o dedo um do outro como na pintura de Michelangelo, eu torcia para se soltarem daquele alongamento. Puxavam-se mais uma vez e a despedida recomeçava.

Apoiada no portão, com os olhos fechados de tanto sono, jurava: "Quando eu tiver namorado e disser tchau, vai ser tchau mesmo. Esperar esse espicha, encolhe, puxa, volta não dá".

Naquele domingo, papai praticaria o que ele mais gostava nos dias de folga, seu único esporte. Para isso, abriria mão da possibilidade de acordar mais tarde e até da noite de sono!

A comida que transportava, para não estragar, requeria ser feita no dia. Era armazenada imediatamente em um pequeno caldeirão de alumínio e a matula, depositada em uma sacola bem grossa. Dessa maneira, a refeição esfriava devagar e, na hora do rango, estaria na temperatura ideal.

Nos dias de pescaria, seu Hugo se levantava às duas da madrugada e uma das três filhas — em revezamento — acordava à uma para preparar seu arroz, passar um bife e pôr em infusão o chá-mate de que gostava.

Eu não entendia como ele preferia pescar a se aconchegar gostoso em uma cama. Dormir era sempre preferível para mim.

— Que gosto estragado, amanhecer tão cedo pra pescar. Um tédio. Por que não compra o peixe?

— Para quem é apaixonado por pescaria, mais prazeroso do que comer o peixe é pescar.

Eu bem que tentava dissuadir papai da ideia, no entanto ele, mais ansioso, despertava mais cedo do que eu:

— Elza, Elza. Acorda, filha. Tá na hora de levantar.

— Já? — perguntava, sem abrir os olhos.

— É, já. O pai vai pescar hoje, esqueceu? Levanta, vai preparar o meu almoço.

Cambaleante de sono, na sala me sentava, com os olhos ainda fechados, e me esforçava para os abrir. Quando o sono era demais, tentava algo que nunca dava certo — vagava de volta ao quarto de seu Hugo, que permanecia desperto na cama a aguardar as 2 h:

— Papai, papai...

— O que foi, Elza?

— Acho que vai chover.

— Chover? Como pode? Ontem fui dormir e o céu estava coalhado de estrelas!

— É, mas está relampejando.

A coisa que eu mais gostaria de ouvir seria: "Tá bom, Elza. Então, volta para a cama, dormir. Não vou mais pescar". Entretanto, ele se punha em pé, abria a janela, colocava a cabeça para fora e olhava o céu em todas as direções — era impressionante o quanto conseguia esticar o pescoço daquele jeito.

— Não estou vendo nenhum relâmpago, nem nuvens. O céu continua bem limpo e estrelado.

— É, mas lá longe eu vi um clarão que parecia relâmpago.

— Toma jeito, Elza. Para de inventar e vai logo fazer meu almoço.

— Tá bom. Que eu vi, eu vi — e minha previsão do tempo de chuva, ventania e tempestade, por mais que o céu esteja claro, persiste na atualidade para todos os dias do calendário, sem exceção; eventualmente, acerto.

Nessa hora, meu sono acabava porque o medo que se principiava era maior do que a preguiça. A cozinha não possuía conexão com o restante da casa, senão externamente pela varanda, por sua vez conectada à sala. Eu abria a porta desta, sondava e botava os pés do lado de fora. Na varanda, colada na parede (a evitar dar as costas para o escuridéu), iniciava o desafio de lateralmente abrir o cadeado da porta da cozinha.

As crianças perdiam frequentemente a chave desse cadeado, portanto meu pai concebeu um inovador método de o abrir. Usou um arame extremamente firme; entortou uma das pontas por onde se poderia segurá-lo; a outra ponta, achatou com a marreta a ponto de ficar fina o suficiente para deslizar cadeado adentro. Incrivelmente, esse arame jamais se perdeu; não tão incrivelmente, tornou-se mais difícil abrir essa fechadura. De lado ou de costas, bem mais complicado.

Porém, meu medo do escuro era gigantesco. Eu sempre tinha a sensação de que algo ou alguém pudesse surgir e me tocar. Sob todo aquele terror e com as mãos trêmulas, quando destravava o cadeado, retirava-o e empurrava a porta com muita pressa para a fechar instantaneamente.

No cômodo, apoiava-me novamente na parede para não cair, pelo tremor de minhas pernas. Após um minuto, caminhava ao centro da cozinha e tateava no escuro pela lâmpada que, tal qual a da sala, ficava pendurada pelo fio de energia que descia do madeiramento que apoiava o telhado. Girava a chave e ligava a luz.

Acendia o fogão a lenha e lidava com o próximo desafio: conduzir-me ao tanque, uns dez metros afastado da casa, a lavar o arroz, e buscar a água para seu cozimento e para a infusão do chá. Não havia pia na cozinha. Dividia a execução em duas etapas.

Respirava fundo e, com duas vasilhas, corria para enchê-las. O primo João contava que o fantasma de Olympio Azambuja vagava antes do raiar do sol à beira dos poços d'água e pedia que lhe matassem a sede as meninas que buscavam o líquido nos baldes [em meu caso, buscava da torneira em panelas]. Retornava rapidamente, resguardada de todos os lados — não podia correr ou derramaria a água. Na cozinha, assentava as vasilhas no fogão e cerrava a porta. Precisava me refazer, tomar outro tanto de coragem e volver para lavar o arroz. Naquele pavor imenso, desempenhava a função com grande agilidade e regressava. Desta feita, podia correr.

Tarefa completa, enfiava-me na segurança de minha cama.

Quando a pescaria ocorria em um dia de semana (de segunda a sábado), entre os turnos de seu Hugo, pelas seis horas da manhã a mãe ou um dos irmãos então me chacoalhava para ir para a escola. Um terrível mal-estar tomava conta de mim e durava o dia todo devido à falta de repouso.

Apesar de crer que meu pai merecia aquele esforço, nunca desenvolvi um gosto por levantar de madrugada.

Abril, 1965

"Virei aula"

Na 2ª série do ginásio, minha professora de português era admirada pelo corpo docente pela maneira como obtinha o respeito, o silêncio e a atenção na sala de aula: simplesmente através de sua altivez, de sua seriedade e de seu mirar. Nunca precisou ameaçar retirar pontos por mau comportamento, muito menos castigar ninguém.

Nos dez últimos minutos de sua aula, d. Flora costumava ordenar que os estudantes guardassem seus materiais. Passava a tampa da caneta sobre o diário de classe, com os nomes e os números dos alunos, e sorteava alguém para responder perguntas sobre língua portuguesa. As questões poderiam tanto ter sido cobertas naquele ano escolar quanto nos anos anteriores: "matéria estudada, fosse quando fosse, todos tinham a obrigação de saber".

Para esse tipo de sorteio, eu era sortuda — dificilmente escapava. Por isso, mal começávamos a guardar os materiais, meu coração disparava — eu poderia estar correndo, não sentada em uma sala de aula. Naquela manhã, não foi diferente: fui agraciada.

— Número treze — d. Flora passeou a vista pela sala, à procura do número da chamada.

Levantei a mão, ao mesmo tempo que me coloquei de pé e ergui com a outra mão o assento da carteira.

— Conjugue o indicativo presente do verbo ouvir, dona... Elza — consultou o nome da aluna.

"Essa é fácil."

— Eu ouço, tu ouves, ele ouve...

— Como é? Não ouvi direito.

— Eu ouço, tu ouves, ele ouve... — reiniciei, mais alto.

— Repita, por favor.

"Deve estar surda", ruborizei-me pela situação.

— Eu ouço, tu ouves, ele ouve, nós ouvimos, vós ouvistes... — julgava que seria a última vez, porque naquele volume a turma inteira seria capaz de ouvir.

— Eu não acredito. Vamos lá. Conjugue o indicativo do verbo ouvir.

Crescentemente insegura, conjuguei pausadamente, na esperança de que a educadora não somente ouvisse e entendesse como acreditasse no que eu dizia, pois eu mesma já não estava tão certa.

— Eu ouço. Tu ouves. Ele ouve...

— A senhora tem certeza do que está dizendo, moça? Vamos, conjugue o verbo da maneira certa.

Eu estava prestes a cair no choro — um misto de vergonha por não saber o verbo e fúria por não funcionar sob pressão. "Não pode ser que, nesses anos todos de escola, todas as professoras de português me ensinaram o verbo de maneira errada!"

— Vamos, moça. Conjugue o verbo. Não temos o dia inteiro.

"Parece até que não sabe o meu nome. Meu Deus, os livros todos que estudei estavam errados ou será que tudo mudou e não estou sabendo?"

Não tinha certeza de mais nada. Um grande nó havia se formado em minha cabeça. Vasculhava minha memória. Como mais poderia ser a conjugação daquele verbo danado?

— Vamos, moça. Conjugue o verbo.

Eu iria explodir sob o arrocho.

"Será? Parece esquisito. Nunca ouvi ninguém falar assim, mas se o que eu achei que estivesse certo está errado... Vou arriscar." E, em um volume bastante alto, fiz outra tentativa:

— Eu ovo, tu oves, ele ova, nós ovamos, vós ovais, eles...

— A senhora vai ovar direitinho amanhã. Se não me trouxer esse verbo na ponta da língua, vai ver o tamanho do zero que vou te dar.

A campainha tocou.

"Graças a Deus." Por ser a última aula, saí rapidamente, bem chateada. Não podia encarar as colegas depois da vergonha.

Ao chegar em casa, em vez de correr para a mesa, fui direto esmiuçar os livros de português. Neles, a conjugação era a mesma: "eu ouço, tu ouves, ele ouve..." A não acreditar nos livros, perguntei aos irmãos mais velhos. Todos conjugaram:

— Eu ouço, tu ouves, ele ouve...

— Está errado! — eu me desesperava.

— Não está. Olhe nos livros — eles retrucavam.

— Os livros também estão errados.

— Não pode, Elza!

Foram verificar seus livros diante do absurdo de minha afirmação.

— Olha aqui.

— Olha meu livro.

— Olha esse.

— É. Eu também pensei que estivesse certo, mas hoje a d. Flora fez a maior pressão. Eu conjuguei o verbo assim, e olha que eu repeti umas quatro vezes ou mais, e ela insistiu que eu conjugasse o verbo da maneira correta.

— Parece mesmo que você não conhece a d. Flora. Ela faz pressão para ver se o estudante tem certeza do que está falando. É assim. Se a pessoa tiver certeza, continua. Se não tiver, acaba caindo em contradição. O que aconteceu com você?

Estavam curiosos ao meu redor.

— *Fela* da puta! Mais certeza do que eu tinha! De tanto me questionar, falei uma asneira tão grande, que ela até me prometeu um zero.

— Como você conjugou? — eles indagaram ao mesmo tempo.

— Eu ovo, tu oves, ele ova, nós ovamos, vós ovais, eles ovem.

Meus irmãos riram à beça.

— Fiz papel de palhaça, isso sim.

Passei a tarde toda estudando a conjugação do verbo ouvir, todos os modos, todos os tempos, tudo enfim que se relacionasse a esse verbo. No final do dia, eu havia decorado todas as conjugações. Estava pronta para responder, como tinha exigido a professora, "na ponta da língua". Acertar sem titubear.

Todavia, nem no dia seguinte, nem nos outros, nem nos anos que vieram a professora Flora me perguntou qualquer coisa que fosse sobre o verbo ouvir. Concluí, então, que ela apenas queria me transmitir uma lição, que aprendi muito bem: "Quando se tem segurança daquilo que se diz, nada nem ninguém faz você mudar de ideia".

Aprendi tão bem a lição que, quando digo uma coisa, obstino-me até cair de costas. Como dizia meu pai, "essa menina é teimosa feito uma mula". Mesmo que esteja errado, é aquilo que sei, que penso estar certo. Mais tarde, na dúvida, pesquiso. Se tiver acertado, fico mais firme. Se tiver errado, quando reencontro o interlocutor, faço a reparação e provoco: "Você nem tinha certeza do que estava falando".

D. Flora estava certa. Temos que ser impassíveis para que os outros nos ouçam! Principalmente nós, mulheres.

Uma escola passou por minha vida
e por vontade pedi carona
virei quadro-negro e apagador.
virei lição
virei aula [10]

Abril, 1965

Morre uma cantora

Nunca tive treino como cantora.

Aquela manhã, havia conhecido uma canção em inglês. Memorizei-a e, empolgada e orgulhosa, arrisquei-me a cantarolar em voz alta. Avaliava que, por ser em outra língua, quando desafinasse — e eu iria desafinar — seria mais difícil de se perceber.

Vocalizei justamente ao cruzar de três rapazes. Ah, eu iria impressioná-los. Seria considerada inteligente, mesmo. Quiçá os moços até me aplaudissem pela cantoria!

Entusiasmada, aumentei o volume de minha voz. Desafinei mais do que o esperado, por ser intricado alcançar o tom da música e não conseguir me ouvir — por isso, Gal Costa ensaiava com a panela na cabeça. Consequentemente, fiquei nervosa e tudo saiu atropelado pelo pior de-

10. THOMÉ, Flora. *Retratos*. Três Lagoas: Fotolitos e Arte Final, 1993.

sempenho de meu inglês. No fim das contas, não se distinguiu muito bem o que cantava.

Eu, que desejava ouvir "bis, bis", calei-me de repente. Havia antecipado que iria abafar, não que teria que me abafar. Teria gostado de chamar a atenção, porém não daquele jeito.

Os rapazes arregalaram os olhos.

— Meu Deus, o que é isso? É doida?

— Deve ser.

— Tadinha — arrematou o terceiro.

Junho, 1965

"Primeiro a obrigação, depois a diversão"

Percebi a movimentação na casa ao lado, que estava desocupada havia uns seis meses. Curiosa, concheguei-me e puxei o maior papo com uma das filhas dos novos inquilinos. Ela e a mãe tinham se adiantado para uma limpeza, ao passo que os móveis eram carregados da antiga moradia.

— Ih, mãe. Nós esquecemos a vassoura...

Ofereci-me para buscar uma em minha casa. Saí às pressas e gostei do que ouvi:

— Garota simpática. Boazinha, ela.

Certifiquei-me com minha mãe se podia emprestar o item e aproveitei para divulgar, toda envaidecida, os elogios.

— Agora, depois do que ouvi, o jeito é emprestar.

Fiz companhia à vizinha a tarde toda. Fazia tempo que não tínhamos vizinhas de minha idade e achei tudo e todos tão agradáveis que só à noitinha, quando meu irmão foi me chamar, recordei de meus próprios afazeres.

— Nossa! Tenho prova amanhã e não estudei nada. Se meus pais descobrem. E agora?

O susto foi tão grande que mal toquei no jantar. Meu estômago estava todo revolvido. Qualquer sobressalto, qualquer aperto eu sentia imediatamente na barriga, que ficava péssima. Em inglês, havia aprendido um ditado: "Sinto em minhas vísceras".[11]

Eu sempre tirava notas excelentes naquela matéria. Cair para um zero de uma hora para outra seria inaceitável. Precisava atinar uma maneira de estudar. Para complicar, se papai me pegasse estudando àquela hora da noite...

"E a matéria é extensa, vou levar umas cinco horas para repassar tudo."

Matutei, muito desesperada, no que fazer. Não podia falar para seu Hugo que tinha gastado a tarde inteira na casa da nova vizinha e me esquecido da prova. Ele me daria uma bronca e me julgaria irresponsável.

"'É inad... inad... É inadmissível esquecer da obrigação. Você é bem irresponsável, Elza'."

"Falo ou não?" Olhei para meu pai. Olhei para o relógio. "Nossa, já são quase oito horas da noite!". Matutei e matutei. Finalmente, a ideia. Disfarçadamente, fui catar a lanterna e a carreguei para meu quarto, onde a ocultei debaixo do travesseiro. A despeito do calor, apanhei dois cobertores grossos. Minha mãe estranhou quando me viu estender as pesadas mantas sobre a cama.

— O que é isso, Elza? Nesse calor, só uma colcha basta. Você está doente? Está com febre? Bem que desconfiei! Você nem comeu — dona Mira aferiu minha temperatura, mão sobre testa. — Não, febre você não tem. Está tão esquisita... O que você tem?

— Nada não, mãe. É que talvez esfrie de madrugada e não quero levantar.

— Esfriar de madrugada? Com todo esse calor? Você tem cada uma, Elza.

Fui mais cedo me deitar, na esperança de que todos fossem dormir logo também. A espera foi longa. Eu cochilava, a lutar contra o sono quando, enfim, todas as luzes se apagaram. Aguardei mais um tempo.

11. *"I feel in my gut."*

Somente ao ouvir que todos respiravam mais profundamente, executei o plano.

Cobri-me com os dois cobertores. Apoiei os pés no colchão e, com os joelhos arqueados, amparei nas coxas o caderno. Acendi a lanterna. Retirei a cabeça aos poucos de meu improvisado esconderijo de leitura. Quase não se notava a pequena claridade, contudo as paredes não chegavam ao telhado — seria perceptível dos outros cômodos. Desliguei a lanterna, recostei o coco na cabeceira da cama, pus o travesseiro sobre os joelhos para abafar sua luz e a religuei.

— Agora, sim. Ninguém vai perceber.

Minha irmã dividia comigo a velha cama de casal. Com ela não me preocupei. Mida não se metia nos assuntos alheios.

Apoiei o caderno nas coxas e comecei a estudar, por fim. Devia ser tarde, pois mal tinha lido o primeiro texto — que não era nada curto — e meus olhos já ardiam. Bocejava muito. Que dificuldade manter os olhos abertos! Lia a mesma frase quatro ou cinco vezes para tentar chegar até o final...

E amanheceu.

— Elza, levanta. Elza!

— O que foi? — perguntei, meio sonolenta.

— Está na hora de ir para a escola — minha irmã deixava o quarto.

"Nossa! Eu dormi", joguei o travesseiro e os cobertores de lado. "Ai, meu pescoço. Que dor. Vixe, a lanterna nem quer acender. As pilhas devem ter descarregado. E eu nem terminei de ler o primeiro texto. Agora, sim. Vou tirar um zero!"

O mal-estar da noite anterior me repossuiu. Devolvi a lanterna em seu lugar, tomei banho e arrumei o material.

— Não quero comer nada.

— O que você tem, Elza? — quis saber meu pai. — Sua mãe falou que você jantou muito pouco e que se cobriu com dois cobertores. Agora, não quer tomar o café da manhã...

— Não tenho nada. Vou para a escola, senão, vou chegar atrasada.

A prova era na primeira aula. Sentada em minha carteira, senti-me pior. Além do estômago, tremia toda e suava frio. Veio a tontura... A professora entrou na sala. Pedi licença para ir ao banheiro.

— Não estou passando bem.

— Você está tão pálida! Nossa, você está gelada — comentou a educadora ao segurar meu braço. — Não quer que alguém a acompanhe?

— Não, senhora. Não carece — apressei-me em me livrar da situação e alcançar o banheiro, que por sorte era bem próximo.

Vomitei de nervosismo. Passei água no rosto, lavei bem a boca e voltei para a sala de aula. A prova havia se iniciado.

— Com licença, d. Izenaide.

— Entre, Elza. Está melhor? Você não quer ir embora?

— Ir embora? — a proposta pareceu interessante, no entanto tinha que enfrentar meus erros. — E a prova?

— Você não está em condições de fazer prova.

"Não mesmo."

— Faz o exame na próxima aula, no sábado.

— Está bem, então — dirigi-me a minha carteira e sentei, aliviada.

— Você não vai embora? — d. Izenaide se angustiou.

— Não, senhora. Vou esperar meu irmão. Ele tem prova na próxima aula. Quem sabe eu não melhoro?

Eu sabia que melhoraria porque a causa de meu mal-estar era a prova, que tinha sido postergada. Debrucei-me sobre a carteira e, apesar de saber que havia errado, comecei a rezar para agradecer.

Uma lição eu aprendi: "Primeiro a obrigação, depois a diversão".

Agosto, 1965

Aperto

Estava muito feliz! Meu pai havia ido a Bauru a fim de realizar um curso para aprimorar seus conhecimentos sobre as novas locomotivas.

Esses cursos eram proveitosos. Permitiam um descanso do trabalho exaustivo do dia a dia. No conforto da sala de aula — protegido dos elementos —, seu Hugo estudava e aprendia, aprendia e estudava. À noite, dormia bem, sem emergências para atender. E recebia um valor extra da N.O.B. No ano anterior, tinha regressado a Três Lagoas bastante animado.

Para a viagem de 1965, propôs que escolhêssemos um modelo de figurino cada uma e pediu que verificássemos com a costureira as metragens dos panos. Traria os tecidos de Bauru porque lá eram mais baratos e havia mais variedade.

Não acreditei quando vi a fazenda que ele trouxe para mim. "Não sabia que papai possuía tanto bom gosto." O tecido era lindo e a cor, mais ainda. Nunca tinha visto um tom de azul tão perfeito. Diante da beleza, exclamei:

— Não dá para fazer um vestido só. O tecido é bonito demais, tenho que aproveitar melhor tanta belezura! E tem tanto pano — abri a fazenda sobre a cama.

Meus olhos continuavam a crescer. Já não queria o molde escolhido, muito menos os serviços da costureira profissional. Bolei tudo prontamente: finquei o pé que teria duas roupas e, para economizar, a costureira seria a Mida.

— Nem sei costurar direito... — Mida não quis se comprometer.

— Você costura tão bem para você. Claro que vai acertar para mim também.

— Dois vestidos do mesmo tecido e da mesma cor?

— Olha, os modelos vão ser tão diferentes que, se eu usar com um intervalo de quinze dias um do outro, ninguém vai perceber.

Selecionei os novos desenhos.

— Elza, o tecido é muito, mas não o suficiente para dois vestidos.

E eu, que não entendia nada de costura, teimei com minha nova costureira.

— Você pega metade e primeiro corta este molde em que vai mais tecido. Não precisa deixar muita margem... — orientei.

Mida mediu aqui, mediu acolá, mediu mais um pouco. A despeito de ter necessitado de mais pano do que eu havia reservado à primeira peça, esta ficou na medida exata — eu não poderia engordar um grama sequer durante o tempo que quisesse trajá-la.

— Viu? Não falei que você sabia costurar?

A segunda peça apresentou problemas. Pedi a minha irmã que adicionasse babados, a utilizar os retalhos mínimos que tinham restado da primeira. Assim, ganhamos alguns centímetros na largura do vestido — os babados disfarçavam as emendas. Entrei na roupa, que estava tão apertada que tive de me encolher toda. Usei até uma cinta de dona Mira.

Resolvi estrear esse modelito no domingo: iríamos ao cinema. Mida fechou o zíper e pensei que fosse implodir, tamanho o atarraxo. Uma coisa foi experimentar (logo havia saído). Outra foi permanecer dentro dele.

Era o tipo de vestido para se trajar estática, extremamente estática.

Toda ereta, fui com minha irmã assistir ao filme. Sentei-me na pontinha da cadeira, com o corpo firme; parecia uma estátua. Minha vontade era me encaminhar ao toalete e pedir que alguém abrisse o zíper, respirar até a película acabar. E se não encontrasse ninguém para fechar o figurino ao final? Nem prestei atenção na estória projetada.

Na volta para casa, cruzamos com meu professor de geografia. Apenas acenei com a cabeça para o cumprimentar, não conseguia falar. Quem me via andar toda esticada, a passos miúdos, deveria me achar "requintada".

Foi exatamente como o educador me descreveu na manhã seguinte: bonita, com uma postura elegante. Agradeci. "Aperto agora mudou de nome."

Batistas do regime

Ao cursar a 2ª série do ginásio — atualmente o 7º ano do ensino fundamental —, não me considerava mais uma garotinha, uma menininha que deveria seguir as regras. Desde minha transferência do primário no Colégio Afonso Pena à educação ginasial no Colégio 2 de Julho, meu uniforme também tinha mudado.

Blusa branca — no bolso da blusa havia o bordado das iniciais da escola, com listras abaixo: uma listra significava 1ª série; duas, 2ª; sucessivamente, até a 4ª, quando se concluía o curso ginasial e se subia o degrau para outro módulo (normal, contabilidade, científico), hoje o ensino médio. Meias e sapatos pretos. Uma longa saia cáqui com frisas que deveria se estender até abaixo dos joelhos — a saia poderia se arrastar no chão se a aluna quisesse, entretanto em nenhuma hipótese poderia expor os joelhos da moça.

Como era de esperar, as estudantes mais velhas e contestadoras começaram a encurtar, milimetricamente, suas saias. No princípio, uma vez advertida sobre o comprimento, a aluna retornava ao colégio com a barra refeita abaixo da marca. No dia seguinte, outra aluna surgia com a saia acima da marca; também advertida, refazia a barra. Participei da tendência.

As inspetoras pararam de se importar e, sem demora, mais estudantes encurtaram as saias. As mais ousadas não se deram por satisfeitas e testavam os limites consistentemente. Foi o meu caso. Aliás, tornei-me perita em fazer a barra de minha saia. A cada dois ou três dias, eu encurtava mais.

As inspetoras tampouco pareceram se importar, embora fosse obrigação delas verificar se as alunas trajavam o uniforme conforme exigido, principalmente no tocante ao tal comprimento das saias — essa era a maior preocupação da escola, como se a qualidade da educação dependesse disso. Por outro lado, crianças e adolescentes se julgam tão espertos que às vezes fazem papel de bobos.

Na verdade, as inspetoras simplesmente resolveram não mencionar nada, e com isso as garotas supuseram que tinham vencido a batalha, que não eram mais obrigadas a serem batistas do regime militar. Presumiram que poderiam se vestir de maneira mais moderna e que aquele velho ditado "água mole em pedra dura tanto bate até que fura" havia se realizado.

Minha saia estava bem acima dos joelhos quando as funcionárias comunicaram capitão Botelho sobre o caso. Naquela manhã, todas as séries tinham formado fila e estavam prontas para entrar nas salas no momento que o diretor surgiu. Tão inocentes, as alunas imaginaram que ele havia vindo fazer algum comunicado e conservaram a tranquilidade.

— Muito bem, moças. Fui avisado pelas inspetoras que muitas das senhoras estão usando saias fora do padrão exigido, com o comprimento acima do joelho. Hoje vou verificar uma por uma. Vou ficar na porta das salas e as senhoras vão entrar em fila única, uma série por vez, com uma boa distância entre uma e outra para eu inspecionar direito. As que estiverem com o uniforme em desacordo com o padrão vão sair da fila. Nós vamos fazer uma advertência na caderneta escolar e só vai ser permitida a reentrada na escola de quem apresentar a assinatura do responsável na caderneta, isto é, se a saia estiver no comprimento exigido.

Não pude acreditar em meus ouvidos. Minha mãe, sempre que me via a encurtar a barra da saia, chamava minha atenção. Eu respondia que a escola e o diretor não davam mais importância a esses costumes. Dona Mira replicava:

— Não ouvi dizer nada a respeito. Se eu for chamada à escola por causa disso, vai sobrar para você também, Elza.

Ela não queria saber de problemas.

"Agora, estou encrencada. Porque acabei de subir mais um pouquinho."

Raciocinei rápido, pois minha série seria a segunda a entrar. Para complicar ainda mais, eu era a primeira da fila.

Respirei fundo e segui, decidida a arriscar. Murchei a barriga e levei o quadril para trás, a empiná-lo de forma que minha saia quase alcançasse a metade das canelas. Mantive as pernas duras, para que a saia não balançasse muito.

— Está ótimo o comprimento de sua saia. Bom exemplo, moça — disse o diretor para mim. Agradeci por ele não olhar para o meu rosto, que deveria estar branco, de tanto medo de o plano de emergência não dar certo.

Conforme transpus o capitão para entrar na sala de aula, fui dobrando os joelhos e abaixando o quadril para que a saia — que devido a meu truque na parte de trás das pernas estava bem mais curta do que o exigido — pudesse ficar mais comprida também.

Por sorte, o diretor manteve a cabeça inclinada para analisar frontalmente as estudantes, e não se preocupou em nenhum momento em escrutinar as roupas também na parte posterior.

O recreio inteiro restei sentada e, tanto no retorno para a aula quanto na saída, andei como tinha feito na frente do capitão porque, se alguma inspetora percebesse alguma coisa fora dos costumes, na certa me deduraria.

Em casa, refiz a barra pela última vez. Nunca mais necessitei encurtar meu uniforme na costura: tive a ideia de dobrar e desdobrar a saia, na altura da cintura, conforme a ocasião!

13

MEUS QUATORZE ANOS

Abril, 1966

Flor-a

Quando me levantei naquela sexta-feira para ir à escola, não imaginei que o dia seria tão marcante em minha vida. No finalzinho da aula de português, minha professora realizou seus sorteios e perguntas. Em minha resposta — que estava correta em seu conteúdo —, errei na forma. Articulei "pratão" e d. Flora me interrompeu imediatamente:

— O que você disse, moça?

— Pratão.

— Repita.

— Pratão.

— Moça, coloque a língua no céu da boca assim — demonstrou-me — e fale "pla". "Pla".

— Pra. Pra — não apreendia o erro em minha fala.

— É "pla"; não, "pra". "Platão"; não, "pratão".

Naquele exato momento, descobri que possuía uma questão fonoaudiológica: trocava a letra l pelo r na enunciação. Em vez de falar "flor", falava "fror". Jamais havia notado a diferença entre meu modo de falar e o das outras pessoas. Minha professora continuou:

— Flor, flor. A língua no céu da boca, assim...

Felizmente, a campainha tocou.

— Segunda-feira, continuamos — d. Flora preparava-se para deixar a sala.

Pisei em casa demasiado chateada. Tinha experienciado aquela lição, por dez minutos na aula, diante de todas as alunas. Sentia que algumas deveriam ter sorrido. Poderia ser engraçado para elas, que não passavam pelo vexame de estar ali — a soletrar o fla, fle, fli, flo, flu —, como uma criancinha de 1ª série. Por sorte, d. Flora não aceitava risinhos de mofa.[12] Levava realmente a sério a missão de me corrigir e de me ensinar a pronunciar impecavelmente o som do l.

Levei muito mais a sério. Passei o resto da sexta-feira, o sábado e o domingo na frente do espelho, com a língua no céu da boca:

— Cla. Cla. Bla. Bla.

Fui tão persistente que, na segunda-feira, pronunciava bem. Minha professora não me chamou para continuar a lição de sexta, pelo que me senti afortunada. Mais afortunada fui por conseguir, em um final de semana, o que muitos levam bastante mais tempo: pronunciar corretamente o l.

Quem podia contratava serviços de fonoaudiologia. Eu tive dona Flora.

---

12. Deveria tê-los sentido na pele e imposto respeito desde cedo. Boa parte da vida teve uma companheira, de quem Três Lagoas não fofocou e não riu.

O lar de minha infância, apesar dos momentos difíceis, tristes e dolorosos, foi também o lugar de boas lembranças. Por isso, seria impossível descrever minha meninice sem tratar de duas pessoas muito importantes. Talvez, se escrever um pouco mais sobre elas, seja possível entender quem sou. Essas pessoas são:

Minha mãe

Dona Mira viveu, durante quase dezoito anos, entre idas e vindas ao hospital. Não pôde acompanhar o crescimento dos filhos, pois esteve sempre doente, muito doente.

Depois de adulta, soube por que minha mãe cumpria tantas promessas. Impossibilitada de cuidar das crianças, entregava-se às orações; quando não era por um filho, era pelo outro e pelo outro, isso quando não era por todos ao mesmo tempo. Disse certa vez:

— Foi Deus quem cuidou de vocês. Se não fosse por Ele...

Seis crianças a crescer praticamente sem o acompanhamento dos pais, cada uma aprendendo a se virar como podia, era de fato brincar com a sorte. Afortunadamente, os seis pequenos Fernandes tinham em quem se espelhar: os pais eram pessoas muito queridas e íntegras.

Quando minha mãe brota em minhas recordações, enxergo uma guerreira. Lidou com tantas questões graves de saúde e por anos e anos subviveu "a peso de remédios". O universo recompensou de alguma forma: deu-lhe um marido cuidadoso, companheiro, um parceiro que esteve sempre a postos, em todas as necessidades. Dona Mira também teve fé e imensa serenidade, que a ajudaram a atravessar tudo sem nunca reclamar.

Quando aprendi a buscar nas orações a ajuda de Deus, assim como minha mãe me ensinou, toda vez em que ela era internada eu fazia promessas para sua recuperação, e as cumpria à risca quando dona Mira retornava. Atravessou situações críticas; os médicos se espantavam com suas recuperações. Isso aumentava em muito minha fé. Eu "parecia gente grande" a rezar, como descrevia uma vizinha.

Entretanto, sem perceber, agimos com egoísmo. Pedimos a Deus que não leve quem amamos e nos esquecemos do sofrimento desse ser — sofrimento que por vezes passa da medida. Nem sempre o melhor para a criatura é o mesmo que desejamos.

Quando da última internação, dona Mira tinha apenas 55 anos. A impressão foi de que Deus não queria me desapontar, ou que já estivesse na hora de minha mãe partir e que eu atrapalhava com tantos pedidos e promessas. Inacreditavelmente, após centenas de pedidos feitos e atendidos nas outras internações, eu — ali ao lado de minha mãe —, pela primeira vez na vida, me esqueci de fazer meu pedido e minha promessa. Dona Mira, que havia perdido a fala em consequência de uma trombose cerebral sofrida quatro anos antes, não pôde dizer nada, nem precisou. Colocou a mão em meu ombro, desceu até minha mão e a apertou, suavemente. Mirei em seus olhos e vi ali um brilho, uma paz sem igual. Partia para um lugar bonito por ser livre de sofrimento. Sua aparência era feliz, serena: encontrou paz.

O aspecto mais triste de sua perda foi o fato de meu pai, tão presente na vida dela, não ter podido estar ao seu lado na partida. Seu Hugo havia ido até em casa fazer ligações para os filhos. Se estivesse ali para receber aquele olhar que trouxe a mim aceitação e força, talvez não tivesse sofrido tanto. Por outro lado, talvez dona Mira não tivesse conseguido partir ao ver a tristeza dele. Era perceptível, nos anos de sua viuvez, a melancolia e o peso da solidão que a morte da esposa havia trazido a papai.

Meu pai

Seu Hugo foi extraordinário em todos os seus relacionamentos, ímpar como filho, irmão, marido, genro, pai, sogro, avô e amigo. Que Deus não tenha jogado sua fôrma fora, porque espero que meus filhos herdem dele a integridade, o caráter e a compaixão. Em todos os laços de parentesco e de amizade, meu pai foi exemplar porque foi verdadeiro, foi leal. Foi um ombro em que muitos se apoiaram. Na hora do aperto, os que nele buscaram não ficaram desamparados. A todos ele sempre estendeu a mão — fosse qual fosse o problema, a situação — e de uma maneira única, sem preferências entre os filhos, sem distinção entre aqueles que eram seus camaradas de jornada.

Foi desde muito cedo um trabalhador. Aos oito anos de idade levantava de madrugada, às duas ou três horas da manhã. Enrolado em um cobertor devido ao frio intenso dos invernos da época pré-aquecimento global, carregava cana para a moagem no engenho da Fazenda Beltrão. Sempre achei que, se tivesse tido oportunidade, teria sido um excelente inventor. Estava ali alguém inteligente e curioso, "um cara fuçado".

Apesar do trabalho árduo durante a semana, aos domingos aproveitava de sua infância com os irmãos de idade mais próxima à dele, Pedro e Abadia. As peraltices terminavam em corretivos, devido à austeridade da mãe, que perdeu ainda aos doze anos de idade.

Rapaz, aos dezenove anos prestou o serviço militar. Quando de sua baixa, constou em seu certificado de reservista a seguinte referência: "Faço muito bom juízo deste reservista, que demonstrou, durante o tempo em que esteve na caserna, esforço, pontualidade e amor ao trabalho, sendo possuidor de qualidades invulgares de caráter — assinado por Moacyr Brasil do Nascimento, 1º Tenente e Comandante do Corpo".

Depois da baixa, retornou à Fazenda Beltrão e ao trabalho para o qual tinha sido criado. Em 13 de abril de 1944, casou-se com a jovem Almira, por quem se apaixonou. Estabeleceu-se na área urbana de Três Lagoas com a esposa e os quatro filhos em 1951, para que as crianças pudessem frequentar uma escola. Recomeçou do zero.

Durante meses, realizou intensos e exaustivos trabalhos braçais como pedreiro, pintor, funcionário de uma fábrica de colchão de capim, oleiro, entre outros. Após muito empenho e com grande força de vontade, em 1º de julho de 1952 foi admitido como mecânico de máquinas na Estrada de Ferro Noroeste do Brasil, da Rede Ferroviária Federal S/A. Finalmente, um trabalho com carteira assinada! Foi sua primeira carteira de trabalho.

Sentiu-se mais confortável, pois, a haver qualquer imprevisto consigo, a mulher e os filhos estariam amparados.

Com a doença da esposa, Hugo iniciou uma caminhada difícil, em que dividia seu tempo entre o trabalho, os filhos e os cuidados com ela. Desdobrou-se para que nada faltasse à família e pudesse dar a Mira toda a assistência médico-hospitalar necessária. Nas incontáveis internações, nunca permitiu que a companheira amada fosse para uma enfermaria ou para um quarto público. Por isso, por décadas ele se dividiu entre o trabalho fixo, inúmeros bicos e incontáveis horas extras. Foram diversas as vezes em que os filhos o testemunharam debruçado sobre o prato de comida, a dormir, tamanho o cansaço.

Com seu desvelo, carinho e amor por Mira e pelos filhos, Hugo conquistou até o sogro, o velho e simpático seu Francisco Salles, que dizia sentir não ter tido duas filhas solteiras "para que uma casasse com Hugo e a outra, com o Pedro" — em quem Chico via os exatos predicados, e não se enganava. Porém, apesar de seu incansável empenho e de seu desdobramento sobre-humano, Hugo perdeu, em 24 de junho de 1983, sua companheira de 39 anos.

Com essa ausência, os sonhos de ambos de passeios e viagens incríveis Brasil afora após a aposentadoria dele, que aconteceria no final daquele ano, não se realizaram. Em 31 de outubro de 1983, Hugo se aposentou do trabalho e, praticamente, da vida. Já não se interessava por passeios ou viagens. Apenas deixava o tempo passar.

Os anos se arrastaram e ele continuou ali na mesma casa que, em 1973, após anos e anos de economia, havia construído para passar uma velhice tranquila com a esposa. Mas estava só. Nada nem ninguém preencheu o vazio que Mira deixou.

O filho Ercílio, a nora Elena, e os netos Eliana e Everaldo foram morar consigo. Felizmente, venceu o bom senso. Depois de anos de solidão, Hugo passou a aproveitar, no calçadão dos Correios, dos papos matinais com os antigos camaradas da já extinta N.O.B.

Quanto aos vizinhos e aos cidadãos de Três Lagoas, que tinham a casa 830 da avenida Capitão Olyntho Mancini como referência, estavam habituados a ver seu Hugo sentado na cadeira da varanda: desfrutava da frescura da tarde a aguardar o cair da noite e o início de seu estimado *Jornal Nacional*. Se alguém o visitasse no horário do telejornal, que mantivesse a boca fechada. Se não, Hugo se sentava cada vez mais na ponta do sofá e aumentava mais e mais o volume da televisão. Naquele momento, ele descansava a mente e se inteirava do que acontecia ao redor do planeta. Estava sempre bem informado!

Em 27 de abril de 2005, algo o impediu de continuar sua rotina. Amigos, vizinhos e família já não tinham sua presença na calçada dos Correios ou na cadeira da varanda. Uma crise de pancreatite diagnosticada erroneamente pelos médicos o levou a desnecessários e penosos 23 dias em uma UTI, onde foi infectado por bactérias super-resistentes. Não se entregou à morte. Seu coração lutou, sempre guerreiro!

Contudo, a vida não segue o roteiro do bem e da justiça das estorinhas de criança. Em 20 de maio de 2005 o mal, em forma do sofrimento e da morte injustos, prevaleceu. Ceifou-nos da companhia, da presença, do carinho, do ombro amigo desse homem inigualável chamado Hugo.

Ele, que sempre foi sábio, diria: "É a vida que prossegue".

Este livro é composto na fonte PT Serif,
foi impresso em pólen soft 70 g
na Gráfica Bartira, São Paulo, Brasil
em dezembro de 2022.